Kapitel 1 – June – 12

Eines wusste June mit Sicherheit: Heute Nacht würde sie sterben.

»Was für ein krankes Spiel«, murmelte sie zornentbrannt und duckte sich hinter einem halb zerbröckelten Mauerrest. Fest umklammerte sie mit ihren zitternden Händen den alten Revolver, den die Organisatoren ihr gegeben hatten, und zählte die Kugeln in der Trommel. Es waren nur noch drei übrig …

Wenigstens funktionierte die Waffe – June hatte gerade zwei Schüsse auf einen vermummten Krieger abgefeuert und ihn auch sicher getroffen! Doch der Kerl hatte nur gezuckt. Gezuckt!

Anscheinend trugen diese Warrior unter ihren schwarzen Overalls Schutzwesten.

June war dankbar für ihre Wut, denn sie überdeckte ihre Angst. Und sie hatte höllische Angst. Mit verbundenen Augen hatte man sie und elf weitere »Übungsobjekte« in ein Shuttle gesetzt, und nun befanden sie sich irgendwo mitten in der Wüste. Um sie herum gab es nichts außer brennenden Ruinen, dem beißenden Gestank des Rauches und einem geschätzten Dutzend vermummter Warrior. Die Flammen schossen hoch in den Sternenhimmel und erhellten das riesige Trainingsgelände.

Bei dieser »Übung« mitzuwirken war jedoch besser, als vor laufenden Kameras von solch einem Superkrieger missbraucht und getötet zu werden. Deshalb hatte sich June, genau wie die anderen elf Gefangenen, freiwillig für diese kranke Scheiße gemeldet. Wenn June Glück hatte, konnte sie wenigstens noch einen dieser Bastarde mit in den Tod nehmen. Schließlich wusste sie mit einer Waffe umzugehen.

Neben ihr kauerten zwei Männer und eine weitere Frau, die sich an den zerstörten Mauerrest drückten, während nur wenige Meter hinter ihnen ein Gebäude in Flammen stand. Sie saßen in der Falle! Waren nur noch sie vier übrig?

Einen der Männer, den mit den kurzen schwarzen Haaren, kannte sie – es war Neo, der Anführer ihrer ehemaligen Rebelleneinheit.

Genau wie June und die anderen Gefangenen trug er einen orangefarbenen Overall, während die Warrior in ihren Tarnanzügen und Sturmhauben mit der Nacht verschmolzen.

So viel zum Thema Fairplay.

Wo sich die anderen Häftlinge befanden, wusste June nicht. Wahrscheinlich waren sie längst tot.

Der einzige Sinn dieses Szenarios bestand offensichtlich darin, den genmanipulierten Kriegern eine realistische Kampfsimulation zu bieten, bevor sie vor der Kuppel eingesetzt wurden. Rebellen gegen Warrior ... vermutete June, denn natürlich hatte niemand sie über den wahren Zweck dieses Wahnsinns aufgeklärt. Bloß eines wunderte sie: Die Krieger schossen nicht zurück und June hatte auch keinerlei Waffen bei ihnen gesehen.

Als sich eine unheimliche Stille ausbreitete, in der nur das Knistern der Flammen zu hören war, lugte sie vorsichtig über das Mauerstück. Vier vermummte Warrior standen etwa fünfzig Schritte von ihnen entfernt und starrten in ihre Richtung. Doch das allein versetzte ihr keinen Schock.

Sie kniff ein paar Mal fest die Lider zusammen und riss sie dann weit auf, weil sie glaubte, zu fantasieren. Das, was sie gerade sah, konnte nicht real sein! Es musste sich um eine optische Täuschung handeln, oder man hatte ihnen Drogen verabreicht, die sie halluzinieren ließen!

Ohne das Gesicht von den vier Kriegern abzuwenden, die nun langsam auf sie zuschritten, streckte June den Arm aus und rüttelte an Neos Schulter. »Sag mir, dass ich nicht träume!«

»Du träumst nicht«, antwortete Neo dunkel, ohne einen Blick zu riskieren. »Wer oder was auch immer diese Kerle sind – das sind keine Menschen und auch keine gewöhnlichen Warrior.«

»Was sind sie dann?«, fragte sie atemlos.

»Dämonen aus der Hölle.«

Sie keuchte auf und riss an Neos Ärmel. »Wir müssen hier weg, sofort!«

Doch er rührte sich nicht und kauerte wie die anderen beiden hinter der Mauer. Während die Frau leise weinte und der Mann an ihrer Seite hektisch atmete, blieb Neo völlig ruhig.

»Neo!«, rief sie und trat ihn mit der Stiefelspitze in den Oberschenkel. »Wir müssen los!«

Endlich sah er ihr in die Augen. »Diese Killer werden uns jagen und töten, June. Es ist aus, wir haben verloren.« Flammen spiegelten sich in seinen riesigen Pupillen, als würde er in das Tor zur Hölle blicken.

Wenn June früher gewusst hätte, dass ihr Leben fortan ein Albtraum sein würde, hätte sie sich vielleicht niemals den Rebellen angeschlossen. Wie ein schrecklicher Film liefen die Ereignisse, die vor zwei Wochen zu ihrer Gefangennahme geführt hatten, vor ihrem inneren Auge ab:

Die schwerbewaffneten Krieger hatten sich ihnen von hinten genähert, während ihre kleine Rebellengruppe aus weiter Ferne die Lage vor den Kuppeln ausgespäht hatte. Wo war der Trupp plötzlich hergekommen? Die Warrior metzelten alle nieder, die sie erwischten.

»Shit!«, rief June, schloss fest die Finger um den Griff ihrer Pistole und nahm genau wie ihre Mitstreiter die Beine in die Hand.

Schüsse und Schreie zerschnitten die heiße Wüstenluft, und June lief so schnell sie konnte. Doch der Sand machte das Vorankommen schwer, und June glaubte sich in einem Albtraum gefangen. Sie rannte wie eine Verrückte und kam doch kaum vom Fleck.

Die Warrior waren niemals zuvor so weit raus gekommen!

June wollte kein Feigling sein, aber sie war noch nicht bereit, zu sterben. Nicht mit zweiundzwanzig Jahren und nicht bevor sie einmal die Stadt im Inneren der Kuppeln gesehen hatte. Wie fünf gigantische, undurchsichtige Seifenblasen ragte das Bauwerk hinter ihr in den Himmel.

Nachdem der letzte große Krieg der Nationen die Erde vor fast einem Jahrhundert verstrahlt hatte, entschlossen sich die Überlebenden – Junes Vorfahren! – diese autarke Schutzstadt zu errichten. Zum Dank hatte man sie in die Outlands verbannt, denn nur Reiche und andere Privilegierte konnten sich den Luxus eines si-

cheren Lebens leisten.

Junes eigentliches Ziel war es, in die Kuppel zu kommen. Sie wollte in der Stadt leben, statt an ihrem Rand mühsam zu überleben. Dort drin musste das Paradies liegen …

»June! Da rein!«, brüllte Neo, der Anführer ihrer kleinen Gruppe.

Da sie hinter ihrem Gesichtstuch kaum Luft bekam, das sie wegen des Wüstensandes vor Mund und Nase trug, riss sie es sich herunter und folgte Neo in eine Ruine.

»Teilen wir uns auf, June!«, befahl er ihr, weshalb sie in dem düsteren Flur nach links abbog und er nach rechts. Doch die Warrior waren ihnen dicht auf den Fersen und hatten sicher gesehen, wohin sie gerannt waren.

Im Laufschritt nahm sie die bröckelnden Betonstufen nach oben in den ersten Stock und hoffte, das Gebäude würde nicht über ihr zusammenfallen. Dann kauerte sie sich mit gezogener Pistole unter ein Fenster und spähte hinaus in die Wüste.

Ihre Mum hatte sie June genannt, weil sie an einem Junitag geboren war. Und in diesem Monat würde sie wohl auch ihr Leben aushauchen. Die Warrior hatten das Gebäude eingekesselt. Es gab kein Entkommen. Sie würde ihre geliebten Eltern nie wiedersehen.

Ein vermummter Krieger, von dem sie nur Augen und Mund zu sehen bekam, spürte sie auf, hielt ihr eine Waffe an den Schädel und fragte sie knurrend: »Willst du lieber gleich draufgehen oder später?«

Aus einem Reflex heraus flüsterte sie »später«, ohne zu ahnen, wie bitter sie das bereuen würde.

»Wirklich?« Seine Stimme klang leicht amüsiert. »Ihr wisst offenbar tatsächlich nicht, was wir mit euch machen.«

»Was macht ihr denn mit uns?«, fragte sie atemlos, während ihr der Soldat die Hände auf dem Rücken fesselte.

»Wenn ich dich mitnehme, werden meine Waffenbrüder und ich dich tagelang ficken«, knurrte er in ihr Ohr, sodass ihr kalte Schauder über den Rücken liefen. »Du wärst unsere Sklavin und würdest unendliche Qualen leiden, während das Volk dir zusieht

und uns anfeuert. Wir werden dich foltern, dich brechen, dich töten … und wir werden es genießen.«

Sie riss den Kopf herum und schrie: »Du lügst!«

Grinsend ließ er den Lauf seiner Waffe über ihre Wange gleiten und raunte: »Unter der Kuppel ist es nicht so traumhaft, wie du dir das ausmalst. Nicht für jemanden wie dich.«

Er wollte es ihr nur ausreden … bestimmt!

Ein Team aus Männern in schwarzen Anzügen passte ihre kleine Gruppe aus Gefangenen und Kriegern gleich nach Einmarsch in die Hauptkuppel ab. Die Warrior fragten, was hier gespielt wurde, und die Männer antworteten: »Es ist alles in Ordnung. Befehl von ganz oben.«

June ahnte sofort, hier stimmte etwas nicht.

Die Anzugträger steckten June in eine winzige, fensterlose Zelle, und ein Arzt kam vorbei, um sie zu untersuchen und ihr mit einer Art Riesenspritze ein Implantat im Nacken unter die Haut zu jagen. June wusste nicht, wozu es gut war.

Mit allen anderen Häftlingen – Männern sowie Frauen – durfte sie ein Mal in einem engen Nassraum duschen. Als man sie wieder abführte, kam sie an einem Wärter vorbei, auf dessen Tisch ein Monitor stand. Der Mann sah sich eine dieser Sex-Shows an, von denen der Krieger gesprochen hatte. Tatsächlich hatte jedes seiner Worte gestimmt!

Die grausamen Bilder der gequälten Frauen und Männer brannten sich tief in ihr Bewusstsein, weshalb sich June sofort freiwillig für diese Selbstmordmission gemeldet hatte …

Nun starrte sie immer noch auf die vier Krieger, die bald ihre Deckung hinter der Mauer erreicht hatten. Bläulich-knisternde Funken überzogen den Körper des einen Soldaten, der zweite hielt Flammenkugeln in seinen bloßen Händen, die Augen des dritten glühten wie Kohlen und der Overall des letzten Kriegers war mit Eiskristallen überzogen.

Wie das funktionierte, wusste June nicht. Sie konnte sich keinen Reim darauf machen und glaubte weiterhin, zu halluzinieren.

»Neo«, wisperte June, wobei sie nun selbst wie versteinert hinter der Mauer stand. »Lass uns wenigstens nicht wehrlos sterben.«

In diesem Moment sprang Neo brüllend auf und feuerte sein Magazin leer. Er traf mindestens zwei der Krieger, denn der mit den Glutaugen zuckte und der mit dem eisbedeckten Overall brüllte genauso wütend zurück.

June stützte ihre zitternden Arme an der Mauer auf und versuchte, mit ihren letzten drei Kugeln diese Was-auch-immer zwischen den Augen zu treffen. Als sie den Energie-Krieger erwischte, blitzte es an dessen Schulter weiß auf. Sofort streckte er den Arm aus – und ein gigantischer Lichtstrahl schoss in ihre Mauer. Schmutz und Steine regneten auf June herab und die Hälfte der Barriere fehlte plötzlich. Sie hatten keine Deckung mehr! Dennoch ließ sie den Revolver nicht los. Damit konnte sie immerhin noch jemandem den Schädel einschlagen.

Der Kristallmann machte eine ähnliche Armbewegung wie Mr. Blitz, woraufhin Neo neben ihr zu Boden ging. Ein dicker Bolzen, der aussah, als wäre er aus Eis, hatte sich genau durch sein Auge gebohrt!

Das passiert nicht wirklich, dachte June und bückte sich, um mit den Fingerspitzen den Teil des Bolzens zu berühren, der aus dem Schädel ragte. Eiseskälte betäubte ihre Haut.

Das war echt … echt! Und Neo war tot!

Abrupt richtete sie sich auf und starrte zu den Kriegern. Der Eismann drehte ihr den Rücken zu und verschwand in der Dunkelheit, als würde ihn der Kampf plötzlich nichts mehr angehen. Die menschliche Fackel schien es jedoch auf sie abgesehen zu haben.

Während Elektro und Glühauge die beiden überlebenden Häftlinge verfolgten, die schreiend nach links davonliefen, wirbelte June herum. Zu ihrer Rechten versperrten ihr die Trümmer der gesprengten Mauer den Weg, deshalb blieb ihr nur das brennende Haus als Fluchtmöglichkeit. Doch würde das einen Krieger, der selbst Feuer erschaffen konnte, aufhalten? Wahrscheinlich nicht.

Sie nahm allen Mut zusammen, holte tief Luft und lief durch die offene Tür, die nicht in Flammen stand, in das Gebäude. June machte sich auf viel Rauch und noch mehr Feuer gefasst, aber von beidem gab es hier drin kaum etwas. Offenbar hatten die Organisatoren dieses Wahnsinns nur die Fassaden der Ruinen in Brand gesteckt!

June hoffe, dass es einen Hinterausgang gab, doch überall verhinderten Schutt, zerbrochene Steine und herumliegende Mauerteile ein Durchkommen. Lediglich eine halb eingestürzte Steintreppe führte nach oben.

Dieses Szenario erinnerte sie schmerzhaft an den Tag ihrer Gefangennahme und sie hatte ein Déjà-vu. Erneut würde es für sie kein Entkommen geben, nur wartete dieses Mal der Tod durch Verbrennen auf sie. Der Flammenkrieger stand bereits in der Tür und starrte sie an. Die Feuerkugeln in seinen Händen waren verschwunden, dafür fühlte sie seinen intensiven Blick, der sich durch ihren Overall zu brennen und ihre Haut zu versengen schien. Wahrscheinlich bildete sie sich das nicht einmal ein!

Obwohl sie wusste, dass kein Wunder geschehen würde, rannte sie nach oben. Sie wollte das Unausweichliche so lange wie möglich herauszögern. Und vielleicht konnte sie den Flammenkrieger doch noch irgendwie ausschalten. Sie hatte immer noch den Revolver, den sie ihm über den Schädel ziehen konnte!

June lief in den erstbesten Raum, der weder Fenster noch eine weitere Tür besaß, und lauerte im Dunkeln auf den Warrior. Sobald er die Schwelle übertrat, würde sie zuschlagen.

Ihr Herz raste derart heftig, dass ihre Rippen schmerzten. Aber wahrscheinlich waren das eher ihre Lungen. June bekam kaum Luft, denn Panik schnürte ihr die Kehle zu.

Da es im Flur wegen der Flammen an der Fassade ein wenig hell war, erspähte sie zuerst einen großen Schatten, bevor der Krieger in den Raum trat. June zögerte keine Sekunde und holte aus, doch ein Arm des großen Kämpfers stoppte blitzschnell ihren Schlag. Sie traf lediglich seinen Unterarm.

Noch ehe sie wusste, wie ihr geschah, hatte er ihr den Revolver entrissen und in eine dunkle Ecke geschleudert. Dann packte er ihre Handgelenke und hielt sie dicht vor seiner Brust zusammen.

Mehr sah June aktuell auch nicht von ihm, weil sie viel kleiner war als er. Der Flammenkrieger hatte sie erwischt, nun würde er sie verbrennen.

June wollte stark sein, wollte dem Mistkerl zeigen, dass sie erhobenen Hauptes in den Tod ging – dennoch stahlen sich Tränen in ihre Augen.

»Warum tötet ihr uns?«, fragte sie leise und legte den Kopf in den Nacken, um den Mann anzublicken. June konnte ihn in der Düsternis kaum erkennen. Auch wenn sie die Farbe seiner Iriden nicht ausmachen konnte, sah sie durch die Sehöffnungen seiner Maske gerade so viel, um beurteilen zu können, dass seine Augen menschlich waren.

»Wieso?« Ihre Stimme wurde lauter, und sie riss mit aller Kraft die Arme nach unten – vergeblich. Seine Finger lagen wie Stahlklammern um ihre Gelenke und der Kerl starrte sie einfach nur an.

Immer noch wollte sie sich nicht geschlagen geben, daher nutzte sie das Zögern des Kriegers, um wenigstens herauszufinden, wer er war. Denn nur wer seinen Feind kannte, konnte seine Schwachstellen aufdecken.

»Was bist du?«, fragte sie bebend und konnte sich kaum auf den Beinen halten. Ihre Knie würden ihr Gewicht nicht mehr lange tragen.

Als er mit leiser Stimme sagte: »Hast du Angst vor mir?«, schnappte sie nach Luft.

»Natürlich habe ich Angst, du …!« Sie verkniff sich das böse Wort, weil sie ihn nicht gegen sich aufbringen durfte, und wollte erneut wissen, was für eine Kreatur er war.

Doch er sprach weiter, als würde er ihr nicht zuhören. Dabei klang seine Stimme tief, männlich. »Du bist mutig. Mutiger als die anderen. Die haben sich alle in die Hose gemacht.«

»Sind sie tot?«, wisperte sie, und er nickte.

»Du bist wahrscheinlich die letzte Überlebende.«

Als plötzlich seine Sturmhaube Feuer fing, wich June mit dem Kopf zurück und stieß einen erstickten Schrei aus. Der Krieger ließ sie jedoch nicht los, bis seine Maske fast ganz verbrannt war. Dann schüttelte er den Kopf, und Funken und glühende Stoffreste stoben davon.

Zum Vorschein kam ein fast schon unnatürlich attraktives Männergesicht, über das winzige Flammen züngelten. Fasziniert starrte June auf kurze dunkle Haare, hohe Wangenknochen, eine gerade Nase und wohlgeformte Lippen. Der Mann war schätzungsweise ungefähr so alt wie sie, womöglich sogar jünger.

»D-du bist der Teufel!«, stotterte sie. Ein sündhaft schöner Teufel, und er war gekommen, um sie in die Hölle zu schicken.

Ein trauriges Lächeln huschte über sein Gesicht. »Ich bin nicht der Teufel. Ich kann viel schlimmere Dinge tun.«

»Die anderen Warrior sind nicht so wie ihr!«, rief sie und versuchte erneut, sich loszureißen – ohne Erfolg. Seine Finger fühlten sich plötzlich viel zu warm an. Was, wenn er seinen ganzen Körper in Flammen aufgehen ließ und sich an sie drückte?

»Nein, das sind sie wirklich nicht«, erklärte er, wobei er immer noch seelenruhig ihr Gesicht musterte. »Das sind Babys im Gegensatz zu uns. Nur unsere Einheit hat solche Fähigkeiten. Das Projekt ist streng geheim.«

Projekt?

Er kniff kurz die Lider zusammen und runzelte die Stirn, als würde er Schmerzen leiden … oder als würde ihn etwas daran hindern wollen, ihr das zu erzählen.

»Jeder von uns …«, brachte er mühsam hervor, »… soll einen von euch mit unserer PSI-Fähigkeit töten.«

PSI … Was?

Die Flammen in seinem Gesicht loderten plötzlich höher, und June fühlte die unangenehme Hitze, die sie ausstrahlten.

»Ich will nicht verbrennen!«, rief sie, wobei neue Tränen über ihr Gesicht perlten. »Bitte! Erschieß mich doch einfach!«

Abrupt ließ er sie los, sodass sie nach hinten taumelte und hart mit dem Hintern auf dem Boden landete.

Der Mann ging vor ihr in die Knie, sammelte herumliegende Holzlatten zusammen, brach sie durch, als wären sie lediglich Zweige, und setzte sie mit seinen Händen in Flammen. Schon loderte ein kleines Lagerfeuer zwischen ihnen.

June war zu verwirrt, um sich darüber Gedanken zu machen. Wieso tötete er sie nicht?

»Du hast mich vorhin angeschossen. Respekt«, sagte er, und seine Mundwinkel hoben sich zu einem ehrlichen Lächeln.

Neue Wut krampfte ihren Magen zusammen. »Was wird das hier? Irgendein kranker Scherz?« Spielte dieser Kerl erst mit seiner Beute, bevor er sie erlegte?

Sein Lächeln verschwand augenblicklich und mit ihm die Flammen in seinem Gesicht. »Ich wollte nur reden.«

»Ach so, du führst noch ein kleines, nettes Gespräch, bevor du deine Opfer verbrutzelst«, stieß sie sarkastisch hervor und wollte aufstehen, aber sie war nicht dazu fähig. Einerseits fühlte sie sich völlig ausgelaugt, andererseits zitterte immer noch jeder einzelne Muskel. Außerdem gab es da noch das Fünkchen Neugier, das sie hierbleiben ließ. Vor dem Gebäude würde sie ohnehin der Tod erwarten, da saß sie lieber mit diesem hübschen Verrückten am Feuer und unterhielt sich.

Als der Krieger sie beinahe schmerzerfüllt anblickte, holte sie tief Luft und sagte sanfter: »Ich habe nicht bemerkt, dass ich dich getroffen habe.«

»Ich fühle kaum etwas, was auch gut ist, oder ich hätte starke Schmerzen, sobald die Flammen über meine Haut wandern.« Seine Stimme klang plötzlich so unglaublich traurig, dass sie den Kerl am liebsten umarmt hätte.

Das ist doch alles nur Taktik!, schalt sie sich. Allerdings hatte er es geschafft, sie ein wenig zu beruhigen.

Er zog den Reißverschluss seines Overalls bis zum Bauchnabel herunter, und June schluckte hart bei all den schwellenden Muskeln, die zum Vorschein kamen. Als er auch noch aus den Ärmeln schlüpfte, sodass seine obere Körperhälfte nun völlig entblößt war, wäre sie im Normalfall wirklich schwach geworden. Doch vor ihr saß ein übernatürlicher Killer!

Dennoch schweiften ihre Blicke über seinen makellosen Körper, blieben dann allerdings an seiner Schulter hängen. Dort prangte tatsächlich ein Einschussloch!

»Du blutest gar nicht!« Sie beugte sich vor, um mehr sehen zu können, aber sie traute sich nicht, am Feuer vorbeizugehen. Hier, auf der anderen Seite, fühlte sie sich sicherer.

»Verheilt bereits.« Als er plötzlich wie ein Raubtier auf allen vieren zu ihr krabbelte, hielt sie die Luft an. »Siehst du?«

Er war ihr so nah, dass sie ihn hätte küssen können, wenn sie sich ein wenig nach vorne beugen würde. June hatte jedoch nur Augen für seine dunkelgrauen Iriden. Die erinnerten sie an Rauch.

Der Kerl hingegen erinnerte sie vom Verhalten eher an ein kleines Kind.

Schlagartig setzte sich das Puzzle in ihrem Kopf zusammen: Spezialfähigkeiten, streng geheimes Projekt, abgeschirmt, wenig Kontakt zu anderen Menschen, Gehirnwäsche, Killermaschinen ...

Er war jedoch kein Kind, und vor allem steckte er nicht im Körper eines Kindes, denn seiner strotzte vor Männlichkeit.

Mutig streckte sie die Hand nach seiner Schulter aus und ließ den Zeigefinger um das Einschussloch kreisen. Falls ihre Augen ihr keinen Streich spielten, sah es so aus, als würde sich die Wunde von innen schließen!

Schnell zog sie den Arm zurück. »Heilen dich deine PSI-Fähigkeiten?«

»Nein«, raunte er, wobei er immer noch auf allen vieren vor ihr im Staub kniete.

»Wie funktioniert das dann? Und vor allem so schnell?« Und diese Geschwindigkeit war selbst für einen Warrior unnormal. Hier stimmte nichts, aber auch wirklich gar nichts!

Schwermütig seufzend schlug er die Augen nieder und setzte sich neben ihr im Schneidersitz hin. »Du weißt schon zu viel.« Im nächsten Moment starrte er sie jedoch mit solch einem intensiven Blick an, als ob er sie mit Haut und Haaren verschlingen wollte!

Und da wurde ihr zum ersten Mal bewusst, was er tatsächlich von ihr wollte. Warum er sie noch nicht getötet hatte.

Ihre Kehle wurde ganz trocken und ihr Pulsschlag legte drastisch an Tempo zu. »Hast du dir noch nicht genug Spaß in den

Shows geholt?«, fragte sie krächzend, wobei sich wahre Horrorszenarien vor ihrem geistigen Auge auftaten. Sie hatte immer noch die Bilder dieser widerlichen Unterhaltungssendung im Kopf, in der Sklaven gequält, vergewaltigt und getötet wurden. Doch dieses Mal sah June auch sich selbst nackt unter diesem Krieger liegen, der sie von innen verbrannte, während er den Höhepunkt erreichte.

»Wir nehmen nicht an diesen Shows teil, aber ich habe von ihnen gehört.« Seine glatte Stirn legte sich in Falten. »Ich habe noch nicht mal eine Frau geküsst, geschweige denn angefasst.«

Sie hatte mit ihrer ersten Vermutung also richtig gelegen. Dieser Mann besaß nicht viele Kontakte zur Außenwelt oder zu welcher Welt auch immer. Und er hatte noch nie etwas mit einer Frau? Dieses ganze Testosteron in seinem Körper musste ihn ja schier umbringen!

Zu ihrer Überraschung musste June sich eingestehen, dass sie ihn trotz der ausweglosen Situation attraktiv fand. Etwas schmolz in ihrem Inneren.

Seine Nasenflügel blähten sich. »Ich möchte nicht, dass du Angst vor mir hast.« Vorsichtig streckte er den Arm nach ihren Händen aus, die sie im Schoß zusammengekrampft hatte, und June ließ es zu, dass er sie berührte. Sie verschränkte die Finger einer Hand mit seinen Fingern und wartete gebannt, was als Nächstes geschehen würde.

»Ich will niemandem wehtun, aber sie zwingen mich. Zwingen uns …« Erneut kniff er die Augen zu und verzog das Gesicht. Dann rieb er sich über den Nacken.

»Wer zwingt dich?«, wollte sie wissen und drückte sanft seine Finger. »Die Männer in den schwarzen Anzügen?«

Als er raunte: »Du bist schön«, wäre sie am liebsten wieder in Tränen ausgebrochen.

Das war doch alles verrückt! Sie führte mit diesem Kerl seltsame Gespräche, erhielt kaum Antworten und draußen hallten neue Schüsse! War doch noch jemand am Leben?

Der Krieger neben ihr schien von den Vorkommnissen außerhalb des Gebäudes unbeeindruckt zu sein, denn er hatte nur Augen für sie. »Du bist wirklich hübsch.«

Sie gab es auf, ihn auszufragen, denn sie würde ohnehin nichts Konkretes erfahren. Außerdem würde sie bald sterben, das stand für June weiterhin fest. Der Warrior sagte, *sie* würden ihn zwingen. Dann blieb ihm ohnehin keine Wahl.

»Wie heißt du?« Er beugte sich näher zu ihr und sog die Luft ein, als würde er ihren Duft einatmen. Dabei hielt er die Augen halb geschlossen.

»Ist das noch wichtig?«, fragte sie kraftlos.

»Für mich schon.«

»June«, sagte sie schluchzend. »Ich heiße June.«

»June …« Ohne sie loszulassen, fuhr er mit den Fingern der anderen Hand über ihre Wange und verrieb ihre Tränen. Danach zog er den Arm zurück. Im Schein des Lagerfeuers erkannte June, dass der Tropfen auf seiner Fingerspitze zischend verdampfte.

Als plötzlich eine Megafon-Durchsage zu ihnen ins Gebäude hallte, zuckten sie beide zusammen. »Nummer sieben bei der Einsatzleitung melden!«

Der Krieger sprang auf und schloss hektisch den Overall. »Ich muss los!«

»Und was wird aus mir?« Sie stand ebenfalls auf und wich vor ihm zurück.

Er zögerte einen Moment, nickte dann, als hätte er eine Entscheidung getroffen, und sah ihr tief in die Augen. Der intensive Blick entzündete kleine heiße Flammen in June, die nichts mit dem zerstörerischen Feuer zu tun hatten, das überall um sie herum flackerte.

»Ich lasse dich gehen.«

Zuerst glaubte sie, sich verhört zu haben. »Was?«

»Komm. Schnell!« Er streckte ihr die Hand hin, die sie reflexartig ergriff. Dann zog er sie weiter durchs Gebäude auf die Rückseite. Dort gab es ein zersplittertes Fenster, hinter dem kein Feuer brannte. Nichts als die nachtschwarze Wüste und der Sternenhimmel waren dadurch zu erkennen.

Der Warrior zog einen kleinen Haken aus seinem Gürtel, an dem ein feines Seil befestigt war. Er drückte ihn in den Fensterrahmen, dann sprang er auf den Sims und reichte June die Hand. »Los!«

Erneut ergriff sie diese und wurde an den Körper des Kriegers gezogen. »Halte dich gut an mir fest!«, befahl er, und kaum hatte sie die Arme um seinen Nacken geschlungen, ging es auch schon abwärts. Zügig seilte er sich mit ihr ab, bis sie festen Boden unter den Füßen spürte. Eigentlich konnte June sich nun von ihm lösen, aber ihre Hände blieben auf seinen breiten Schultern liegen. Seine ruhten einen Moment an ihrer Taille, bevor er einen Arm um sie schlang.

Überlegte er, sie doch noch zu töten? Würde er gleich in Flammen aufgehen und sie mit ihm? Es war hinter dem Gebäude so dunkel, dass sie diesen Mann nur fühlen, aber nicht sehen konnte.

»Wie heißt du?«, fragte sie schnell, wobei sie seinen Nacken kraulte. Seine kurz geschorenen Haare fühlten sich wie Seide an. Die Muskeln unter der glatten Haut waren fest und warm. Fast unmerklich lehnte er sich in ihre Berührung hinein.

June durfte nicht vergessen, wer er war. Sie musste seine Zuneigung zu ihr ausnutzen! »Bestimmt heißt du nicht Nummer sieben.«

»Doch.« Wie vor ein paar Minuten klang seine Stimme auch jetzt derart gequält, dass sich ihr Herz verkrampfte.

Behutsam strich sie über sein Gesicht, das sich nicht wärmer anfühlte als ihres. »Falls der Krieg eines Tages vorbei ist und wir ihn beide überlebt haben … Wie finde ich dich?«

»Suche nach *Flame*«, raunte er und schlang fest beide Arme um sie, als wollte er sie nie mehr hergeben.

Als sie ihren Kopf an seine Brust legte, glaubte sie, sein Herz schlagen zu hören, wild und kräftig. »Hast du dir den Namen gegeben?«

»Ja, aber verrate ihn keinem. Du darfst niemandem von mir oder meinen Waffenbrüdern erzählen. Jeder, der über unsere Einheit Bescheid weiß, stirbt.«

»Und was ist, wenn sie denken, ich bin entkommen? Und nach mir suchen?«

»Sie werden keine Leiche finden.« Abrupt ließ er sie los, und

Flames Gesicht erhellte sich. Kurze Flammen züngelten aus seiner Handfläche, während er mit der anderen Hand ein kleines Messer aus dem Stiefel zog. »Sie hätten sowieso nichts von dir gefunden. Mein Feuer brennt so heiß, dass nichts mehr von dir übrig geblieben wäre, nicht einmal DNS-Reste.«

June schluckte. »Wirst du mich jetzt doch töten?«

»Nein. Ich muss dein Implantat herausholen und es zerstören. Erst dann bist du frei.«

»Okay.« Es blieb ihr ohnehin nichts anderes übrig, als ihm zu vertrauen. Deshalb drehte sie sich um und ließ es zu, dass er ihr die Haare zur Seite strich und ihren Nacken freilegte.

»Was macht das Implantat?«, fragte sie, froh, dass es so winzig war und nicht tief saß.

»Es verrät deinen Standort.«

June fühlte einen schmerzhaften Stich, dann drückte Flame an ihrem Nacken herum, um den Chip herauszuholen. Sie biss die Zähne zusammen, doch es war zum Glück schnell vorbei.

»Ich werde deine Wunde noch verschweißen«, erklärte er, bevor glühende Hitze ihre Haut versengte. Es zischte kurz, dann stank es nach verbranntem Gewebe. »Fertig.«

Sie drehte sich um, und Flame hielt ihr seine offene Handfläche hin, auf der eine winzige, blutige Kapsel lag. Helle Flammen loderten um das Implantat, bis es zerschmolz und sich blubbernd auflöste.

Danach wurde es wieder dunkel.

»Ich danke dir so sehr«, flüsterte June, wobei sie die Hand nach Flame ausstreckte. Sie erwischte seine Finger, die sich diesmal sehr warm anfühlten, und drückte sie leicht. »Danke.«

Flames Griff zog sich zu und er holte sie zu sich.

»Darf ich dich zum Abschied küssen?«, raunte er, wobei sein Atem ihre Lippen streifte und er mit den Händen über ihre Arme strich.

June gab ihm keine Antwort, sondern krallte die Finger in den Kragen seines Overalls, zog seinen Kopf heran und drückte die Lippen auf den sinnlichen Mund dieses verteufelt schönen Kriegers.

Verhalten stöhnte er, während ihr seine Zunge entgegenkam. Fast schon gierig schnappte er nach ihren Lippen oder züngelte darüber, bis er hektisch und außer Atem zurückwich. »Ich sollte gar nicht mehr hier sein.«

June hatte der Kuss ebenfalls den Atem geraubt. Vor wenigen Minuten noch hatte sie gedacht, dieser Mann würde sie töten – nun wollte sie nicht mehr von seiner Seite weichen.

»Komm mit mir, Flame«, bat sie ihn, ohne seinen Kragen loszulassen.

Eine eigroße Feuerkugel erschien neben ihnen, die gerade einmal ihre Gesichter erhellte. Er hielt sie in seiner Handfläche, und June betrachtete sie fasziniert. Wie war so etwas bloß möglich? Warum verbrannte seine Haut nicht?

»Ich kann nicht«, murmelte er. »Sobald ich mich zu weit weg bewege …« Wie zuvor rieb er sich mit der anderen Hand über den Nacken und kniff die Lider zusammen. Dann umfasste er ihre Hände und machte sie beinahe schon grob von seinem Kragen los. »Jetzt geh!«, knurrte er. »In dieser Richtung liegt die nächste Stadt.«

Er deutete mit einem brennenden Zeigefinger in die stockschwarze Nacht. Dort gab es auch nur Ruinen, wusste June. Aber überall war es besser als hier.

»Und nimm mein Wasser mit«, setzte er sanfter hinzu und zog aus einer Hosentasche einen Schlauch. »Du wirst es brauchen.«

Nachdem er ihr den Behälter in die Hand gedrückt hatte, blickte er sie noch einmal sehnsuchtsvoll an und zog dann an dem dünnen Stahlseil, das noch immer am Fenstersims befestigt war. »Leb wohl, June.«

Flink wie ein Gecko kletterte er an der Wand nach oben und verschwand im Gebäude. June blieb allein im Dunkeln zurück.

Dieser Krieger ließ sie gehen! Gab es noch Hoffnung für sie alle? Oder war das ein Zeichen, andere zu warnen, weil sie bald gar keine Chancen mehr hatten, sich gegen diese Übermenschen zu verteidigen?

Sie hatte versprochen, niemandem etwas zu sagen … June fühlte sich Flame verpflichtet, schließlich hatte er sie verschont.

Er blickte noch einmal wehmütig aus dem Fenster, wobei über sein Gesicht winzige Flammen züngelten, dann war er verschwunden.

Urplötzlich fühlte sich June verlassen und wie erstarrt, doch sie gab sich einen mentalen Tritt, drehte sich um und lief in die Nacht hinaus. Tränen der Erleichterung, aber auch der Trauer, perlten über ihr Gesicht. Heute Nacht waren viele Menschen gestorben, doch sie hatte überlebt. Wegen Flame.

June war sich nicht sicher, ob sie nicht gerade nur von einem in Flammen stehenden Mann geträumt hatte und jeden Moment erwachen würde … wäre da nicht der Schmerz in ihrem Nacken und das leise Ziehen hinter ihrem Brustbein.

Nein, Flame war echt. Und sie würde ihn niemals vergessen.

Kapitel 2 – June – Erinnerungen

June schob die Finger am Nacken unter ihren dicken Zopf und wischte sich über die feuchte Haut. Dabei erspürte sie die kleine Narbe, die sie immer an Flame erinnern würde und dass er sie vor einer kleinen Unendlichkeit gerettet hatte. So viel Zeit war seitdem vergangen, vieles hatte sich verändert.

Nach dem Fall des Regimes vor über zwei Jahren, hatte sich June mit vielen anderen Siedlern dagegen entschieden, unter den Kuppeln zu leben. Früher schien ihr das erstrebenswert, ein wenig wie eine verbotene Frucht, von der man unbedingt naschen wollte. Seit sie die Wahl hatte, verstand sie erst, wie wertvoll die Freiheit hier draußen war und genoss das Gefühl. Sie hatte das Grauen erlebt und wusste, wie vor dem Sturz mit »Leuten wie ihnen« in Royal City verfahren worden war. Ohne Flames Hilfe vor zwölf Jahren wäre sie nur zweiundzwanzig Jahre alt geworden …

Verdammt, war das heute wieder heiß! Dabei war es erst früher Vormittag.

Wie so oft um diese Zeit stand June auf der Aussichtsplattform ihres Zuhauses, um den Übungskämpfen der Wachen im Hof zuzusehen. Das Miniaturschloss aus grauem Schiefer – andere bezeichneten es als winzige Burg – befand sich mitten im ehemaligen Central Park und war im 19. Jahrhundert von einem der Gestalter der riesigen Anlage auf einem Felsen errichtet worden. Nun bildete »Belvedere Castle« zugleich den Hauptsitz der Gemeindeverwaltung von Oasis und Junes Heim. Im ersten Stock bewohnte sie ein kleines Zimmer, vor dem es eine Dachterrasse gab, eine Etage höher lag die Plattform und es existierte noch ein winziges Spitztürmchen, das jedoch nur über eine Leiter zu erreichen war. Im Untergeschoss befand sich die »Ratshalle«, in der regelmäßig Sitzungen des Siedlungsrates stattfanden. Auch wenn June den Posten des Gemeindeoberhauptes innehatte, wurde über alles demokratisch abgestimmt. Die Siedler wählten einmal im Jahr den Rat und dieser vertrat die Interessen der hier lebenden Leute – und das waren inzwischen über zweihundert.

Wenn June mit Mitte dreißig auf ihr Leben zurückblickte, konnte sie sich im Großen und Ganzen nicht beschweren. Nachdem sie dank Flame die Chance auf ein neues Leben erhalten hatte, war sie von den Siedlern vor zwei Jahren zur Stadträtin gewählt worden. Oasis gab es noch nicht so lange, zumindest nicht unter diesem Namen, denn vor dem Sturz des Regimes hatten hier einige ungute Gesellen gehaust, die sich dann zum Glück verkrochen hatten. Leider griffen sie jetzt immer öfter die Siedlung an.

June hatte gute und weniger gute Jahre erlebt, mit zwei längeren Beziehungen und darauf folgenden einvernehmlichen Trennungen. Ivan wohnte nun in Royal City, Ben lebte immer noch hier und hatte mit Clara eine Familie gegründet. Zu Ben besaß sie aber nach wie vor ein freundschaftliches Verhältnis.

June waren keine Kinder vergönnt gewesen und mittlerweile hatte sie sich damit arrangiert. Der Alltag war grausam genug, womöglich war es besser, nicht noch mehr geliebte Menschen verlieren zu müssen.

Vielleicht hatte es mit ihren Beziehungen und Kindern auch deshalb nicht geklappt, weil ihr Herz heimlich immer nur für ihren Flammenkrieger geschlagen hatte. Es kam June vor, als hätte sie sich ihr halbes Leben lang nach Flame gesehnt und sich ausgemalt, wie es wäre, in seinen starken Armen zu liegen. Besonders nach dem Fall des alten Regimes war ihr der Warrior nicht mehr aus dem Kopf gegangen, und sie hatte sogar diskret nach ihm geforscht. Allerdings schien niemand jemals von einem Krieger mit dem Namen Flame gehört zu haben.

Umso größer war Junes Überraschung gewesen, als sie ihm vor zwei Monaten plötzlich gegenüber gestanden hatte. Trotz der dramatischen Ereignisse war ihre Hoffnung auf eine gemeinsame Zukunft sofort wieder hell aufgeflammt. Und nun … war er tot, umgekommen durch eine Explosion, die er selbst ausgelöst hatte, um das Labor eines wahnsinnigen Forschers für immer zu zerstören und die unmenschlichen Ideen dahinter endgültig zu begraben.

Was wäre geschehen, wenn er stattdessen mit ihnen gekommen

wäre? Würde er dann dort unten im Hof mit den anderen trainieren?

Hinter ihrem Brustbein zog es schmerzhaft. Sie sollte endlich aufhören, sich Gedanken über das »Was wäre wenn …« zu machen. Das Leben ging weiter, sie musste nach vorne sehen.

Von der Plattform der Burg besaß June einen wunderbaren Ausblick über den halben Park. Ein Teich schimmerte vor ihr in der Sonne, dahinter erstreckte sich eine kleine Wiese und noch weiter entfernt ein Getreidefeld. Auf der gegenüberliegenden Seite lag das »Siedlerwäldchen«, in dem die meisten Einwohner von Oasis in Baumhäusern lebten. Nachts zog man einfach die Leitern ein, um wilden Tieren und Plünderern den Zutritt zu erschweren. Außerdem herrschte zwischen den Baumkronen ein angenehmeres Klima.

Mindestens zwei Wachen schützten die kleine Burg Tag und Nacht. Sie passten nicht nur auf June auf, sondern auch auf wertvolle Relikte aus früheren Zeiten und Lebensmittelvorräte für absolute Notfälle, die im Keller lagerten.

Gedankenverloren schaute June weiterhin Pyro und Acid bei ihren Übungskämpfen mit den Wachleuten zu. Diese waren an ihren kurzärmeligen weißen Hemden und den blauen Hosen zu erkennen. Acid hatte jedoch für die Schwertkämpfe mit Enzo das Hemd ausgezogen, und seine bronzefarbene Haut, die sich über prachtvolle Muskeln spannte, glänzte in der Sonne, genau wie sein blondes Haar. Die Schwerter klirrten, und der junge Enzo, ein schwarzhaariger Bursche von kaum zwanzig Jahren, hatte sichtlich Mühe, die Angriffe zu parieren.

Den Warrior Acid und seinen nicht weniger kräftigen Freund Pyro – das war der attraktive, dunkelhaarige Mann, der Tristan im Faustkampf unterwies – in ihrer Siedlung zu haben, war ein wahrer Glücksfall. Dank ihnen hatten sich die Überfälle der Plünderer bereits reduziert.

June hatte Pyro und Acid gebeten, in Oasis zu bleiben, um es zu beschützen. Der Rat hatte zugestimmt, doch viele Siedler zeigten zu Beginn Vorbehalte gegen die *beiden* Warrior. Dabei war Pyro gar keiner dieser ehemaligen Superkrieger, auch wenn er einen ähnlichen Körperbau besaß. Das lag bei ihm an dem Geheimnis – oder den vielen Hunderten – die er in sich trug. Genau wie Flame …

Verdammt, schon wieder dachte sie an ihn! Und heute fiel es June noch schwerer als sonst, sich abzulenken, weil ein Tag ohne Verpflichtungen anstand. Deshalb würde sie gleich zum großen Speichersee gehen, sich dort unter einen Schatten spendenden Baum setzen, ein bisschen an dem neuen Kleid weiter nähen, das sich die kleine Hazel zum Geburtstag wünschte, und anschließend ein Bad nehmen.

Morgen wollte Kathryn Redstone aus Royal City vorbeikommen, gemeinsam mit ihrem Lebensgefährten Clint Stevenson. Die Botschafterin und der Minister waren für June mittlerweile gute Freunde geworden. Mit ihnen würde sie sich über ein knappes Dutzend weiterer Ex-Krieger unterhalten, die Interesse hatten, die Kuppelstadt zu verlassen und sich ihrer Gemeinde anzuschließen. Wie zuvor Acid und Pyro, boten die Männer an, gegen Verpflegung und Unterkunft die Wachmannschaft der Siedlung zu verstärken. June wollte zuvor aber ein bisschen was über diese Männer erfahren.

Gerade, als sie sich in die Burg zurückziehen wollte, entdeckte sie eine Frau, die über die Brücke auf den Vorhof schlenderte. June erkannte sie sofort an ihren kinnlangen, zu Zöpfchen geflochtenen schwarzen Haaren, dem bauchfreien Top und den Wildlederhosen mit den Fransen. Am stärksten fiel jedoch die Armbrust auf, die sie an einem Gurt über der Schulter trug.

June hatte gehört, es sollte weibliche Warrior geben, und sie stellte sich diese ein bisschen so vor wie ihre Freundin: zäh, mit drahtigen Muskeln, und wunderschön. Wie eine Amazone.

»Skye!« June winkte ihr freudig zu. Sie hatte Skye seit Wochen nicht mehr gesehen – und es gab so viel zu erzählen.

»Hi, du!«, rief Skye und winkte zurück. In der Hand hielt sie ein Buch. »Hab dir was mitgebracht!« Ein breites Lächeln stahl sich auf ihr sonnengebräuntes Gesicht, sodass ihre Zähne beinahe weiß wirkten. Ihre Kleidung war sauber und ihre schwarzen Haare glänzten feucht. Skye hatte sich also bereits frischgemacht, denn normalerweise umhüllten sie mehrere Lagen Staub und Dreck.

Sofort drehten sich einige Wachen zu ihr um und begrüßten sie dämlich grinsend. Skye war schon immer ein Männermagnet gewesen. Ihre indianischen Wurzeln verliehen ihr ein attraktives und leicht mysteriöses Aussehen: hohe Wangenknochen, leicht schräg gestellte, katzenhafte Augen, sinnliche Lippen. Skye konnte fast jeden haben, doch sie hielt es nie lange mit einem Mann aus und liebte die Herausforderung, weshalb sie gerne mit ihrem Handwagen tage- oder wochenlang durch die Gegend streifte, um für die Siedlung nach brauchbaren Sachen zu suchen. In den umliegenden Ruinen lagen immer noch wahre Schätze verborgen, und Skye schien stets zu wissen, wo es etwas zu holen gab.

June machte auf dem Absatz kehrt, stieß die Holztür des Türmchens auf und rannte die schmale Treppe nach unten. Auf halbem Weg stieß sie beinahe mit Skye zusammen, und sie fielen sich lachend in die Arme.

»Ich habe schon fast nicht mehr gehofft, dich lebend wiederzusehen.« June drückte ihre Wange gegen Skyes Zöpfchen, denn ihre Freundin war ein gutes Stück kleiner als sie. »Wo warst du nur so lange?«

Als sie sich lösten und June sie in ihre etwa vier mal sechs Meter große Wohnkammer führte, in der an jeder Seite zwei hohe Fenster mit Rundbögen Licht hinein ließen, erkannte sie die gelblichen Überreste eines Blutergusses an Skyes linker Augenbraue. »Was ist passiert?«

Das Gesicht ihrer Freundin verfinsterte sich. »Eine kleine Gruppe Slasher hat mich vor zwei Wochen überfallen und mir all mein Zeug geklaut. Und ich hatte dieses Mal richtig geniale Sachen gefunden!«

»Slasher?« Kalte Schauder krochen bei diesem Namen über Junes Rücken, obwohl es in der Burg nicht gerade kühl war – aber immerhin viel angenehmer als draußen. »Habe ich noch nie gehört.«

»So nennen sich die Plünderer.«

»Shit!« June hatte geahnt, dass Skye früher oder später in deren

Finger geriet! Sie sagte jedoch nichts dazu, weil ihre Freundin ihre Meinung kannte. Ganz allein da draußen herumzuziehen, war gefährlich! Nicht nur wegen möglicher Überfälle, sondern auch falls Skye ernsthaft krank werden sollte oder sich verletzte, war niemand in der Nähe, um ihr zu helfen. »Und du hast dich gewehrt, wette ich.«

Lässig zuckte Skye mit einer Schulter und schlenderte zu dem Fenster, das zum Hof zeigte. »Natürlich habe ich das.«

Junes Hals war plötzlich ganz trocken. Sie ging zu ihrem kleinen Tisch, auf dem eine Karaffe mit Wasser stand, die ihr der junge Mirko jeden Morgen vorbeibrachte, und goss sich und Skye etwas in zwei Becher.

Außer dem Tisch mit den zwei Holzsesseln, einem Bett, einer Waschgelegenheit und einem Metallständer, auf dem ihre Kleidung hing, besaß sie nur noch ein Bücherregal mit Schätzen aus der alten Welt, die Skye ihr überwiegend mitgebracht hatte, sowie eine flache Truhe, die sich unter ihrem Bett befand. Dort stand auch ihr bequemer Lesesessel, den sie erst seit Kurzem besaß. Den hatte Acid ihr geschenkt.

June reichte ihrer Freundin einen Becher und murmelte: »Du hast Glück, dass sie dich nicht umgebracht haben.« Dann nahm sie selbst einen großen Schluck Wasser.

»Ach«, schimpfte sie, »das waren doch noch halbe Kinder. Die haben sich sofort verpisst, als ich meine Bessy hervorgeholt habe.« Liebevoll tätschelte sie ihre Armbrust, die immer noch über ihrer Schulter hing.

»Wieso bist du nicht sofort zu uns zurückgekommen?« June wandte rasch den Blick ab, um Skye ihre Besorgnis nicht zu zeigen, und betrachtete stattdessen durch das leicht trübe Glas, wie Acid im Hof einer kräftigen Frau – ihr Name war Anka – zeigte, wie man ein Schwert richtig hielt. Anka wollte schon seit Längerem in die Wacheinheit, und der Warrior war sofort von ihr begeistert gewesen. Sie stellte sich wirklich geschickt an und hatte keine Angst vor den … Slashern. Ja, der Name passte zu den Plünderern. Sobald Skye gegangen war, musste sie sofort dem Siedlerrat diese Neuigkeiten überbringen.

Skye nippte an ihrem Becher, ohne June anzusehen. »Ich wollte nicht mit leeren Händen dastehen.«

»Niemand hätte dir einen Vorwurf gemacht!«

»Das weiß ich.« Ihre Freundin leerte den Becher in einem Zug und stellte ihn auf dem Fensterbrett ab. »Aber du kennst mich ja.«

June seufzte schmunzelnd. »Ja, ich kenne dich. Du kannst einfach nicht anders.« Ihre Freundin zog schon seit Jahren mit ihrem großen Handwagen durch die zerstörten Stadtteile, um alles einzusammeln, was ihrer Gemeinde nützlich sein konnte, und um Wünsche zu erfüllen. »Was hast du alles gefunden?«

»Zuerst einmal das.« Skye überreichte ihr das Buch, das sie bis jetzt in der Hand gehalten hatte.

»Danke schön!« June schlug den vergilbten Umschlag auf, auf dem nicht mehr viel zu erkennen war außer ein paar Flecken, und las den Titel: *Liebe auf den ersten Stich.*

»Ein neues Nähbuch! Ich danke dir!« Sie umarmte Skye abermals und gab ihr einen Kuss auf die Wange. Dann stellte sie ihren Becher ab, blätterte schnell die Seiten durch und freute sich über die zahlreichen interessanten Schnitte und Ideen.

»Und …«, erzählte Skye weiter, »ich habe jede Menge gut erhaltener Medikamente gefunden, die ich wochenlang aus den Trümmern eines halb eingestürzten Hauses geholt habe. Die Slasher haben mir *alles* abgenommen! Das ganze Zeug will ich unbedingt wiederhaben.«

Darauf würde Skye wohl ewig warten müssen. »Wenigstens hast du deine Armbrust noch.« June wusste, wie sehr ihre Freundin diese Waffe liebte.

Skye grinste. »Die hatte ich unter meinem Wagen versteckt. Als ich meine Bessy während des Handgemenges hervorzog, haben diese Mistkröten Reißaus genommen.«

Überrascht hob June die Brauen. »Sie haben nicht gleich deinen Handwagen mitgenommen?«

»Nein. Sie haben alles in ihre Rucksäcke gestopft.«

Interessant. Bisher wusste niemand in Oasis, wo diese Plünderer lebten. Anscheinend versteckten sie sich an einem Ort, den sie nur schlecht mit solch einem Gefährt erreichen konnten.

»Wegen der Medikamente musst du dir keine Sorgen mehr machen«, erklärte ihr June. »Wir sind eine Partnerschaft mit Royal City eingegangen, und sie versorgen uns mit allem, was wir brauchen, auch Medizin.«

»Ihr habt was?« Skye riss die Augen auf. »Ich habe ja offenbar wirklich einiges verpasst.«

»Hast du.« Grinsend deutete June durch das Fenster zum Hof. »Siehst du die zwei großen, gut gebauten Männer da unten? Die sind auch erst seit Kurzem hier. Sie unterstützen jetzt unsere Wacheinheit.«

»Meinst du den blonden und den schwarzhaarigen Warrior?« Skye schnaubte leise. »Die waren nicht zu übersehen. Hatte erst schon befürchtet, Oasis wäre von ihnen eingenommen worden. Doch dann habe ich dich auf dem Turm entdeckt.« Skye zog ihre typische Nachdenker-Schnute, legte den Kopf schief und musterte Acid und Pyro genau. Dann grinste sie June an. »Das sind zwei wirklich stattliche Kerle. Auf welchen stehst du? Ich habe genau bemerkt, wie du sie beobachtet hast.«

Typisch Skye. Selbst keinen Mann haben wollen, aber immer versucht, andere zu verkuppeln.

»Sie sehen beide heiß aus …«, begann June vorsichtig, »aber falls ich in einen verliebt wäre – was ich definitiv nicht bin –, hätte ich nie eine Chance bei ihnen.«

»Wieso nicht? Du …« Skye hob die Brauen, als sich die beiden Kämpfer in einer Trainingspause glühende Blicke zuwarfen. Dann sagte sie schmunzelnd: »Ich verstehe. Wenigstens muss ich von ihnen keine Anmachversuche befürchten.« Plötzlich wirkte sie noch nachdenklicher und ihre Stirn legte sich in Falten. »Diese Kerle verfolgen einen ohnehin ständig.«

June horchte auf und beugte sich interessiert zu ihrer Freundin. »Hattest du auch einmal eine Begegnung mit einem Warrior?« Skye hatte diesbezüglich nie etwas erwähnt.

»Nein, nur einen verrückten, sehr detaillierten Traum, den ich seit vielen Jahren in unregelmäßigen Abständen habe.«

»Von dem musst du mir erzählen«, murmelte June, während sie das Buch an ihre Brust drückte und wieder nach draußen schaute. Ständig glaubte sie, Flame unter den Kämpfern zu erkennen. Würde er je aus ihrem Kopf verschwinden?

»Ein andermal …«, drangen Skyes Worte wie aus weiter Ferne an ihre Ohren. »Jetzt will ich wissen, was ich verpasst habe! Eine Partnerschaft mit Royal City? Wie kam die zustande?«

Flame hatte sein Leben gegeben, damit diese außergewöhnliche Technik nicht in die falschen Hände fiel. Doch es wäre bestimmt auch auf anderem Weg möglich gewesen, das geheime Labor in die Luft zu jagen. Er hätte sich nicht opfern müssen!

Das nicht, aber … Flame hatte sterben wollen. June hatte es in seinen Augen gesehen und nichts dagegen tun können.

Skye rammte ihr leicht den Ellbogen in die Seite. »Hörst du mir überhaupt zu? Du wirkst, als wärst du meilenweit weg!«

Sofort kehrte sie in die Realität zurück. »Tut mir leid. Was hast du gesagt?«

Skye legte ihre Hand auf Junes Unterarm. »Was bedrückt dich? Du hast vorhin ein bisschen verloren gewirkt. Was ist denn hier wirklich passiert?«

»Ich …« Sie musste endlich mit jemandem darüber reden – nicht nur über den Vorfall, sondern vor allem über ihre Gefühle –, oder sie würde das alles vielleicht nie verarbeiten können. Natürlich hatte sie mit Kathryn gesprochen, schließlich war die Botschafterin dabei gewesen, als sie auf Flame gestoßen waren. Doch ihre Unterhaltungen waren nie in die Tiefe gegangen; das wäre June seltsam erschienen. Kathryn war – bei aller Freundschaft – in erster Linie eine politische Verbündete; mit ihr musste sie Verhandlungen führen und konnte keinen Seelenstriptease hinlegen. Das wäre einfach nicht passend.

Tief atmete June durch und blickte ihrer Freundin fest in die Augen. »Ich habe jemanden verloren, der mir … wichtig war.«

Skye starrte sie entgeistert an. »Bitte sag nicht, dass es Irit ist!«

Irit arbeitete in Oasis als Heilerin und stellte wertvolle Öle sowie pflanzliche Medizin her. Sie war sowohl June als auch Skye eine gute Bekannte.

June schüttelte den Kopf. »Es ist niemand, der bei uns lebt, und du kennst ihn auch nicht. Ich habe ihn vor vielen Jahren getroffen.«

»Es ist ein Mann?«

»Ein … Warrior.«

Skeptisch hob Skye eine Braue. »Hier war noch einer von denen?« Resolut nahm sie June das Buch ab, legte es auf das Fensterbrett und zog sie an der Hand zum Bett.

Als sie sich setzten, blickte Skye sie mit leicht zusammengekniffenen Lidern an: »Erzähle mir alles. Und lass bloß kein Detail aus!«

Jetzt konnte sie ihrer Freundin wirklich alles berichten. Offiziell gab es nichts und niemanden mehr, der mit der Sache von damals etwas zu tun hatte. Flame war tot, die gesamte Forschung vernichtet. June konnte keinen mehr gefährden.

Trotzdem fiel es ihr schwer, mit ihrem Bericht zu beginnen. Sie hatte Skye angelogen. June hatte alle angelogen, selbst die Menschen, die ihr am nächsten standen.

Ihre Eltern waren vor ein paar Jahren gestorben, erst Mum an Blutvergiftung, zwei Monate später Dad an einem Herzinfarkt, und nicht einmal auf dem Sterbebett hatte June ihnen die Wahrheit anvertraut. Alle glaubten, sie hätte aus der Kuppel fliehen können. June hatte allen von den grausamen Shows erzählt und was sich wirklich in Royal City abspielte. Sie war als Heldin gefeiert worden, was ihr sicher auch geholfen hatte, den Posten als Stadträtin zu bekommen. Die Siedler hatten ihr geglaubt und vertrauten ihr. Gemeinsam mit ihnen hatte June Oasis aufgebaut; war zuvor von einer verstreuten Siedlung zur anderen gegangen, um alle Menschen zusammenzutrommeln. Deshalb begann sie vorsichtig: »Ich habe nie jemandem erzählt, wie ich vor vielen Jahren meiner Gefangenschaft entkommen konnte.«

Skye blickte sie scharf an. »Doch, hast du. Du hast fliehen können, als sie dich in einem Wagen zu dieser Sex-Show verfrachten wollten. Sie haben dir die Fesseln abgenommen und einen Moment nicht aufgepasst. Über die Kanalisation konntest du schließlich die

Kuppel verlassen. Aber vermutlich stimmt diese Version nicht.«

June nickte langsam. »Ich habe jemandem schwören müssen, nichts zu sagen. Jemandem, dem ich mein Leben verdanke.« Zuerst stockend, dann immer flüssiger, erzählte sie ihrer Freundin zum ersten Mal, was vor vielen Jahren wirklich geschehen war. Wie sie in der Wüste vor den PSI-Kriegern in das brennende Gebäude geflüchtet war, Flame sie aufgespürt und verschont hatte.

»Wow«, stieß Skye Minuten später atemlos hervor. »Das klingt alles unfassbar, doch ich glaube dir. Auch wenn ich mir nicht erklären kann, wie sich Wunden so schnell schließen können.«

»Naniten«, wisperte June, während Skye sie in die Arme zog und fest an sich drückte. »Flame und die anderen PSI-Krieger hatten winzige Roboter in ihrem Blut, die jede Verletzung blitzschnell heilen konnten. Deshalb waren diese Warrior praktisch unbesiegbar.«

Zitternd atmete Skye ein. »Das hört sich alles völlig verrückt an!«

»Mir ging es nicht anders.«

»Nicht auszudenken, wenn dieses Wissen in falsche Hände fallen würde!«

Das konnte es ja nun nicht mehr. Der Einzige, der noch diese besonderen Roboter in seinem Blut hatte, war Pyro. Und dieses Geheimnis würde sie auch ihrer Freundin nicht preisgeben. June hatte es Pyro versprochen.

Sie lehnte sich aufatmend gegen Skye und genoss die tröstende Umarmung. Endlich war alles raus.

»Das ist alles ganz furchtbar, June. Du hast so viel durchgemacht!«

»Dann bist du mir nicht böse, dass ich dir niemals die Wahrheit erzählt habe?«

»Natürlich nicht!« Skye drückte sie an den Schultern zurück. »Kein Wunder, dass dich das nach so langer Zeit immer noch belastet, wenn du mit niemandem darüber sprechen konntest! Aber … Flame ist doch nicht gestorben, oder?«

»Nicht … damals«, wisperte June und senkte den Blick.

Skye fasste an ihr Kinn, um June zu zwingen, ihr in die Augen zu sehen. »Flame war hier, als ich weg war, stimmt's?«

June nickte.

»Hat er dich in der Siedlung besucht?«

»Nein, ich habe ihn gefunden, aber das ist wieder eine andere Geschichte.«

»Hatte er etwas mit Timmys Entführung zu tun?« Skye legte die Hände in ihren Schoß und schaute kurz aus dem Fenster, als würde sie dort eine Antwort finden. »Kurz nach meiner Ankunft haben mir Kinder erzählt, ein Flammendämon hätte ihn mitgen...« Sie schloss die Augen, seufzte tief und sagte leise: »Das war Flame.«

»Ja, das war Flame ...«, wiederholte June matt und hielt mühsam die aufsteigenden Tränen zurück.

»Haben die neuen Warrior ihn getötet?«, fragte ihre Freundin behutsam, wobei sie nach Junes Hand griff.

Sie schüttelte den Kopf. »Ich bin gemeinsam mit Pyro und Acid in die Wüste gegangen, um Timmy zu suchen. Dabei habe ich Flame wiedergesehen. Ich hatte so sehr gehofft, dass er nicht der Entführer ist, aber er war es.«

»Oh nein, June ...«

Sie straffte ihre Schultern und atmete tief durch. »Flame konnte nichts dafür. Ein Arzt kontrollierte ihn über seine Naniten. Flame steckte jahrelang in seinem Körper fest, ohne Macht über ihn zu haben. Er konnte nicht ertragen, was er alles für diesen kranken Wissenschaftler tun musste, und hat sich schließlich mit dem ganzen Forschungskomplex in die Luft gesprengt.«

Skyes Lippen teilten sich überrascht, doch sie schwieg und rieb sich über die Stirn, als hätte sie Kopfschmerzen.

»Wenn ich gewusst hätte, dass er das vorhat!« June presste kurz die Lider zusammen und seufzte erschöpft. »Ich hatte ihn für wenige Augenblicke zurück, Skye. Er hat damals mein Leben gerettet, aber ich konnte seines nicht bewahren. Ich wünschte, ich hätte etwas für ihn tun können!«

»Mach dir keine Vorwürfe.« Erneut zog Skye sie in die Arme und streichelte über ihren Rücken. »Dich trifft keine Schuld.«

Warum fühlte sie sich dann so schlecht?

Kapitel 3 – June – Wahr gewordene Träume

Es hatte gut getan, sich alles von der Seele zu reden. Anschließend waren zum ersten Mal alle angestauten Tränen aus June herausgebrochen. Skye hatte sie lange im Arm gehalten und ihr Trost gespendet.

Nun fühlte sich June ein bisschen leichter ums Herz, auch wenn es immer noch weh tat. Sie wünschte bloß, ihre Freundin hätte ein wenig länger bei ihr bleiben können. Doch Skye war nach ihren Erkundungstouren meistens so erschöpft, dass sie drei Tage lang fast nicht aus ihrem Bett kam. Sie teilte sich mit Liv, einer älteren Gärtnerin, ein kleines Baumhaus, in dem sie nie viel Zeit verbrachte. Meistens streunte sie in der Gegend herum, als würde sie vor etwas davonlaufen. Und im Grunde genommen tat June dasselbe. Sie lief vor ihren Erinnerungen davon.

Mit ihrem Nähkorb in der einen und einer Machete in der anderen Hand, marschierte sie den ehemaligen East Drive entlang, der auf der Ostseite des Parks in Richtung Norden verlief, bis sie zu der Stelle mit den eingestürzten Häusern kam. Normalerweise ging es hier nicht mehr weiter, aber zwischen dem Speichersee zu ihrer Linken und dem Geröll zu ihrer Rechten gab es einen Trampelpfad, der durch einen zugewucherten, schmalen Grünstreifen führte. June hatte den Weg freigelegt und sich ihr eigenes, ungestörtes Paradies geschaffen – denn soweit sie wusste, kam außer ihr nie jemand hierher, zumindest hatte sie bisher niemanden entdeckt. Trotzdem nahm sie ihr großes Messer immer mit. Einmal, um sich durch die Büsche zu schlagen, und zum anderen, um mögliche Angreifer einzuschüchtern.

Sie kam auf einer kleinen Lichtung heraus und zog eine Decke aus ihrem Korb, um sie unter einem Baum in der Nähe des Ufers auszubreiten. Dann setzte sie sich, lehnte sich gegen den Stamm und holte das Kleid hervor, das sie aktuell für Hazel nähte. Und obwohl sie sehr feine Stiche machen und genau arbeiten musste, konnte sie das auch nicht ablenken. Sie wurde noch verrückt! Immerzu kreisten ihre Gedanken um den Tag, an dem sie Flame zurückbekommen und wieder verloren hatte. Vielleicht würde ein erfrischendes Bad ihren Kopf klären.

Gerade, als sie aus ihrem Kleid schlüpfen wollte, fühlte sie ein Prickeln im Nacken. Schnell wandte sie sich um, konnte aber außer dem undurchlässigen Gestrüpp nichts erkennen. In letzter Zeit hatte sie öfter das Gefühl, beobachtet zu werden. Das hing sicher alles mit ihrem nervösen Zustand zusammen. Wenn ihr Leben nicht bald wieder in geregelten Bahnen verlief, würde sie vielleicht wirklich verrückt werden.

Sie schüttelte die seltsame Empfindung ab, schlüpfte aus ihrem Kleid und bewunderte für einen Augenblick die knappen Stoffstücke, die sie darunter trug und ihre Brüste kaum bedeckten. Kathryn hatte ihr diese Bademode, genannt Bikini, aus Royal City mitgebracht. Der dunkelrote Zweiteiler schmiegte sich perfekt an ihren Körper und sah ziemlich verrucht aus. Deshalb kam sich June darin ein wenig nackt vor. Sie war sonst nur gewohnt, mit einem langen dünnen Hemd Baden zu gehen. Andererseits gab es bei diesen Temperaturen nichts Angenehmeres, als wenn das Wasser direkt ihren Körper umschmeichelte. Wegen der andauernden Hitze kühlten die Seen nie wirklich ab, doch dank eines unterirdischen Zulaufes blieb dieser dennoch stets erfrischend. Ganz Oasis versorgte sich aus diesem Reservoir mit Trinkwasser.

Hier befand sich niemand sonst, keiner würde June sehen. Also lief sie auf das Ufer zu und blieb für einen Moment im knöcheltiefen Wasser des betonierten Ufers stehen, um die belebende Kühle zu genießen.

Weil das Reservoir künstlich angelegt wurde, ging es nach der Umgrenzung sofort steil in die Tiefe. June holte tief Luft, machte einen Schritt nach vorne, schloss schnell die Augen und tauchte unter.

Tat das gut! Ihr Körper prickelte; das Wasser tränkte ihren dicken Zopf und kühlte ihre erhitzte Kopfhaut. June genoss die Schwerelosigkeit sowie die Ruhe unter der Oberfläche und ließ sich einfach sinken, bis ihre Füße den Grund berührten. Ob es Flame jetzt auch so still hatte?

Anstatt auf andere Gedanken zu kommen, fokussierte sich June leider mehr denn je auf die letzten tragischen Augenblicke in seinem Leben. Ihr kam es wie gestern vor, so genau standen ihr die Details vor Augen, und gleichzeitig schienen die Vorkommnisse bereits ewig zurückzuliegen …

Mit Pyro und Acid marschierte sie durch die glühend heiße Wüste, die offiziell zur »verbotenen Zone« gehörte. Hier sollte die Radioaktivität angeblich noch besonders hoch sein, doch der Geigerzähler an Acids Gürtel zeigte keine gefährliche Strahlenbelastung an.

Selbst mit den beiden starken Männern an ihrer Seite fiel es ihr schwer, einen Fuß vor den anderen zu setzen und sich den Trümmern zu nähern, in denen sie beinahe gestorben wäre. Doch der Gedanke, Flame nach so vielen Jahren wiederzusehen, trieb sie unermüdlich voran.

In einer der Ruinen entdeckten sie eine Luke im Boden, die zu einer unterirdischen Kommandozentrale führte. In den Gängen trafen sie auf Clint und Kathryn, die ihren Bruder suchte. Alles ging drunter und drüber, Pyro wollte seine Schwester keiner Gefahr aussetzen, Clint ebenfalls nicht, und sie diskutierten darüber – bis plötzlich ein Feuerball auf sie zuflog.

Flame stand mitten im Flur und warf mit bloßen Händen brennende Bälle auf sie.

June traute ihren Augen kaum. Er war es wirklich, und er schien sie nicht zu erkennen!

»Flame … nicht!«, rief sie verzweifelt, doch er hörte nicht auf.

Die anderen eröffneten das Feuer auf ihn und durchsiebten ihn regelrecht – June blieb fast das Herz stehen. Doch Flame störte das nicht, sondern er starrte sie alle lediglich zornerfüllt an.

Es tat unendlich weh, ihren Retter nicht mehr wiederzuerkennen. Dennoch wollte sie nicht, dass er starb.

»Hört auf zu schießen!«, flehte June. »Bitte!«

Da fing Flames ganzer Körper Feuer, die automatische Löschanlage aktivierte sich, und als sich der Stickstoffnebel verzogen hatte, war Flame verschwunden. Sie suchten ihn und fanden ihn in einem Labor, in dem der Schusswechsel weiterging. Dort starb der Arzt, der ihn kontrollierte, und June fasste neue Hoffnung – bis Kathryn Flame in den Kopf schoss.

June dachte, ihn verloren zu haben, doch auch das hatte er überlebt, weil die kleinen Naniten in seinem Körper alles reparieren konnten. Mit Hilfe dieser Roboter waren dank Flames Hilfe auch Pyro und Clint geheilt worden, die sich während des Feuergefechtes schwere Verletzungen zugezogen hatten.

Die Vorkommnisse in der unterirdischen Zentrale waren ein einziges Chaos in Junes Kopf. Es war so verdammt viel passiert und sie konnte sich kaum noch an die korrekte Reihenfolge erinnern. Für sie hatte nur gezählt, dass Flame lebte, und nachdem der Chip in seinem Nacken deaktiviert war, erkannte er June endlich.

Nie hatte sie sich erleichterter gefühlt. Leider hatten sie kaum Zeit, miteinander zu reden, denn sie mussten den Jungen retten, den Flame im Auftrag des Arztes entführt hatte. June dankte dem Himmel, dass es Timmy den Umständen entsprechend gut ging und der Arzt noch nicht begonnen hatte, an ihm herumzuexperimentieren.

Flame war jetzt ein freier Mensch. Und das wollte er auch bleiben, deshalb beschloss er, alles zu zerstören, damit die Forschungen nicht in die falschen Hände gerieten. Sie sollten alle zum Shuttle gehen, und er würde zurückbleiben, um die ganze Anlage niederzubrennen.

June trat zu ihm, wobei sie die Finger in den durchlöcherten Ärmel seines Overalls krallte. »Aber ...«

Er nahm ihre Hand und schüttelte leicht den Kopf. »Ich muss das erst mal alles verdauen. Wenn ich so weit bin, finde ich dich.«

»Okay«, schluchzte sie und schlang die Arme um seinen Nacken. »Ich weiß, dass du nicht böse bist. Du warst immer einer von den Guten.«

Flame zeigte kaum eine Regung, was ihr unendlich weh tat. Wieso verhielt er sich ihr gegenüber so kühl? War das besondere Band, das sie einst verbunden hatte, verschwunden?

»Pass auf dich auf«, sagte sie und küsste ihn schnell auf die Wange. »Und komm so bald wie möglich nach Oasis. Ich habe so viele Fragen an dich.«

Er löste ihre Arme und mied weiterhin Junes Blick. »Ihr müsst los.«

Er würde doch kommen? Ihr gefiel dieser düstere Ausdruck in seinen Augen überhaupt nicht.

Als sie im Shuttle saßen und nachdem es abgehoben hatte, gab es eine gewaltige Explosion. Die Ruinen unter ihnen stürzten ein, und keine Sekunde später schoss eine Flammensäule aus dem Krater im Boden und erhellte die Nacht.

»Ist er rausgekommen?«, rief June verzweifelt, während sie alle an der Scheibe klebten, um das höllische Szenario zu betrachten. Solch eine gewaltige Explosion konnte niemand überleben, nicht einmal ein mit Super-Naniten modifizierter PSI-Warrior. Oder?

»Der Explorer zeigt kein Lebenszeichen an«, sagte Clint. »Es tut mir leid.«

Für June war die Welt zusammengebrochen …

Bloß wusste sie nicht, warum sie Flame derart heftig nachtrauerte. Ja, er hatte ihr zur Flucht verholfen und sie hatte sich in ihren Retter verliebt, doch … das war Jahre her! Wieso schaffte sie es nicht, loszulassen? Vielleicht, weil er damals etwas tief in ihr berührt hatte? Weil er sie selbstlos gerettet und somit das Risiko auf sich genommen hatte, exekutiert zu werden?

Und jetzt hatte er sich geopfert, damit nie wieder jemandem dasselbe Schicksal ereilte wie ihm und seinen Kameraden. Er war ihr Held.

Langsam brannten Junes Lungen. Wie lange mochte sie bereits unter Wasser sein? Eine Minute? Zwei?

Ihr Rekord lag bei zweieinhalb Minuten. Bevor sie sich dazu entschieden hatte, als Rebellin an der Front zu kämpfen, hatte sie mit ihren Eltern am Ufer des Hudson in einem Hausboot gewohnt. Entweder waren sie zum Fischen auf das Meer hinausgefahren oder hatten es im Fluss versucht. Ihren täglichen Fang hatten sie selbst verzehrt oder den Überschuss mit anderen Leuten, die sich ebenfalls in der Nähe niedergelassen hatten, getauscht. June hatte eine harte Kindheit erfahren, in der sie täglich ums Überleben kämpfen musste. Doch mit den anderen Kindern am Fluss zu spielen und Wetttauchen zu veranstalten, hatte sie die Entbehrungen für einen Moment vergessen lassen.

June öffnete die Augen und blickte zur Oberfläche. Verschwommen erkannte sie einen grellen Fleck – die Sonne. Doch plötzlich verdunkelte ein gewaltiger Schatten ihre Sicht, das Wasser wurde aufgewirbelt, Blasen sprudelten um sie herum, und ihr Rücken wurde an einen heißen Körper gepresst.

Wer war das? Warum wurde sie angegriffen?

Panisch ruderte sie mit Armen und Beinen, sodass sie Wasser schluckte. Dann versuchte sie, den Griff des Fremden zu lösen, der ihre Brust umklammerte – vergeblich. Zum Glück tauchte der Angreifer mit ihr auf, June wurde ans Ufer gehoben und auf ihre Decke getragen. Hustend und würgend krümmte sie sich auf allen vieren zusammen, bis sie wieder Luft bekam.

Jemand in Stiefeln und Armeehosen kniete neben ihr und klopfte ihr vorsichtig auf den Rücken. War das Pyro? Oder Acid?

»Was … sollte das?«, fragte sie atemlos, während ihr Blick weiter an der Person hinauf wanderte. Muskulöse Männerarme und gebräunte Haut mit zahlreichen schwarzen Tattoos kamen zum Vorschein. Sie zeigten weinende, maskenhafte Gesichter und gehörnte Krieger in Rüstungen. Die hatte June niemals zuvor gesehen.

Wer war das, verdammt?

Ihre Machete lag nur eine Armeslänge von ihr entfernt neben dem Korb. Würde sie danach greifen können, bevor …

»Wolltest du dich umbringen?«, fragte der Mann neben ihr besorgt – und Junes Herzschlag geriet ins Stolpern.

Sie kannte diese Stimme! Doch sie passte nicht zu den Tätowierungen.

Langsam setzte sie sich hin und hob den Kopf. »Das kann nicht sein«, wisperte sie. »Du bist … tot!«

Es war Flame! Zumindest gehörte dieses attraktive, scharf geschnittene Gesicht mit den dunkelgrauen Augen und den teuflisch schönen Lippen zu ihrem Flammenkrieger. Wasser lief aus seinem schwarzen Haar, das jetzt viel länger war, als sie es in Erinnerung hatte, und verfing sich in seinen Bartstoppeln. Einige Strähnen sahen aus, als hätten die Sonne sie gebleicht.

June streckte eine Hand aus, um mit den Fingerspitzen über seine Wangen zu fahren. Flame fühlte sich echt an, war keine Halluzination.

»Wie kann das sein?«, flüsterte sie, denn sie fand kaum Kraft zu sprechen. War das ein Streich ihres Gehirns? Träumte sie? Oder war sie ertrunken?

Seine nasse Kleidung klebte ihm am Körper, und durch den dünnen Stoff des hellen T-Shirts erkannte June die Konturen weiterer Tattoos.

»Wolltest du sterben, June?«, fragte Flame erneut und sah aus, als würde er Schmerzen leiden.

»Nein, ich wollte nur in Ruhe nachdenken.« Wie in Zeitlupe schüttelte sie den Kopf, dann ballte sich urplötzlich Zorn in ihrem Magen zusammen. »Aber du! Du wolltest sterben, und ich dachte, du bist tot!« Am liebsten hätte sie auf ihn eingeschlagen, aber er wirkte so unendlich verloren und traurig, dass ihr Zorn verflog. »Warum bist du nicht eher zu mir gekommen?«, sagte sie etwas sanfter und umarmte ihn. »Ich habe wirklich gedacht, du seist tot!«

»War ich auch fast«, murmelte er, während er sie auf seinen Schoß zog und ebenfalls die Arme um sie legte. »Es tut mir leid. Ich wusste nicht, dass ich dir wichtig bin.«

Seine Nähe war wie Balsam für ihre geschundene Seele. Sie schmiegte sich an ihn und krallte die Finger einer Hand am Nacken in sein feuchtes Haar, die andere Hand in sein nasses Hemd. »Natürlich bist du mir wichtig. Dir verdanke ich mein Leben!«

»Und ich hätte es beinahe ausgelöscht.« Er senkte den Blick, doch sie hob sein Kinn an, um mit dem Daumen über seine Unterlippe zu streichen.

Flame keuchte auf und schaute ihr endlich in die Augen.

»Dieser verrückte Arzt hat dich gesteuert«, erklärte sie. »Du konntest nichts für deine Taten. Ich bin wirklich sehr glücklich, dich zu sehen. Wie hast du die Explosion bloß überleben können?« Ihre Beine legten sich fast wie von selbst um ihn, und so saßen sie fest umschlungen in der Wiese, als wären sie Liebende.

»Bevor die automatischen Sprengsätze zündeten«, begann er langsam, ohne sie loszulassen, »bin ich in die unterste Etage gelaufen. Dort gab es noch ein Versorgungslevel mit einem unterirdischen Fluss, an dem die Trinkwasserversorgung angeschlossen war. Weil ich nicht wusste, ob ich verbrennen würde, wollte ich sicherstellen, dass der ganze Bau über mir zusammenbricht.«

June versteifte sich. Flame wollte sich sein eigenes Grab schaffen!

Sie straffte ihren Rücken, um ihm in die Augen sehen zu können, doch er mied weiterhin ihren Blick. »Wie konntest du das überleben? Du musst unter Tonnen von Stein und Beton begraben worden sein!«

»Die Druckwelle hat mich wahrscheinlich in den Fluss geschleudert. Ich kann mich an nichts mehr erinnern; es gab eine gewaltige Explosion und danach wachte ich schwer verletzt am Ufer des Hudson auf. Doch meine Naniten haben mich wie immer geheilt.«

»Ach, Flame ...« Seufzend schüttelte sie den Kopf, als sie sich all seinen Kummer vorstellte. Er musste unendlich verzweifelt gewesen sein, wenn er nicht mehr leben wollte.

»Ich wollte zu dir kommen, June, fast jeden Tag! Aber ich konnte nicht.« Er hielt den Kopf weiterhin gesenkt, und June glaubte, ein Prickeln auf ihren Brüsten zu fühlen. Jetzt wurde ihr erst bewusst, dass sie fast nackt auf Flame saß und außer dem Bikini nichts anhatte!

Langsam glitten seine Hände über ihren Rücken nach unten und legten sich auf ihre Pobacken. Während ihr Körper wegen des Wassers immer noch kühl war, schien seiner immer wärmer zu werden.

»Auch wenn es nicht meine Schuld war«, raunte er dunkel, »nagt es an meinem Gewissen, so viele Menschen in den Tod geführt zu haben. Ich musste unschuldige Kinder festhalten, während sie schrien und große Schmerzen litten, weil diese perversen Ärzte ihnen bei vollem Bewusstsein die Bäuche aufschnitten oder ihnen Gliedmaßen entfernten.«

June schluckte schwer. Oh Gott, sie hatte nicht gewusst, was sich wirklich abgespielt hatte! Ihr Magen ballte sich vor Übelkeit und Wut zusammen. »Eben«, sagte sie möglichst ruhig, dennoch zitterte ihre Stimme, »du trägst keine Schuld. Du wurdest gesteuert!«

Abrupt hob er den Kopf und blickte sie verzweifelt an. »Diese kranken Schweine haben mich sogar gezwungen, meine Brüder anzuzünden, sobald einer von ihnen nicht mehr richtig funktionierte. Ich ertrage den Gedanken nicht, ihnen nicht geholfen zu haben!« Er keuchte auf und kniff kurz die Lider zusammen, als würden ihm grausame Szenen vor Augen stehen. »Die Ärzte wollten sichergehen, dass die Naniten sie nicht mehr heilen konnten. Nachdem meinen Brüdern gewaltsam der Steuerungs-Chip aus dem Nacken gerissen wurde, ohne den die Naniten nicht mehr funktionieren, musste ich sie in die Wüste bringen, um sie zu verbrennen. Einer von ihnen hat sogar noch gelebt, June!«

Sie erinnerte sich, was Flame über sein Feuer erzählt hatte. Es brannte so heiß, dass nichts mehr übrig blieb. Und die Steuerungs-Chips waren angeblich über hauchdünne Leitungen mit dem Gehirn verbunden, das schwer verletzt wurde, sollte ein Warrior versuchen, sich die Implantate selbst herauszuschneiden.

Tränen schimmerten in Flames grauen Augen, als er stockend weitersprach und sich seine Finger in ihre Pobacken krallten. »Ich bin mit ihnen aufgewachsen. Sie waren die einzige Familie, die ich hatte!«

»Das tut mir so leid«, wisperte June, umarmte ihn fester und küsste ihn auf die Stirn.

Von dem selbstbewussten Krieger, der ihr einst das Leben gerettet hatte, schien nicht mehr viel übrig zu sein. Hatten es die Ärzte geschafft, ihn zu brechen? June wünschte, sie könnte all das Leid ungeschehen machen. Hätte er damals doch mit ihr kommen können!

»Sie haben meine Brüder durch andere Warrior ersetzt, durch solche ohne PSI-Fähigkeiten«, erzählte er stockend weiter. »Die haben einen neu entwickelten Steuerungs-Chip bekommen, der gar keinen freien Willen mehr zuließ. Den haben sie mir nach der Testphase schließlich ebenfalls verpasst, aus Angst, ich könnte mich auch eines Tages gegen ihre Befehle wehren. Irgendwann war ich der letzte meiner Art.«

June erschauderte. Hätte er diesen Chip damals schon gehabt, hätte er sie wohl nicht gehen lassen können …

Tief holte Flame Luft und entließ langsam den Atem. Danach sprach er leise weiter. »Deinetwegen habe ich alles irgendwie durchgestanden. Ich musste immerzu an dich denken. Du hast mir die Kraft verliehen, nicht verrückt zu werden.«

»Flame …« Dieses Geständnis traf sie völlig unvorbereitet. Sie streichelte über sein verzweifeltes Gesicht und wollte seine Qualen am liebsten wegküssen.

Seufzend schmiegte er seine Wange ihrer Handfläche entgegen. »Als ich vorhin gedacht habe, du wolltest dich ertränken, habe ich mich gezeigt. Ich würde es nicht ertragen, dich auch noch zu verlieren.«

Überrascht schaute sie ihn an und wusste nicht, was sie ihm antworten sollte. Seine Verzweiflung und Trauer rückten langsam in den Hintergrund, dafür las sie aufkeimendes Verlangen in seinem Blick. Er keuchte leise auf, als sie sich auf ihm bewegte, und seine Hände glitten von ihrem Po auf ihre Oberschenkel und wieder zurück.

Flame begehrte sie! Er hatte sie all die Jahre niemals vergessen!

Hinter Junes Brustbein zog es heftig und ein verräterisches Pochen machte sich in ihrem Schoß bemerkbar, als Flame sie fest an sich drückte. Sein glühender Blick sprach Bände, und June konnte es kaum erwarten, ihn auf seinen herrlichen Mund zu küssen.

Gerade als sie sagen wollte: *Ich bin hier, bin für dich da*, schnitt er abrupt den Sichtkontakt ab und hob sie von seinen Oberschenkeln.

»Ich bin immer noch … ganz nass«, erklärte er heiser. »Berühre mich jetzt nicht.«

Nickend setzte sie sich auf die Decke und schaute zu, wie Flames Kleidung zu dampfen anfing. Kleine Flammen züngelten über seine Haut, und die ganze Zeit nahm er nie den Blick von ihr, als wollte er sehen, wie sie reagierte.

Nachdem seine Haare, sein T-Shirt und die Hose getrocknet waren, pfiff sie durch die Zähne. »Du kannst das wirklich perfekt steuern.«

»Nicht immer«, stieß er hervor und wirkte erleichtert, als hätte es ihm gut getan, Dampf abzulassen.

Eine merkwürdige Stille breitete sich zwischen ihnen aus. Die erotische Spannung war immer noch greifbar, aber Flame schien wild entschlossen, sie zu ignorieren. June begriff plötzlich, wie ungewohnt das alles für ihn war. Wahrscheinlich hatte er keine Ahnung, wie er mit seinem Verlangen umgehen und wie er sich ihr nähern sollte. Verzweifelt suchte June nach einem neutralen Thema, um die Situation ein wenig zu entspannen.

Während Flame angestrengt auf den See starrte und mit den Fingern durch sein Haar fuhr, fragte sie schnell: »Woher sind all die Tattoos? Die hattest du früher nicht.«

Er schüttelte den Kopf. »Ich wusste nicht, wohin ich gehen sollte, also blieb ich immer in der Nähe der Siedlung. In den Straßen traf ich auf einen alten Mann, bei dem ich seitdem wohne. Er tätowiert mich, dafür helfe ich ihm bei der Nahrungssuche.«

Ob er bei Franky lebte? June kannte nur einen tätowierten Mann, der vor ein paar Jahren in ein gut erhaltenes Erkerzimmer des »Museum of Natural History« an der Westseite des Central Parks gezogen war. Von ihrem Turm aus konnte June das Gebäude sogar erkennen.

»Wieso lässt du dir diese Bilder stechen?« Neugierig betrachtete sie seinen Arm. »Gefällt dir der Hautschmuck?«

Er zuckte mit einer Schulter. »Er macht einen anderen Mann aus mir. Zumindest äußerlich.« Flame schabte kurz mit seinen Zähnen über die Unterlippe und fragte: »Wie findest du die Motive?«

»Darf ich sie mir mal alle ansehen?« Sie starrte auf seine muskulöse Brust, über die sich sein Shirt spannte. Ob seine Beine auch tätowiert waren? Oder sein Hintern?

Erneut wurde sie sich bewusst, dass sie fast nackt war und Flame angezogen. Doch sie wollte sich nicht bedecken, denn sie bemerkte Flames schüchterne, aber neugierige Blicke, die immer wieder über ihren Körper huschten.

Dann zog er sein Hemd aus.

»Wow!« Der Kerl war einfach eine Wucht! Diese ganzen schwellenden Muskeln, die glatte, leicht gebräunte Haut, der flache Bauch ... Hastig konzentrierte sie sich auf die Tattoos. »Die sind wirklich gut geworden.« Auf der einen Schulter saß ein betender Engel, auf der anderen zeigte sich ein zerbrochenes Ziffernblatt. Auf seiner Brust hatte er auch ein paar Tätowierungen, doch Junes Aufmerksamkeit wurde von einem silberfarbenen Stift abgelenkt, der durch eine seiner Brustwarzen führte.

»Au, das muss höllisch wehgetan haben. Hat das auch der Mann gemacht, bei dem du lebst?«

»Ja«, raunte er, wobei er das T-Shirt in seinem Schoß knetete.

Vorsichtig berührte sie eine der Kugeln, die an jeder Seite des Stiftes saßen, woraufhin sich Flames Nippel sofort hart zusammenzog. Er keuchte auf, seine Lippen teilten sich und erneut legte sich sein heißer Blick in das Tal zwischen ihren Brüsten.

June wollte ihn nur noch auf diesen verboten sinnlichen Mund küssen. Doch sie traute sich nicht. Dabei war sie keine schüchterne Person, nicht, wenn es ums Küssen ging. Sie hatte bloß das Gefühl, bei Flame behutsam vorgehen zu müssen.

Hatte er schon einmal eine Frau gehabt? Wenn er ständig kontrolliert worden war und ein Leben als Roboter geführt hatte, hatte er sicher nicht nur auf körperliche Freuden verzichten müssen. Er hatte wahrscheinlich auf so ziemlich alles verzichten müssen.

Ihr Herz verkrampfte sich. Dieser wunderbare, mutige Mann hatte so verdammt viel durchgemacht.

June rutschte näher, sodass sich ihre Beine berührten. »Du hättest eher zu mir kommen können, Flame.«

»Ich brauchte die Zeit, um herauszufinden, wer ich eigentlich bin, June.« Die erotische Spannung zwischen ihnen schien zum Greifen nah. »Ich muss erst mal mit mir selbst klarkommen, bevor ich mich auf andere einlassen kann.«

Sie spürte doch, wie sehr er sie begehrte! Und sie begehrte ihn. Wieso zögerte er? Sie war doch nicht sein Feind!

»Du könntest bei uns in Oasis leben«, sagte sie vorsichtig, »mit Pyro und Acid trainieren. Wachen werden immer gesucht und deine Fähigkeiten wären sehr willkommen.«

Sie legte ihre Finger auf seine Hände, die er immer noch in das Hemd in seinem Schoß gekrallt hatte, und drückte sie leicht. Ob er unter dem T-Shirt eine Erektion verbarg? Flame atmete schneller, sein Blick wirkte entrückt.

»Komm mit mir«, wisperte sie und beugte sich zu ihm. Sie würde ihn jetzt küssen. June spürte, wie er sich danach sehnte!

Kurz bevor sie sein Gesicht erreichte, wich er zurück und sprang auf. »Ich will einfach nur meine Ruhe!«, rief er und joggte davon.

June starrte ihm atemlos hinterher, wie er auf dem Trampelpfad zwischen den Büschen verschwand. War das eben Furcht in seinen Augen gewesen? Weil sie ihn küssen wollte?

Nein ... Sie glaubte, den wahren Grund seiner Angst zu erkennen. Wenn er sie über Wochen beobachtet hatte, musste er auch gesehen haben, wie sie sich regelmäßig mit Kathryn und Clint traf. Womöglich hatte er auch erfahren, dass Oasis mit Royal City kooperierte. Und nun dachte Flame eventuell, dass er unter die Kuppeln zurück und Untersuchungen über sich ergehen lassen musste, ja, vielleicht sogar weggesperrt wurde. War es das, was ihm Angst machte?

»Kommst du morgen wieder hierher? Zum Reden?«, rief sie ihm nach, obwohl er nicht mehr zu sehen war. Doch als Warrior besaß er schließlich ein außergewöhnlich gutes Gehör.

June ließ sich auf die Decke zurücksinken und starrte auf das Blätterdach über ihr. Verdammt, was hatte sie falsch gemacht? Hatte sie ihn zu sehr bedrängt? Er hatte sich ihr zögerlich geöffnet und sie war wie ein Dampfhammer in ihn gefahren! Weil sie ihn so schrecklich vermisst und sich jetzt gefreut hatte, dass er lebte! Und nun hatte sie alles gründlich vermasselt.

Würde er zu ihr zurückkommen? Falls nicht, würde sie zu ihm gehen. Gleich nach ihren Pflichten morgen würde sie Franky besuchen, in der Hoffnung, Flame dort zu treffen. June musste wissen, ob es eine Zukunft für sie geben konnte, oder sie würde ewig auf ihren Retter warten.

Kapitel 4 – Flame – Vertrauenssache

Die Begegnung mit June am See wühlte Flame selbst einen Tag später immer noch auf. Er lag mit entblößtem Oberkörper in Frankys Erkerzimmer auf einer klapprigen Liege und starrte an die kreisrunde, abgeblätterte Decke, während der alte Mann ihm ein neues Tattoo an seinem linken Rippenbogen stach. Dabei überließ er Franky die Wahl des Motivs. Flame ging es weniger um das Muster, als darum, etwas zu fühlen und dabei zu lernen, seine Naniten zu kontrollierten. Die winzigen Roboter machten immer noch nicht wirklich, was er wollte. Die erste Farbe, die Franky ihm unter die Haut gestochen hatte, war innerhalb von Sekunden verschwunden gewesen. Die Nanobots hatten automatisch ihre Arbeit verrichtet, um die »Verletzungen« zu heilen. Franky hatte verwundert den Kopf geschüttelt, Flame geflucht.

Mittlerweile wussten die Naniten, dass ihm die Tattoos nicht schadeten – so viel hatte Flame ihnen bereits beigebracht. Stach Franky einmal daneben, konnte Flame die Farbe an der Stelle einfach abbauen. Seine Naniten arbeiteten immer präziser und mehr auf die Ziele gerichtet, die er aussuchte.

Die Hände des alten Mannes zitterten manchmal, aber Flame vermutete, dass er hin und wieder absichtlich einen falschen Stich machte, um Flames Kontrolle über die Roboter zu testen. Er wünschte, er könnte sie anderen Menschen übertragen, um diese zu heilen, so wie Pyro das vermochte. Dann würde er Franky sofort von all seinen Gebrechen befreien. Doch so weit war Flame noch lange nicht.

Aber Franky war nicht nur ein guter Trainer, was die Naniten betraf. Ihm konnte Flame auch sein Herz ausschütten. Im Laufe der letzten Wochen hatte er dem alten Mann schon jede Menge über sich erzählt. Obwohl von Franky nie ein Laut über die Lippen drang – denn er konnte nicht sprechen –, verstanden sie sich auch ohne Worte. Franky verurteilte ihn nicht, zumindest las Flame keinen Hass oder Abscheu in dessen Augen. Er hörte einfach nur zu, tauchte die Nadel in das kleine Tuscheglas und führte Stich um Stich aus.

Doch Flame fühlte die Nadelstiche heute kaum, obwohl sie am Rippenbogen besonders schmerzhaft sein müssten, wie Franky ihm zuvor auf ein Stück Papier geschrieben hatte. Einerseits spürte Flame ohnehin wenig, andererseits kreisten seine Gedanken nur um June und lenkten ihn ab.

»Ich habe erst gedacht, sie wollte sich umbringen«, erzählte er Franky. »Und als sie einfach nicht auftauchte, bin ich ihr hinterher gesprungen und habe sie aus dem See gezogen.« Sie in seinen Armen zu halten, hatte sich unglaublich schön angefühlt.

Ja, er hatte *gefühlt*! Eine Menge sogar. Normalerweise schien seine Haut sehr unempfindlich zu sein. Vor allem, wenn ein Meer aus Feuer seinen Körper bedeckte, empfand er kaum Schmerzen, zumindest, wenn er sich nur kurz entzündete. Länger als eine halbe Minute hatte er bisher noch nie freiwillig in Flammen gestanden, denn dann fing seine Haut an, Blasen zu werfen. Doch Junes Berührungen hatten kleinen Elektroschocks geglichen und ein heftiges Prickeln durch seinen Leib gejagt. Dabei war ihm so heiß geworden, dass selbst der letzte Rest Feuchtigkeit aus seiner Kleidung verdampfte. Er konnte froh sein, dass sie nicht verbrannt war.

»Sie hat mir angeboten, bei ihr zu leben und in Oasis als Wachmann zu arbeiten.« Seufzend legte er sich einen Arm über die Stirn. »Und ich Idiot bin einfach weggelaufen wie ein verschrecktes Kind.«

Franky tippte mit seinem krummen Zeigefinger auf die Stelle an Flames Rippenbogen. Anscheinend war das neue Tattoo fertig. Flame setzte sich auf und erkannte fünf schwungvolle schwarze Buchstaben: Trust – Vertrauen.

»Ich wünschte, ich könnte jemandem vertrauen«, murmelte er, bevor er sich von der Liege schwang und sich sein T-Shirt von einer Stuhllehne angelte.

Franky deutete auf seine Brust, womit er Flame ein unwillkürliches, schmales Lächeln entlockte. »Ja, dir vertraue ich. Sonst würde ich mich wohl kaum unter deine Nadel legen.« Oder ihm seine geheimsten Gedanken anvertrauen. Flame konnte sich nicht daran erinnern, wann er das letzte Mal so offen mit jemandem geredet hatte. Vielleicht noch nie? Frankys wortlose Antworten und seine ruhige Art machten es erstaunlich einfach, Dinge auszusprechen, die Flame bisher immer tief in seinem Inneren verschließen musste.

Der alte Mann hatte das Tattoohandwerk von seinem Vater gelernt und dieser von seinem Vater zuvor. Die Lebensgeschichte hatte ihm Franky in Stichwörtern aufgeschrieben. Das war seine Art, mit anderen zu kommunizieren, deshalb steckten immer ein Bleistift sowie etwas Papier in seiner Hemdtasche.

Die Tusche stellte er selbst aus Asche her, und Frankys Körper war fast komplett mit schwarzen Motiven überzogen. Sogar im Gesicht besaß er Tattoos! Erhabene Linien und Spiralen, die er sich nicht gestochen, sondern in die Haut gekratzt hatte. Seine Vorfahren waren angeblich Maori aus Polynesien, und ein wenig sah man ihm diese Gene auch an.

Als sich die Kinder in Oasis wegen seines tätowierten Gesichtes vor ihm gegruselt hatten, war er in dieses Haus gezogen. Ab und zu besuchten ihn junge Männer aus der Siedlung, um sich vor anderen zu beweisen, denn es galt als Mutprobe, sich von Franky tätowieren zu lassen. Er hatte den Ruf, ein Schamane zu sein. Deshalb ließen ihn die meisten in Ruhe und er war fast immer allein. Doch ihn schien das nicht zu stören.

Das faszinierte Flame, der sich einsam gefühlt hatte, seit Dr. Moses ihn gezwungen hatte, seine Brüder wie Abfall in der Wüste zu entsorgen. Franky war ihm kurz nach seiner Ankunft in New York aufgefallen, und er hatte den alten Mann eine Weile aus der Ferne beobachtet. Schnell stellte Flame fest, wie langsam und schwerfällig er sich bewegte, und als Franky nach zwei Tagen erfolgloser Jagd verzweifelt versuchte, eine fette Ratte zu erschlagen, die zwischen den Trümmern eines Hauses hin und her flitzte, zeigte sich ihm Flame aus einem Impuls heraus, den er selbst nicht ganz verstand.

Franky schaute ihn zuerst entsetzt an, wahrscheinlich überzeugt davon, einem Plünderer gegenüber zu stehen. Um ihn vom Gegenteil zu überzeugen, hatte Flame die Ratte vor seinen Augen »gegrillt«. So viel dazu, nie wieder jemandem zeigen zu wollen, welche Fähigkeiten er besaß. Niemand sollte wissen, dass er noch lebte. Doch der Mann zeigte keine Furcht, sondern teilte schweigend die Ratte und bot Flame die Hälfte an. Anschließend hatte er Flame mit eindeutigen Gesten aufgefordert, ihm nach Hause zu folgen.

Von da an war es Flames tägliche Aufgabe, für sie Essen zu besorgen, als Bezahlung dafür, dass Franky ihn tätowierte und bei sich wohnen ließ. Außerdem suchte er für den Mann nach gut erhaltenen Nadeln und war bereits einmal in einem ehemaligen Tattoo-Studio fündig geworden. Franky zeigte seine riesige Freude darüber, genau wie über die vergilbten Blöcke, die Flame aus einer Schule hatte, indem er ihm stundenlang sein zahnloses Grinsen präsentierte.

Mittlerweile hatte sich Flame selbst in der Nähe eine Unterkunft hergerichtet, in der er die Nächte verbrachte. Tagsüber hielt er sich entweder bei Franky auf, spionierte June hinterher wie ein liebeskranker Spanner oder suchte sich und dem alten Mann Nahrung.

Franky deutete noch einmal auf das neue Tattoo, dann zeigte er nach draußen. Durch das schmutzige Fenster im fünften Stock konnte man ein Stück der Parkanlage überblicken, in der die Siedlung Oasis lag. Dort gab es sehr viel Grün, Bäume, Felder und Seen. Kein Vergleich zur Wüste oder den weiß gestrichenen, kahlen Gängen der unterirdischen Anlage, in der Flame die letzten zwei Jahre seines Lebens verbracht hatte.

Nicht, dass es vorher deutlich anders gewesen wäre.

Auch der Turmanbau des ehemaligen Museums, in der sich Frankys »Wohnung« befand, gefiel Flame. In dem runden Zimmer gab es fast überall Fenster, die viel Licht hereinließen, obwohl heute der Himmel voller grauer Wolken hing. Das Wetter passte genau zu Flames Stimmung.

Außerdem besaß der Turm einen Zugang zu dem ehemaligen naturhistorischen Museum, in dem es immer noch viele Exponate zu bewundern gab. Besonders die riesigen Dinosaurierskelette hatten es Flame angetan. In der Haupthalle lagen leider sehr viele zerstörte Skelette herum. Die Überlebenden des Krieges hatten wohl gedacht, sie könnten die versteinerten Knochen als Brennholz verwenden – was natürlich nicht klappte. Die Exponate in den anderen Abteilungen waren jedoch nicht alle echt, sondern Nachbauten aus dem 3D-Drucker oder aus Kunstharz, wie Flame auf Hinweisschildern gelesen hatte. Die würden auf jeden Fall brennen wie Zunder. Manchmal juckte es ihn, etwas Großes zu entfachen, einfach, um all seine angestaute Wut herauszulassen. Schade, dass keiner seiner Peiniger mehr lebte. Er würde ihnen zu gerne alles heimzahlen.

»Du meinst, ich soll June vertrauen?«, fragte er in die Stille.

Franky nickte.

»Ich weiß ja, dass sie mir nichts Böses will, und eigentlich vertraue ich ihr, aber …« Er hatte zu viele schreckliche Dinge getan und musste die erst einmal verarbeiten. Allein. Doch das war nicht der wahre Grund, warum er ihre Gegenwart mied. Tatsächlich sehnte er sich unendlich nach ihr, bloß würde er nie richtig mit ihr zusammen sein können. Das wäre für June viel zu gefährlich. Deshalb war er heute auch noch nicht in ihrer Nähe gewesen. Gestern hätte er sie beinahe geküsst!

Nachdem er nun wusste, wie sich ihr geschmeidiger Leib anfühlte, würde er sich nicht zurückhalten können, sollte sie erneut in seinen Armen liegen. »Es ist einfach kompliziert, Franky.«

Gerade, als er sich vom Fenster abwenden wollte, bemerkte er eine schmale Gestalt, die zwischen den Bäumen hervortrat und die Straße zum Museum überquerte. Sie hatte ihre langen braunen Haare zu einem Zopf geflochten, der ihr über die Schulter fiel, und trug ein weinrotes Kleid, in dem sie wie ein Burgfräulein aussah. Wunderschön.

»Verdammt«, zischte er. »Da ist June!«

Franky stellte sich neben ihn ans Fenster und nickte lächelnd. Dann deutete er auf sie und anschließend auf Flame und seinen Mund.

Franky hatte recht, er musste mit ihr reden. Sie hatte es nicht verdient, einfach abserviert zu werden.

Flame zog sich sein T-Shirt über und rannte die Treppe nach

unten, noch bevor June das Gebäude betreten konnte. Hinter ihr marschierten Pyro und Acid in voller Wachmontur aus dem Wald. An ihren Gürteln hingen mindestens zwei Schusswaffen, und was sie noch alles in ihren langen Hosen mit den vielen Taschen versteckten, konnte Flame nur erahnen.

Hatte sie die Infanterie mitgebracht, um ihn nach Oasis mitzunehmen? Das konnte sie vergessen! Er würde nicht widerstandslos mitgehen!

Während seiner langen Zeit im Dienst der Forscher hatte er zwar diverse Waffen besessen, sie aber so gut wie nie benutzt. Seine Flammen trafen immer ihr Ziel – oder hatten es zumindest. Sie waren unglaublich effizient. Deshalb hatte er sich auch hier nicht die Mühe gemacht, nach einem Gewehr zu suchen oder einen Bogen zu bauen. Nur ein Messer trug er am Gürtel.

Als June vor ihm stehen blieb, schaute sie ihn lächelnd an. »Hi.«

Ihre bezaubernde Ausstrahlung ließ jeden Gedanken an Gegenwehr verschwinden. »Hi«, machte auch er und schaffte es einfach nicht, den Blick von ihrem hübschen Gesicht abzuwenden. Sommersprossen verteilten sich um ihre Nase und auf den gebräunten Wangen. Sie sah zum Anbeißen aus.

Sie trat einen Schritt zur Seite und deutete auf die beiden Männer, die ihn nun ebenfalls erreicht hatten. »Pyro und Acid wollten sich mit eigenen Augen überzeugen, dass du lebst.«

»Hey, Flame, schön, dass du unter den Lebenden weilst.« Grinsend reichte ihm Acid die Hand, und er schüttelte sie. In den türkisfarbenen Augen des blonden Warriors war aufrichtige Freude zu erkennen.

Der dunkelhaarige Pyro begrüßte ihn gleich danach. »Wir haben wirklich geglaubt, du hättest es nicht geschafft. Du hast ja ein mächtig großes Kabumm veranstaltet. Man hat die Feuersäule meilenweit gesehen!«

Verblüfft bemerkte Flame, dass ihm diese Männer freundlich gesinnt waren und ihm seine Taten nicht übel nahmen – vor allem Pyro. Und noch mehr überraschte es ihn, dass er die Lage völlig falsch eingeschätzt hatte. Niemand war gekommen, um ihn zu verhaften. Doch es vertrieb seine Skepsis nicht gänzlich. »Wer weiß noch, dass ich hier bin?«

»Nur meine Freundin Skye«, antwortete June.

»Ich will nicht, dass Leute aus Royal City von mir erfahren.« Seine Kehle verengte sich und er schob die Hände schnell in die Hosentaschen, weil seine Handflächen gefährlich kribbelten. »Ich habe die Shuttles gesehen. Ich gehe nie wieder dorthin zurück. Deshalb bleibe ich lieber hier.« Das war nicht ganz gelogen, aber er konnte June unmöglich sagen, warum er sich wirklich bei Franky versteckte … von ihr fernhielt. Das wäre zu peinlich!

»Das hatte ich vermutet«, sagte sie. »Doch du brauchst wirklich nichts befürchten. Oasis und Royal City sind eine Partnerschaft eingegangen. Niemand vom alten Regime ist mehr an der Macht.« Sie schien erleichtert zu wirken, dass er nur aus diesem Grund ihre Nähe mied.

Fuck, er fühlte sich echt mies! June zu belügen, tat mehr weh, als er gedacht hatte.

Ununterbrochen ballte er die Hände in seinen Taschen zu Fäusten. Junes Anwesenheit machte ihn nervös. Sie durfte nicht mitbekommen, dass er sein Feuer nicht mehr richtig beherrschen konnte. Er wollte ihr seine größte Schwäche keinesfalls offenbaren. Sie könnte Angst vor ihm bekommen, und er wollte ihr nicht unbeabsichtigt Schaden zufügen. »Bitte verratet trotzdem keinem mehr, dass ich hier lebe und was ich … kann.«

Pyro und Acid nickten synchron. Die beiden verstanden offenbar genau, was in ihm vorging. Pyro auf jeden Fall, denn Flame hatte schließlich miterlebt, durch welche Hölle der Mann gegangen war.

Als June betreten auf ihre Füße schaute, nickte Acid Pyro fast unmerklich zu. Daraufhin schlug Pyro Flame kameradschaftlich auf den Rücken, sagte: »Wir sehen uns!«, und ging dann mit Acid den Weg zurück, den sie gekommen waren.

June blieb bei ihm. »Ich wollte nur mal schauen, wie es dir geht.«

»Ähm … gut.« Verdammt, wie konnte er sie denn jetzt abwimmeln, ohne sie zu verletzen?

Die Gedanken an June hatten ihn in seiner Vergangenheit als Lakai alles durchstehen lassen. Er hatte täglich gehofft, dass sie in Sicherheit war und keinen qualvollen Tod erleiden musste. Als er sie dann Jahre später in der Forschungsabteilung wiedergesehen hatte, hätte er sie nie mehr hergeben wollen. Und auch jetzt konnte er sich nicht von ihr lösen.

Sein frisch gestochenes Tattoo am Rippenbogen brannte leicht.

Trust – Vertrauen … Warum hatte Franky ihm gerade dieses Motiv verpasst? Nur um ihn daran zu erinnern, sich auf andere einzulassen?

Vielleicht bedeutete es aber auch, dass Flame sich selbst vertrauen sollte. Sich und seinen Fähigkeiten. Er könnte lernen, sie besser zu beherrschen, genau wie diese verdammten Naniten. Aber so weit war er noch nicht. Solange sollte er von June Abstand halten.

»Ähm, ich … geh dann mal für Franky und mich auf die Jagd. Danke, dass du dich um mich sorgst, aber das musst du nicht. Mach's gut.« Er drehte auf dem Absatz um und marschierte davon.

Shit, das hatte er jetzt auch nicht wirklich elegant gelöst.

Anstatt sich von ihm abzuwenden, lief sie ihm hinterher. »Du kannst in der Siedlung etwas zu essen bekommen.« June versuchte, mit ihm Schritt zu halten, was ihr auch hervorragend gelang. »Mein Angebot, dass du als Wache arbeiten kannst, zählt noch.«

»Franky braucht mich hier«, murmelte er und mied ihren Blick. Dann bog er in eine Seitenstraße ein, ohne wirklich darauf zu achten, wohin er ging. Er wollte einfach nur Abstand gewinnen.

»Hast du Angst vor Untersuchungen oder weggesperrt zu werden?«, fragte sie. »Aus Royal City droht dir keine Gefahr. Ich verspreche es.«

Als er ihr keine Antwort gab, blieb sie stehen. »Ich bin in einer Stunde wieder am See, wenn du reden magst.«

Der Klang ihrer betrübten Stimme hinterließ ein Stechen in seiner Brust. Flame wollte sich augenblicklich umdrehen, sie an sich reißen und küssen.

Fuck!

Er spürte ihre Blicke auf seinem Rücken … doch dann fühlte er nur noch eine kalte Leere in sich.

Bleib hart, ermahnte er sich, während er weiterging und Junes Schritten lauschte, die sich langsam von ihm entfernten. Leider hörte er noch etwas anderes: fremde Stimmen. Geflüsterte Worte schallten zwischen den Häusern hin und her und verhießen nichts Gutes: »... nicht kooperieren, werden wir eben einen nach dem anderen töten.«

»Der Boss will kein Gemetzel. Wir sollen uns unauffällig verhalten ...«

Sofort wirbelte Flame herum. June war noch zu sehen, und wenn sie auf diesem Weg weiterging, würde sie genau den beiden Personen in die Arme laufen! Sofern Flame seinem Gehör vertrauen konnte, würden sie jede Sekunde in Sichtweite kommen.

So leise er vermochte, rannte er zu June, nahm ihre Hand und zog sie in die düstere Nische zweier eng beieinander stehender Häuser. Dort drückte er sie mit dem Körper gegen die Wand.

June hielt überraschend still und starrte ihn lediglich mit aufgerissenen Augen an. Offenbar hatte sie die Lage sofort erfasst.

»Pst«, machte er dennoch und wich sofort ein paar Zentimeter zurück, als hätte er sich an ihr verbrannt. »Da kommt jemand.«

Ein verrostetes Fahrzeug, das vor dem engen Durchlass stand, bot ihnen zusätzlichen Schutz. Daher konnten sie aus ihrem Versteck heraus erkennen, wie zwei Männer – vom Altersunterschied vielleicht Vater und Sohn, denn der eine war schon ergraut, der andere um die zwanzig – vorbeischlichen. Sie trugen beige Kleidung, weshalb sie fast mit der Umgebung verschmolzen. In den Händen hielten sie altmodische Revolver.

»Diese Typen habe ich noch nie gesehen«, erklärte June flüsternd. »Das müssen welche von den Slashern sein.«

Flame runzelte die Stirn. »Wer?«

»Slasher«, wiederholte sie und hob ihren Rocksaum an, um eine kleine Pistole aus ihrem Stiefel zu ziehen. »So nennen sich die Plünderer, die immer wieder unsere Siedlung überfallen und uns bestehlen.«

»Woher hast du die Waffe?«

»Von Acid.« June entsicherte sie und lud sie durch. »Er sammelt diese Schätzchen.«

»Ich dachte, nur Wachen dürfen scharfe Waffen tragen?«

Sie schenkte ihm ein verruchtes Lächeln, das seinen Puls in die Höhe trieb. »Du hast uns wirklich gründlich ausspioniert.«

Obwohl ihr Ton nicht vorwurfsvoll klang, bekam er ein schlechtes Gewissen. Er hätte wirklich früher zu June gehen sollen. Ja, er war nun sogar bereit, sie zurück in die Siedlung zu begleiten. Er würde es sich nie verzeihen, wenn ihr etwas passierte. Und nach allem, was er vorhin von diesen Männern vernommen hatte, war Oasis nicht unbedingt ein sicheres Pflaster. Pyro und Acid konnten ihre Augen und Ohren auch nicht überall haben. Das Areal, das sie bewachen mussten, war riesig.

»Acid hielt es für sicherer, dass ich die Pistole mitnehme.« June reckte den Kopf, um über das Fahrzeug zu blicken. Die beiden Typen hatten sich hinter einem anderen Fahrzeuggerippe versteckt, weshalb sie von hier aus nicht zu sehen waren, und diskutierten leise miteinander. Sie besprachen, wie sie am besten die Freilassung einer ihrer Männer von den Siedlern erpressen konnten. Dazu wollten sie jemanden entführen!

»Hast du die Waffe meinetwegen?«, wollte Flame wissen.

June verdrehte die Augen. »Acid hat sie mir gegeben, weil es hier draußen verdammt gefährlich ist. Die Slasher terrorisieren uns seit Jahren. Früher sind sie nur selten gekommen, als wir noch alle zerstreut in verschiedenen Siedlungen gelebt haben. Aber seit sie den Park verlassen haben und untergetaucht sind, wird es immer schlimmer.«

»Warum sind sie untergetaucht?«

»Wir haben keine Ahnung. Nach dem Sturz des Regimes waren sie plötzlich wie vom Erdboden verschwunden und wir haben hier Oasis gegründet. Doch ihretwegen sind bereits Menschen gestorben. Bald bekommen wir zum Glück mehrere Warrior aus Royal City.«

In Flame ging eine Sirene los. »Es kommen noch mehr?«

»Ja, und ich bin sehr glücklich über den zusätzlichen Schutz.

Überleg dir doch einfach, ob du nicht auch bei unserer Wacheinheit arbeiten möchtest.« Sie sprach ganz normal mit ihm, als würde von den zwei Männern keine Gefahr ausgehen. Ihr kühler Kopf und ihre innere Ruhe faszinierten ihn.

Flame erkannte die mutige Frau von damals. Es steckte immer noch etwas von der jungen Rebellin in ihr.

Verdammt, das gefiel ihm!

»Kannst du verstehen, was sie reden?«, fragte sie.

Er nickte. »Ja, und sie haben nichts Gutes vor. Sie überlegen, wie sie ihren Kumpel befreien können, und würden dazu sogar einen von euch entführen. Haltet ihr jemanden fest?«

»Wir konnten einen Dieb schnappen.«

Ach, das war der Kerl, der in dem ehemaligen Zoo des Parks in einem riesigen Käfig saß. Flame hatte sich schon gewundert, was der Typ ausgefressen hatte.

»Ich werde gleich mal die Wachen vorwarnen.« June griff in eine Tasche ihres Kleides, die Flame zwischen den Falten des Stoffes nicht aufgefallen war, und holte ein kleines Handkommunikationsgerät heraus, das definitiv aus einem Warrior-Arsenal stammte.

»Acid?«, sprach sie leise in das Mikro. »Hier ist June. Ich habe gerade erfahren, dass die Slasher den Gefangenen befreien wollen. Haltet die Augen offen.«

»Alles klar! Woher weißt du das?«, drang die Stimme des Kriegers aus dem Gerät.

»Ich befinde mich mit Flame in der Siebenundsiebzigsten, gegenüber vom Museumsgebäude. Hier verstecken sich zwei Slasher, die über ihre Vorgehensweise diskutieren. Sie überlegen, jemanden von uns zu entführen!«

»Braucht ihr Verstärkung?«, fragte Acid.

»Nein, mit denen werden wir allein fertig.«

»Okay. Wir warnen die Siedler, damit sie sich möglichst nur noch in Gruppen bewegen, und werden die Wache im Gefängnistrakt verstärken. Over.«

»Over and out«, sagte June und packte den Kommunikator weg.

Die Frau war unglaublich. »Hast du noch was in oder unter deinem Kleid versteckt?«

»Nur mich«, antwortete sie grinsend, wobei eine sanfte Röte ihre Wangen überzog.

Ablenken! Flame spürte schon wieder dieses erotische Knistern zwischen ihnen, deshalb konzentrierte er sich auf die beiden Männer. Er würde nicht zulassen, dass die Slasher June entführten! Von jetzt an sollte er nicht mehr von ihrer Seite weichen. June wäre als Oberhaupt der Siedlung auch das perfekte Opfer.

»Die werden gleich die Beine in die Hand nehmen«, knurrte er und verließ zur Hälfte die Deckung. »Bleib aus der Schusslinie, June.«

Mit gezogener Waffe hielt sie sich dicht bei ihm, duckte sich jedoch hinter dem Fahrzeuggerippe, während er auf seiner rechten Handfläche eine Flamme erscheinen ließ.

Fasziniert schaute June ihm zu, wie die kleine Kugel zu einem Ball mit zehn Zentimetern Durchmesser anschwoll. »Wie machst du das eigentlich?«

»Ich stelle es mir einfach nur vor.« Die Kugel flackerte kurz, doch Flame konzentrierte sich hart.

Früher hatte es ihm keine Probleme bereitet, seine Flammen zu kontrollieren. Der Chip in seinem Nacken hatte seine Fähigkeiten im Zaum gehalten und Flame hatte sie besser kanalisieren können. Seit das Implantat vom Kontrollgerät getrennt war, mit dem Dr. Moses ihn gesteuert hatte, kam er sich vor wie ein entlaufenes Tier, das ohne die Führung seines Herrchens nicht wusste, was es tun sollte. Außerdem verwirrte June seine Sinne, was es nicht besser machte – im Gegenteil. In ihrer Nähe fühlte er sich nervös und erregt zugleich. Er musste ständig an ihren geschmeidigen Körper denken und wie sie sich auf ihm angefühlt hatte. Erregung war seit der Abschaltung des Implantat-Chips der größte Feind seiner Kontrolle über die PSI-Fähigkeit, egal ob sexueller Natur oder weil er wütend wurde.

»Konntest du das schon von Geburt an?«, wollte sie wissen.

Er schüttelte den Kopf und musste bei der Vorstellung grinsen. Ein Baby, das mit Feuerbällen jonglierte, wäre im wahrsten Sinne des Wortes brandgefährlich. »Die Fähigkeiten von meinen Brüdern und mir zeigten sich erst während der Pubertät. Das war damals ein ziemliches Chaos und wir haben uns gegenseitig ungewollt sehr oft verletzt.«

»Waren sie wirklich deine richtigen Brüder?«

Flame zuckte mit den Schultern. »Wir sahen uns so, aber keiner weiß, welches Genmaterial sie bei uns zusammengebraut haben.«

»Zum Glück hattet ihr ja die Naniten, die eure Wunden schnell heilen konnten.«

»Hm«, brummte er, wobei sein Lächeln verschwand. Er hätte lieber ein ganz gewöhnliches Leben geführt, wäre lieber ein »normaler« Warrior gewesen als ein PSI-Krieger. Die Warrior waren zwar auch im Labor gezüchtet worden wie er, hatten aber ihr Leben nicht weggesperrt von allen anderen in diversen Forschungseinrichtungen verbringen müssen.

Der letzte Gedanke machte ihn wütend und ließ seinen Flammenball grell auflodern, sodass June vor ihm zurückwich und das Gesicht mit einer Hand abschirmte.

Gerade als einer der Slasher sagte: »Die sollen hier eine ganze Armee von Warrior haben. Das wird mir hier zu heiß«, trat Flame vollständig hinter dem Auto hervor und rief: »Ja, das haben sie!« Dann schleuderte er den Glutball vor die Füße der Plünderer, sodass der Teer aufplatzte und in alle Richtungen stob. Dreck und Steinchen regneten auf die Männer herab, die sich auf dem Boden zusammengekauert hatten.

Der Jüngere sprang zuerst auf und feuerte sofort mit seinem Revolver auf Flame. »Fuck, Joe, die haben Flammenwerfer!«

Eine Kugel schlug in Flames Brust ein, sodass er durch die Wucht einen Schritt nach hinten taumelte. Das Geschoss durchdrang einen Lungenflügel, schrammte knapp an seinem Herzen vorbei und trat auf seinem Rücken wieder aus. Noch bevor Flame Schmerzen wahrnehmen konnte, machten sich die Naniten an die Arbeit, blockierten die Reizweiterleitung und behoben in Windeseile alle Schäden.

Während die beiden Slasher panisch das Weite suchten, trat

June neben ihn und starrte ihn entsetzt an. »Du kannst auch in Deckung gehen, verdammt!«

Sorge stand in ihrem Gesicht geschrieben, als sie sein T-Shirt anhob, um seinen Oberkörper zu betrachten.

»Alles gut, schon fast verheilt.« Er war es gewohnt, offensiv vorzugehen, sich nicht zu verstecken, doch schlagartig wurde er sich seiner Verwundbarkeit bewusst. Vielleicht sollte er seine Angriffstaktik überdenken, denn die Naniten würden nicht ewig ihre Arbeit verrichten und neue gab es nicht mehr. Sobald einer der unzähligen winzigen Roboter nicht mehr funktionierte, wurde er vom Immunsystem absorbiert.

»Daran werde ich mich wohl nie gewöhnen«, murmelte June, dann lächelte sie ihn frech an. »Auf jeden Fall werden die beiden Slasher so schnell nicht wieder zurückkommen.«

Auch Flame musste grinsen. Es hatte sich grandios angefühlt, etwas Gutes zu tun. Das Richtige zu tun. Und er hatte dabei keinen töten müssen.

Kaum hatte June ihre Pistole zurück in den Stiefel geschoben, zog Flame sie an seinen Körper und küsste sie. Gott, waren Frauenlippen immer so weich?

Leise stöhnend sank sie gegen ihn, und Flame war völlig überwältigt von ihrer Hingabe. Er hatte sie damals schon begehrt und ihren Mut bewundert, doch dieser zweite Kuss von ihr – der zweite Kuss seines Lebens –, riss ihm beinahe den Boden unter den Füßen weg.

Wie ein Ertrinkender klammerte er sich an sie und stupste die Zunge in ihren honigsüßen Mund. Schmeckte jede Frau so gut wie June? Kaum vorstellbar. Und machte er alles richtig? Er wollte schließlich nicht den Eindruck vermitteln, sie aufzufressen. Doch Junes leise Stöhnlaute zeigten ihm, dass er auf dem richtigen Weg war.

June fuhr mit den Fingern in sein Haar, woraufhin seine Kopfhaut prickelte. Daraufhin legte er die Hände auf ihren Hintern und befühlte durch den Stoff ihres Kleides ihre perfekt geformten Pobacken. Am liebsten wollte er June jetzt nackt sehen.

Ihre Küsse gewannen an Leidenschaft, und Hitze ballte sich in Flames Unterleib zusammen. Dabei fuhr June von seinem Nacken abwärts über den Rücken und schob die Hände an seiner Taille unter das Shirt.

Flame keuchte auf. Wenn June wüsste, welche Auswirkungen ihre Berührungen haben könnten, würde sie dann immer noch so mutig sein?

Ihre Zärtlichkeiten fühlten sich gut an. Viel zu gut. Seit ihrem ersten Kuss hatte er von June geträumt. In seinen Gedanken war er ein freier Mann gewesen, und die Erinnerungen an June hatten ihn all das Grauen durchstehen lassen. In seinen privaten Momenten hatte er sich sündhafte Dinge mit ihr ausgemalt und Verlangen gespürt. Doch es war nie so intensiv gewesen wie jetzt.

»Gehen wir zu mir?«, raunte er zwischen ihren Küssen. »Ich habe mir einen eigenen Unterschlupf hergerichtet. Ist nicht weit von hier.«

»Ich dachte schon, du fragst nie.« Grinsend nahm sie seine Hand, und gemeinsam marschierten sie den Weg zurück.

Kapitel 5 – Flame – Lodernde Leidenschaft

Flame führte June an Frankys Wohnturm vorbei zu einem Eingang in der Nähe, der sich im selben Gebäude befand. In einem Nebentrakt des ehemaligen Museums lief er mit ihr die Treppen hoch. In der oberen Etage mit der hohen Decke waren einst ausgestopfte Seevögel angebracht gewesen. Flame hatte die heruntergefallenen Tiere, die noch gut erhalten gewesen waren, wieder aufgehängt und schlief auf einer Matratze mitten in der Halle. Das war am sichersten für ihn, falls er sich spontan entzündete.

June ging zu einem der zerbrochenen Fenster, und er stellte sich neben sie. Von hier oben konnte man fast die kleine Burg sehen, in der sie lebte.

Lächelnd drehte sie sich zu ihm. »Hast du dir diesen Unterschlupf wegen der schönen Aussicht ausgesucht?«

»Ja«, raunte er, ohne den Blick von ihr zu nehmen.

Sein Herz klopfte wie verrückt. Einerseits, weil er verdammt neugierig war, wie es sich anfühlen würde, mit einer Frau zusammen zu sein. Andererseits nagte ständig die Furcht an ihm, sich nicht unter Kontrolle zu haben und June wehzutun. Er besaß noch keinerlei sexuelle Erfahrung; mit jemandem intim zu sein, war etwas völlig Neues für ihn. In den letzten Wochen hatte er nur Sex mit sich selbst gehabt – falls man das so sagte. Deshalb lag auch diese feuerfeste Spezialfolie auf seiner Matratze. Er hatte sein Bett nämlich mehr als einmal in Brand gesetzt, als er Hand an sich gelegt hatte. Zum Glück hatte er diese Folie in einem Baumarkt gefunden.

Verdammt, er hätte sie verstecken sollen! Aber er hatte wirklich nicht damit gerechnet, June zu sich einzuladen. Hoffentlich wusste sie nicht, was es mit der Folie auf sich hatte.

Bisher hatte er sich nie mit jemandem über das Thema Sex unterhalten, auch nicht als junger Mann. Damals hatte er nachts heimlich ein bisschen an sich herumgespielt.

Eine Modifikation seines Chips bereitete dem ein Ende und

räumte den Ärzten volle Kontrolle über seinen Körper ein. Da der Chip direkt über feine Leitungen mit dem Gehirn verbunden war, sorgte er dafür, eigene Gedanken und Gefühle nicht mehr herauslassen oder zeigen zu können. Doch sie waren immer da gewesen und hatten ihn innerlich schier verrückt werden lassen. Flame hatte nur noch Befehle ausgeführt und ansonsten keinen Laut von sich gegeben. Falls man ihn nicht gebraucht hatte, war er in eine Art Dämmerzustand gefallen.

Jetzt wollte er einfach leben, fühlen, frei sein. »Es ist nicht gerade heimelig hier«, meinte er und schaute verlegen auf seine einfache Schlafstätte. »Doch ich habe mir noch einen anderen Rückzugsort hergerichtet. Willst du ihn sehen?«

»Gerne.«

Er führte sie bis ans Ende der Halle, in der ein beinahe maßstabsgetreuer Nachbau eines alten Piratenschiffes stand – allerdings nur das Heck einer Galeone. Es ragte aus der Wand und zeigte eine fast durchgehende Fensterreihe. Durch eine Tür an der Seite des Rumpfes zog er June in den Bauch des Schiffes und über eine Leiter ging es weiter nach oben in den Offiziersraum.

»Wow!« June nickte anerkennend, während Flame schnell mit einer kleinen Flamme aus seiner Fingerspitze ein paar Kerzen in bunten Gläsern entzündete. Dabei musste er aufpassen, wirklich nur ein winziges Feuer zu erschaffen. »Das sieht ja klasse aus!«

In der Mitte der hölzernen Kajüte stand ein großer Tisch, an dem mehrere Leute gemütlich sitzen konnten. Bücherregale zierten die Wände, bloß war Flames Sammlung noch lange nicht vollständig. Es war gar nicht so einfach gewesen, gut erhaltene Bücher aufzutreiben. Das Papier hatte den Menschen bisher wohl als Brennstoff gedient. Doch Flame war es egal, welche Bücher er entdeckte. Er fand alles interessant, was aus der früheren Welt stammte, denn darüber hatte er bis vor Kurzem kaum etwas gewusst.

»Und das hier soll mein zukünftiges Schlafzimmer werden« … sobald er sich wieder im Griff hatte – oder das »Schiff«, und wahrscheinlich auch das Museum, wären Geschichte. Hier gab es keine automatische Löschanlage, die im Notfall seine Flammen erstickte.

Flame führte June durch eine Tür in eine Kajüte im Heck. Die Fensterreihe ließ Licht in den kleinen Raum, und davor befand sich eine durchgezogene Sitzbank aus Holz, auf der von Motten zerfressene Polster gelegen hatten. Flame hatte alles entfernt, was nicht mehr gut erhalten gewesen war, wie zum Beispiel die Vorhänge, aber dennoch besaß sein Unterschlupf genügend Charme, um ihn für eine Weile in eine andere Welt zu entführen. Auf der anderen Seite der Scheiben baumelten ausgestopfte Möwen, die ihm tatsächlich ein wenig das Gefühl vermittelten, sich auf See zu befinden, vor allem, wenn man einen Piratenroman las. Das machte Flame am liebsten in der großen Koje, die er selbst gebaut hatte. Darin fand ein Mann wie er ausreichend Platz.

»Ist das ein Sextant?«, fragte June und hob das Winkelgerät aus Messing auf, das neben der Seekarte und dem Fernrohr auf einem Tischchen lag.

»Ja«, antwortete Flame überrascht. »Woher weißt du das?«

»Mein Vater hatte so einen. Nicht solch einen altmodischen, aber er sah ähnlich aus.«

»Dein Vater war Pirat?«

June lachte. »Nein, Fischer. Ich bin mit ihm oft aufs Meer hinausgefahren.«

Sie legte das Messgerät weg und schlang die Arme um Flames Hals. Tief blickte sie ihm in die Augen, bevor sie mit sinnlicher Stimme sagte: »Ich habe dich all die Jahre nie vergessen können.«

»Ich dich auch nicht«, antwortete er und schluckte schwer. Dann legte er die Hände an ihre Taille, woraufhin sie den heißen Kuss von zuvor fortsetzten.

June schmiegte sich an ihn, als würde sie mit ihm verschmelzen wollen, und ihm ging es nicht anders. Er wusste genau, was Mann und Frau miteinander anstellen konnten, denn er hatte da einen sehr detaillierten Bildband gefunden. Die vergilbten Fotos hatten ihn so sehr erregt, dass er das Buch beinahe in Brand gesetzt hatte – und allein vom Anschauen hart geworden war.

In Junes Nähe passierte ihm das schon, wenn sie Kleidung trug. Und seitdem er wusste, wie sie darunter aussah … Mehr Blut schoss in seinen Unterleib, und als sich June noch fester an ihn presste, zuckte sein Schwanz vor unterdrückter Lust.

Wie bekam er sie nur aus diesem Kleid heraus? Vorne gab es eine Verschnürung, doch konnte er die einfach öffnen? Machte »Mann« das so?

Zum Glück ergriff June die Initiative und zog ihm einfach das T-Shirt über den Kopf. Als er auf ihre Brüste starrte, die durch das enge Kleid sehr ansehnlich hervorgehoben wurden, riss June an der Schnur, und schon klaffte der Stoff weiter auf.

Flame legte beide Hände an ihre schmalen Schultern, um dort die Träger des Kleides zur Seite zu schieben. Sofort rutschte es nach unten zu ihren Füßen und …

Heiliges Kanonenrohr!

Flame schluckte hart und konnte den Blick nicht von ihrer splitternackten Gestalt abwenden. So etwas Schönes hatte er nie zuvor gesehen. Ihr Körper war geschwungen wie die kleine Sanduhr, die er in einer Truhe aufbewahrte, und ihre Brüste sahen einfach perfekt aus. Genau so groß, dass sie in seine Handflächen passen würden, mit dunkelroten, kleinen Nippeln, die sich hart zusammengezogen hatten.

An ihrem sanft gewölbten Bauch besaß sie direkt neben dem Nabel eine kleine Narbe, und darunter, da … Flame schluckte hart. Zwischen ihren Beinen wuchs nur ein zarter Haarflaum, und von dieser Stelle stieg ihm ein honigsüßer Duft in die Nase. Augenblicklich wurde ihm schwindelig vor Aufregung, Freude und Lust, sodass er leicht zitterte.

»Du darfst mich berühren«, sagte June sanft, ergriff seine Hände und führte sie an ihre Taille.

Wahnsinn, wie weich ihre Haut war! Flame kannte nichts Vergleichbares.

Vorsichtig fuhr er mit beiden Händen seitlich an ihrem Bauch nach oben, bis er mit den Daumen an ihre Brüste stieß. Da June gesagt hatte, er dürfe sie berühren, legte er wagemutig beide Hände auf ihre herrlichen Rundungen und drückte behutsam zu.

Sofort biss sich June auf die Unterlippe und schloss die Augen.

Sie sah jedoch nicht aus, als würde sie Schmerzen leiden, sondern seine Berührungen genießen. Ihr Herzschlag hatte sich beschleunigt, ebenso ihre Atemfrequenz. Flame achtete auf jede Veränderung ihres Körpers und genoss das Gefühl der harten Knospen unter seinen Handflächen.

Als June an seinen Armen auf und ab strich, prickelte seine Haut. Mit den Fingerspitzen fuhr sie die Formen seiner Tattoos nach und zog Kreise um seine Brustwarzen. Das Gefühl schoss sofort in seinen Schwanz, sodass er unterdrückt stöhnte.

Ihm war so heiß, heiß, heiß!

Abkühlen, an etwas anderes denken!, ermahnte er sich, doch das fiel ihm wirklich schwer. Zum ersten Mal berührte er eine nackte Frau, und dann war es auch noch die Frau seiner Träume. Er wollte sich doch gar nicht ablenken lassen! Und sein Penis auch nicht. Er schien sich June immer weiter entgegen zu recken und stupste ständig an ihren Unterleib, sodass seine Eichel wild pulsierte.

Sie küssten sich wieder, schmiegten ihre Körper aneinander und streichelten sich gegenseitig, bis June ihn irgendwann zur Koje zog. Dort legte sie sich hinein – und sie ausgestreckt und splitternackt in seinem Bett zu sehen, brachte ihn fast um den Verstand.

Tief durchatmen ... Er legte sich zu ihr und begann, ihren Körper zu küssen. Angefangen bei ihren herrlich weichen Lippen, an ihrem zarten Hals hinunter zu diesen wundervollen Brüsten, an denen er besonders lange saugte und leckte. Flame wusste nicht, wo er June als Nächstes berühren sollte, denn am liebsten wollte er alle Stellen gleichzeitig mit Händen und Lippen bedecken.

Als seine Hand zwischen ihre Beine fuhr und er auf ihre erhitzte Mitte stieß, presste sie stöhnend die Schenkel zusammen. Seine Finger fanden wie von allein ihr feuchtes Tal, und er rieb behutsam über den kleinen harten Knubbel, den er bereits von den Fotos aus dem Bildband kannte. Hatten Frauen so etwas wie einen Mini-Penis?

Flame wusste, wie sehr es ihn erregte, dort berührt zu werden.

Also würde er sie dort genauso anfassen, wie er sich. Oder so ähnlich … Doch er traute sich nicht, fester zu reiben, weil er ihr nicht wehtun wolle.

»Du darfst ruhig ein bisschen weniger vorsichtig sein«, raunte sie.

Erleichtert holte er Luft. Zum Glück zeigte sie ihm, wie sie es wollte, denn sie öffnete die Schenkel und bewegte lasziv die Hüften. Sofort drang ihm ihr lieblicher Geruch noch stärker in die Nase. Flame musste wissen, wie sie schmeckte!

Küssend arbeitete er sich tiefer vor, knabberte an der zarten Haut ihres Bauches und nahm einen tiefen Atemzug, als er zwischen ihren Schenkeln angelangt war. Er kam sich vor wie ein Tier, so wie er an ihr schnupperte, doch June schien das zu gefallen. Sie erschauerte wohlig seufzend und öffnete die Beine weiter.

Schlagartig umhüllte ihn ihr unvergleichlicher Duft noch stärker als zuvor. Nichts hielt ihn mehr, er presste den Mund auf ihr weiches Fleisch und schob die Zunge in ihre feuchte Spalte. Er leckte durch ihr seidiges Tal und kostete von ihrer süßen Creme.

Wow … Flame wollte am liebsten in diesem Geschmack ertrinken. Während sich sein Penis hart in die Matratze drückte, züngelte er an ihrem Geschlecht, bis sich June stöhnend in den Laken wand.

»Nicht aufhören«, wisperte sie und krallte die Finger in sein Haar. Und als ihm ein Schwall ihrer Creme entgegenkam und June laut stöhnte, wusste er, dass sie ihren Höhepunkt erreichte.

Er leckte sie noch so lange, bis ihre Körperspannung nachließ, und legte sich dann wieder neben sie. Dabei wollte sein Grinsen nicht erlöschen. Er hatte soeben eine Frau zum Orgasmus gebracht!

Lächelnd küsste sie ihn, wobei es ihr nichts auszumachen schien, von ihrem Saft zu kosten, denn sein Mund war über und über bedeckt mit ihrer Lust. Wie gerne wollte er nun zwischen ihre heißen Schenkel tauchen, aber das ging nicht! Er könnte June fürchterlich verletzen.

Nur mit Mühe hatte er bis jetzt eine Selbstentzündung vermeiden können, und als June ihn plötzlich zurückdrückte und tiefer rutschte, blieb beinahe sein Herz stehen. Sie küsste seinen Bauch, wie er ihren zuvor, und war im Nu an seiner Erektion angekommen. Als sich ihre Lippen um seine Eichel schlossen, stieß er einen kleinen Schrei aus. Angst und Lust vermischten sich, und Flame befürchtete, dass seine Triebe die Oberhand gewinnen könnten. Es fühlte sich einfach zu gut an, was June mit ihrem Mund und der Zunge anstellte! Sie leckte um den Kranz seiner Eichel und nahm seinen Schwanz fast ganz in den Mund. Flame konnte nicht den Blick abwenden, denn allein ihr dabei zuzusehen, wie sie ihn verwöhnte, brachte ihn fast zum Gipfel. Und der brauste mit Schallgeschwindigkeit heran.

»Nicht, June …«, presste er mühsam hervor und drückte ihren Kopf weg. »Geh … weg!«

Er zog sie an den Schultern zurück, und sie blickte ihn erschrocken an. »Habe ich dir wehgetan?«

»Das … ist es nicht«, keuchte er. Sein Schwanz pulsierte so heftig, dass er bei der nächsten Berührung bestimmt zum Höhepunkt kam. »Ich … will dir nicht wehtun.«

»Du meinst, du könntest dich entzünden?«

Er nickte und wusste, dass seine Augen bereits in Flammen standen, denn sie glühten heiß in seinen Augenhöhlen und er nahm June nur noch verschwommen wahr. »Seit mich Dr. Moses nicht mehr steuert, habe ich keine volle Kontrolle mehr über meine Fähigkeit. Und ich weiß nicht, warum!« Als er an den Arzt dachte, ebbte seine Erregung sofort ab. Doch das war gut. Er spürte bereits dieses Kribbeln in jeder Zelle, das einer spontanen Selbstentzündung vorausging. Er brachte June in Lebensgefahr!

Sanft legte sie eine Hand auf seinen Bauch und schaute ihn mit aufgerissenen Augen an. »Das heißt, du kannst nie zum Höhepunkt kommen?«

»Schon«, presste er hervor. »Aber nur, wenn ich allein bin und nichts Brennbares in der Nähe ist.«

»Verstehe«, murmelte sie und biss sich auf die Unterlippe. »Deshalb hast du diese Folie auf deiner Matratze da draußen in der Halle liegen.«

Sie war so verdammt klug!

Scham brannte in seinem Gesicht, weil sie jetzt wusste, was er trieb, wenn er allein war. Ob es sie besänftigte, wenn er ihr sagte, dass er dabei nur an sie gedacht … Nein, wie hörte sich das an! Nun wurde sein Gesicht gleich noch heißer. »I-ich übe jeden Tag, damit … und es ist schon viel besser geworden, nur …«

»Scht«, machte sie und küsste ihn zärtlich auf den Mund, obwohl seine Augen immer noch glühten. »Du darfst doch so viel üben, wie du möchtest.«

Wirklich?, wollte er sagen, kam sich jedoch plötzlich gänzlich ungebildet vor. Er wusste so vieles nicht und vor allem so gut wie nichts, was die Beziehung zwischen Mann und Frau betraf. »Ich will dir nicht wehtun, June.«

»Dann werden wir aufpassen«, sagte sie, bevor sie ihm die Hand reichte und ihn aus der Koje zog.

Sie führte ihn aus dem Schiff zu seiner Matratze mitten in der Halle und befahl sanft: »Leg dich hin.«

Er gehorchte, als würde sie nun ihn steuern, und als sich ihre Finger um seine Erektion legten, war das volle Erregungslevel auf einen Schlag wieder da.

June wusste genau, wie sie streicheln, drücken und massieren musste – und nur wenige Sekunden später riss er ihre Hand weg, um sie durch seine zu ersetzen. Mit fünf Strichen brachte er es zu Ende, ohne den Blick von ihr zu nehmen, während June vor ihm zurückwich. Fasziniert schaute sie zu, wie er seinen Höhepunkt erreichte und kleine Flammen seinen ganzen Körper überzogen. Er wünschte so sehr, June hätte es zu Ende bringen können, und fühlte eine tiefe Enttäuschung, nachdem er seinen letzten Samen herausgeschleudert hatte. Er kam sich vor wie ein Versager.

Schwermütig drehte er ihr den Rücken zu. »Wir können nicht zusammen sein. Nicht … auf diese Weise.«

»Flame …« Zärtlich strich sie ihm über die Schulter. »Ich brauche keinen Sex. Wir können auch ohne glücklich sein.«

Langsam drehte er sich wieder zurück. »Es würde dir nichts ausmachen?« Bestimmt würde es das. Sie war solch eine leidenschaftliche Frau. Wie konnte er ihr dann diese Erfüllung verwehren oder sie sich selbst? Das würde auf Dauer gewiss nicht gutgehen.

Also er würde gerne weiterhin Sex haben, vor allem jetzt, da er wusste, wie es sich anfühlte, mit einer Frau intim zu sein. Ja, am liebsten wollte er nur noch den ganzen Tag mit ihr zusammen liegen, sie halten, streicheln, riechen, küssen und mit ihr … schlafen.

Doch das konnte er nicht.

Sanft strich sie ihm über das Gesicht. »Ich bin einfach nur froh, dass du bei mir bist. Mehr brauche ich doch gar nicht. Und außerdem …« Ihre Mundwinkel umspielte ein verruchtes Grinsen, »finde ich es heiß, dir zuzusehen. Wir könnten auch einfach nur zusammenliegen und uns betrachten, wenn wir es uns selbst machen.«

Ihre direkte, ehrliche Art beeindruckte ihn und ein unendlich starkes Glücksgefühl drohte, seine Brust zu sprengen. Er holte June zu sich, sodass sie auf ihm zu liegen kam, eroberte ungestüm ihre Lippen und grinste. »Ich werde kämpfen, June. Ich werde lernen, meine Fähigkeiten wieder vollständig unter Kontrolle zu bringen. Für dich. Für uns.« Und dann würde er ihr zeigen, wozu er noch so alles fähig war.

Ihr ehrliches Lächeln ging ihm durch und durch, und als sie ihn fest umarmte und wild küsste, schwebte er auf Wolken. June würde ihm auch diesmal die Kraft verleihen, das durchzustehen. Bloß mit dem Unterschied, dass sie nun nicht mehr unerreichbar war, sondern an seiner Seite.

Als die Ärzte dank der Steuerung Gewalt über seinen Körper erlangt hatten, hatte Flame lange Zeit dagegen angekämpft, auch wenn es aussichtslos gewesen war. Irgendwann hatte er schließlich resigniert.

Bei dieser Sache zwischen June und ihm würde er alles geben, und wenn es das Letzte war, was er tat.

***

Flame hatte beschlossen, June nach Hause zu bringen. So gehörte sich das anscheinend für einen Gentleman, zumindest stand das in einem seiner Bücher.

Sie schlenderten durch den ehemaligen Park, und er hätte am liebsten ihre Hand ergriffen, traute sich aber nicht. Er wollte auf keinen Fall, dass seine Kleidung vor Aufregung Feuer fing. Einige Siedler, die ihren Weg kreuzten, grüßten June, aber ihn starrten sie lediglich an. Teils neugierig, teils finster.

June hatte ihm vorhin erzählt, dass ein paar Leute immer noch schlecht auf Warrior zu sprechen waren, auch wenn ihnen Acid mittlerweile bewiesen hatte, dass die alte Ära hinter ihnen lag und die Krieger auch nur Marionetten des alten Regimes gewesen waren. Viele Dinge würden einfach noch Zeit brauchen.

Es sah nach Regen aus, dicke graue Wolken schoben sich unermüdlich am Himmel zusammen, und es würde Flame freuen, ihn auf seiner Haut zu spüren. Jahrelang hatte er im Verborgenen gelebt, weshalb er sich jetzt so oft es ging an der frischen Luft aufhielt. Und das Gefühl von Regentropfen auf seiner Haut liebte er ganz besonders. Leider regnete es viel zu selten, doch ein heftiges Gewitter hatte er bereits miterleben dürfen. Flame war durch die Straßen gelaufen, während Donner durch die Gassen hallte, und hatte sich gefragt, was wohl passieren würde, wenn ihn ein Blitz traf. Würde das den Naniten schaden? Oder vielleicht sogar sein Steuerungsimplantat zerstören? Irgendetwas stimmte mit dem Chip nicht und dass er der Grund war, wieso Flame seine Fähigkeiten nicht mehr perfekt beherrschte. Zumindest sagte ihm das sein Gefühl.

»Was hast du eigentlich während der zwei Jahre in der Wüste gemacht?«, fragte June leise, als sie durch den Siedlerwald liefen, und schaute ihn aus großen Augen an. »Außer, Dr. Moses die … Testpersonen zu besorgen.«

Flame schnaubte. »Ich war sein Leibeigener und durfte ihn von vorne bis hinten bedienen, ihm Essen zubereiten, mich um die gesamte Anlage kümmern und diverse Maschinen warten.«

»Musstest du auch Essen stehlen?«

»Nein, es war mehr als genug in der Anlage vorhanden und eine unterirdische Trinkwasserquelle gab es auch.«

Sie nickte. »Der unterirdische Fluss war deine Rettung.«

Noch vor ein paar Wochen hätte er das nicht als Segen bezeichnet, aber jetzt war er heilfroh, überlebt zu haben. Im Moment genoss er jede Sekunde mit June. Allein in ihrer Nähe zu sein und mit ihr zu reden, machte ihn glücklich.

»Warum hat Dr. Moses überhaupt mit den Experimenten weitergemacht?«, wollte June wissen. Der Wald teilte sich und die Brücke, die zur Burg führte, kam in Sichtweite. »Er war doch der letzte Wissenschaftler und das Regime gestürzt?«

»Er hatte sich wohl erhofft, den Sturz rückgängig machen zu können, indem er alle Bürger versklavt.« Flame erinnerte sich an die irren Selbstgespräche dieses Mannes. »Er wollte herausfinden, wie er mit den Nanobots jeden steuern kann, auch ohne Implantat.« Flame war so froh, dass wenigstens der Junge überlebt hatte. June und die anderen waren gerade noch rechtzeitig gekommen, um Timmy zu befreien. »Was Dr. Moses im Detail plante, habe ich nie erfahren.«

»Zum Glück ist das jetzt alles Geschichte.« June grüßte die beiden uniformierten Männer, die an der Brücke den Zugang zur Burg bewachten und eher noch halbe Kinder waren. Die sollten June beschützen?

Sie schritt mit Flame an ihnen vorbei, woraufhin sie ihm abschätzende Blicke zuwarfen, bis sie von einem herannahenden alten Mann abgelenkt wurden, der ihnen in einem Korb Essen vorbeibrachte.

»Magst du noch mit reinkommen?«, fragte June.

Flame starrte sehnsüchtig auf die kleine Festung und war wirklich neugierig, wie June lebte. Doch er wusste: Sobald er mit ihr dort drinnen war, allein, ohne Zuschauer, würde es ihm noch schwerer fallen, ihrer Nähe zu widerstehen. Er wollte sie schützen, und auf keinen Fall sollte jemand mitbekommen, wozu er fähig war. Nicht nur, damit es nicht bis nach Royal City vordrang, was er vermochte, sondern die meisten Leute hier waren einfache Menschen, die ihn wohl für den Teufel halten würden. Er hörte immer noch die Rufe der Kinder, als er den Jungen entführt hatte: Flammendämon …

»Ein anderes Mal vielleicht«, murmelte er deshalb.

»Wann sehen wir uns wieder?« June blieb an der Tür stehen und schaute über Flames Schulter. Er wandte sich ebenfalls kurz um und erblickte die beiden Wachen an der Brücke. Diese drehten ihnen jedoch den Rücken zu, weil sie mit dem Auspacken des Korbes beschäftigt waren.

Wirklich ganz tolle Wachen. Er könnte schließlich auch jemand sein, der June schaden wollte!

»Ich kann dich morgen abholen«, antwortete er und überlegte bereits, Pyro und Acid zu suchen. Die beiden sollten June bewachen, alle anderen schienen gänzlich ungeeignet zu sein. »Wir könnten einen Spaziergang machen.«

Ein süßes Lächeln huschte über ihre Lippen. »Das klingt gut. Morgen Vormittag hätte ich keine Verpflichtungen.«

»Okay.« Er wollte sich gerade von ihr abwenden, da drängte er sie gegen die Mauer, drückte ihr noch einen letzten feurigen Kuss auf den Mund und raunte: »Ich werde eine Möglichkeit finden, wie wir richtig zusammen sein können.« Schweren Herzens machte er abrupt kehrt und joggte zurück zu Franky, um sich ein neues Tattoo verpassen zu lassen. Danach würde er es sich bei Einbruch der Nacht irgendwo in der Nähe der Burg gemütlich machen und sie nicht mehr aus den Augen lassen.

Kapitel 6 – June – Vertrauensbruch?

Die im wahrsten Sinne des Wortes heiße Begegnung mit Flame zauberte June ein Dauerlächeln ins Gesicht. Das merkte auch sofort Irit, die Heilerin des Dorfes und eine gute Bekannte von June, als sie deren kleinen Laden betrat. Die Hütte aus Wellblech und Holz befand sich am Rande des Siedlerwäldchens auf dem Boden und nicht wie die meisten anderen Häuser in den Bäumen, damit auch wirklich jeder zu ihr gelangen konnte, vor allem ältere Menschen. Es roch intensiv nach verschiedenen getrockneten Kräutern, Seifen und Ölen. Das Potpourri an Düften erschlug einen förmlich und kitzelte in der Nase.

»Da hat aber jemand so früh am Morgen schon gute Laune.« Lächelnd trat Irit hinter der Theke hervor und wischte sich die Hände an ihrer Schürze ab. Die kleine Frau war zwischen all den Flaschen, Kisten und Gefäßen fast nicht zu erkennen gewesen. Ihre Augen hinter den dicken Brillengläsern strahlten und ihre braunen Locken, in denen sich schon viele weiße Strähnen zeigten, wippten bei jedem Schritt. »Was verschafft mir denn die Ehre? Bist du krank?«

June drückte sie kurz an sich. »Mir geht es blendend, Irit.«

»Das freut mich sehr. In den letzten Wochen hast du einen sehr betrübten Eindruck gemacht. Was ist passiert?«

»Heute ist einfach ein schöner Tag.« Angestrengt inspizierte June ein Kräuterbündel, das von der Decke hing. »Du hast neuen Flieder. Der duftet wirklich herrlich!«

Irit stellte sich schmunzelnd neben sie. »Schwindel mich doch nicht an, meine Liebe. Ich erkenne eine verliebte Frau, wenn ich sie sehe.«

Mist. June hätte ihre Beziehung zu Flame gerne noch geheim gehalten, solange nicht sicher war, ob sie überhaupt eine Beziehung hatten. »Heute ist wirklich ein schöner Tag, weil … ich mich gleich mit jemandem treffe.«

Irits Brauen hoben sich. »Ist es dieser Warrior, der dich gestern nach Hause gebracht hat?«

»Hier weiß schon wieder jeder Bescheid, oder?«

»Tja …« Irit zuckte mit einer Schulter, während sie zurück hinter ihre Theke ging. »Ist er einer der neuen Wachleute aus Royal City?«

»Nein, die sind noch nicht eingetroffen. Flame ist so eine Art Außenseiter. Er hat in einer anderen Einheit gedient.«

»Flame heißt er also.« Irit zwinkerte. »Und ich wette, er ist so heiß, dass du dich ständig an ihm verbrennst.«

»Ja, das ist es!« June lachte mit ihr und freute sich, dass sie die Wahrheit sagen konnte, ohne zu lügen oder Flames Geheimnisse preiszugeben. »Deshalb bräuchte ich ein wenig Aloe Vera Öl.« Das nutzte man zur Behandlung von Verbrennungen, bei Mückenstichen oder auch als … Gleitgel.

Verdammt! Sofort erhitzte sich ihr Gesicht, während ihr Irit grinsend eine Phiole überreichte.

Schnell steckte June sie in die eingenähte Tasche ihres Kleides und hielt den Kopf gesenkt, damit Irit ihre roten Wangen nicht bemerkte.

»Möchtest du noch etwas?«

»Rosenseife, falls du hast.«

Irit öffnete hinter der Theke eine Dose und reichte ihr ein Stück. »Hier, bitte.«

»Danke dir.« June ließ es ebenfalls in ihrem Kleid verschwinden, dann atmete sie tief durch und lächelte. »Was möchtest du dafür haben?«

Irit starrte sie immer noch mit einem wissenden Schmunzeln an. »Ein Paar neue Handschuhe zum Brennnesseln pflücken wären wundervoll.«

»Die bekommst du. Wir sehen uns!«

Nur schnell raus hier, dachte June, während Irit herzhaft lachte und ihr nachrief: »Es ist wirklich eine Freude, dich glücklich zu sehen!«

***

Auf ihrem Rückweg durch den Wald vernahm June ein leises Surren über sich. Es war das vertraute Geräusch eines herannahenden Shuttles. Oh je, hatte sie einen Termin verpasst?

Sie beeilte sich, zur Burg zu kommen, schaffte es aber nicht dort zu sein, bevor das Schiff gelandet war. Kathryn und Clint standen bereits auf dem Hof.

»Es tut mir so leid«, sagte June, als sie leicht atemlos bei ihnen ankam. »Ich habe völlig vergessen, dass wir einen Termin hatten!« Flame hatte ihr anscheinend ordentlich den Kopf verdreht. Das war ihr noch nie passiert!

»Wir hatten keinen Termin.« Kathryn lächelte und schloss sie kurz in die Arme. »Alles gut. Wir haben nur eine Frage an Flame.«

June stockte der Atem; ihr wurde heiß und kalt. Sie wussten, dass er lebte? Dass er … hier war?

Hoffentlich tauchte Flame nicht gerade jetzt auf. Er würde sonst vielleicht denken, sie hätte das arrangiert!

Sie reichte Clint die Hand, wobei ihr auffiel, dass er heute keinen schicken Anzug trug, sondern eine schwarze Cargo-Hose und ein eng anliegendes weißes T-Shirt, in dem er mehr wie der ehemalige Warrior als ein Minister aussah. Der Stoff spannte sich über seine breite Brust und ließ erkennen, dass er wohl immer noch viel trainierte. Außerdem lugte ein Tattoo unter einem Ärmel hervor, ein schwarzweißes Flammenmuster, das June sofort an Flame erinnerte.

Auch Kathryn trug keines ihrer üblichen Kostüme, sondern eine dünne Stoffhose und eine legere weinrote Bluse, deren Farbe wunderbar zu ihrem schwarzen Haar passte.

Noch bevor June fragen konnte, woher die beiden wussten, dass Flame hier war, tauchten Pyro und Acid auf.

»Nolan!«, rief Kathryn erfreut. So hatte Pyro früher geheißen, bevor er beschlossen hatte, sich umzubenennen.

Sie umarmte ihren Bruder und gab ihm einen Kuss auf die Wange. Danach begrüßte sie Acid genauso überschwänglich.

Pyro … Natürlich! Gewiss hatte er seiner Schwester Bescheid gegeben. Aber er hatte doch versprochen, nichts zu sagen!

»So ist das also!«, erklang plötzlich hinter ihnen Flames Stimme. Er hörte sich äußerst ungehalten an.

Alle wirbelten herum und starrten ihn an. Von wo war er gekommen? Auf jeden Fall nicht über die Brücke!

Er ballte die Hände zu Fäusten und sah June so voller Enttäuschung an, dass ihr Herz aus dem Takt geriet. »Wir verabreden uns, und du hast nichts Besseres zu tun, als mich auszuliefern!« Kleine Flammen blitzten kurz in seinen Augen auf. »Ich …« Er warf einen finsteren Blick in die Runde, bevor er auf dem Absatz kehrtmachte und zum Geländer marschierte, das sich vor dem steilen Felsabhang befand.

»Flame, warte!«, rief June und wollte ihm hinterherlaufen, da legte ihr Pyro eine Hand auf die Schulter.

Zerknirscht schaute er sie an. »Das habe ich wohl verbockt. Ich rede mit ihm.« Pyro joggte ihm hinterher und erreichte ihn, als er sich gerade über das verrostete Geländer des »Burghofes« schwingen wollte. Von dort war er wohl auch hergekommen. Er musste auf den Felsen geklettert sein, auf dem Belvedere Castle thronte.

»June hat nichts verraten«, beteuerte Pyro, und seine Stimme hallte gut hörbar zu ihnen. »Meine Schwester und Clint wissen es von mir.«

Die verschiedensten Emotionen huschten in schneller Folge über Flames Gesicht, bevor er June einen schuldbewussten Blick zuwarf.

»Sie waren doch alle dabei«, erklärte Pyro weiter. »Und ich fand es nur fair, ihnen auszurichten, dass es dir gut geht.«

»Gerade du müsstest doch wissen …« Kopfschüttelnd wandte ihm Flame den Rücken zu und Junes Herz ballte sich erneut zusammen. Sie konnte nur erahnen, wie es in der Seele ihres Kriegers aussah, und wollte am liebsten zu ihm eilen, um ihn in die Arme zu schließen. Doch es war wohl besser, wenn Pyro zuerst mit ihm redete. June war ihm auch unendlich dankbar, dass er die Angelegenheit sofort aufklärte.

»Wir sind uns ähnlich, Flame.« Pyro rieb sich über den Nacken und schaute Flame verlegen an. »Du hast zwar auf der anderen Seite gestanden, aber du warst genauso ein Opfer wie ich. Auch ich musste erst lernen, wieder jemandem zu vertrauen. Ich weiß genau, wie es in dir aussieht.«

Als Flame darauf nichts erwiderte, räusperte sich Clint neben June leise. »Ich erkläre ihm vielleicht mal, warum wir überhaupt hier sind.« Gerade, als er zu Flame gehen wollte, schwang sich dieser über das Geländer, und Clint rief: »Warte, wir wollten dich etwas fragen!« Doch Flame tat so, als würde er ihn nicht hören.

June eilte mit Clint zum Geländer und berührte ihn kurz am Arm. »Ihr wollt ihm doch nichts Böses?«

Empört blickte er sie an. »Wir könnten bei einer Angelegenheit seine … Fähigkeiten gebrauchen.«

Natürlich wusste June, dass weder Clint noch sonst jemand ihrer Freunde Flame schaden wollten. Trotzdem musste sie sich absichern. Für Flame. Deshalb sagte sie: »Lass mich mit ihm reden.«

Als Clint nickte, kletterte sie über die marode Brüstung, an der Pyro stand und Flame hinterherschaute. Sie sah gerade noch, wie er zwischen den Bäumen verschwand, die den halben Felsen bedeckten. »Flame!«

Abrupt hielt er an und drehte sich zu ihr. »Geh wieder zurück, June!«

»Hör dir doch an, was Clint von dir möchte.« Mit wenigen Schritten war sie bei ihm, bedrohlich nah am Abgrund, an dem es mehrere Meter steil nach unten ging. Doch das störte June nicht.

Sofort nahm Flame sie an der Hand. »Du solltest nicht hier stehen, das ist zu gefährlich!«

Ein paar abgebrochene Piniennadeln hingen in seinem Haar, und an seinem T-Shirt klebte etwas, das wie Rinde aussah. Vorsichtig fuhr sie mit den Fingern durch seine kurzen, verwuschelten Strähnen, um den Schmutz zu entfernen, und fragte scherzhaft: »Hast du auf einem Baum übernachtet?«

»Ja«, antwortete er ernst, ohne den Blick von ihr abzuwenden. »Bitte geh wieder zu den anderen.«

Er hatte … was? Ihr Herz vollführte wilde Sprünge. Dieser liebenswerte Kerl hatte auf sie aufgepasst. »Das nächste Mal kommst du bitte rein.«

»Aber …« Hastig senkte er den Kopf. »Du weißt doch …«

»Die Burg ist aus Stein«, flüsterte sie. »Ich hätte schon einen feuerfesten Schlafplatz für dich gefunden.«

Flame warf einen kurzen Blick über ihre Schulter; June tat es ihm nach. Die anderen standen am Geländer und starrten gebannt zu ihnen.

»Ich höre mir an, was Clint und Kathryn von dir wollen«, schlug June vor, »und dann reden wir. In einer Stunde treffen wir uns an unserer Stelle am See, okay?«

»Okay, aber nur wir beide.«

»Nur wir beide«, versprach sie.

»Und bloß, wenn du sofort von diesem Felsen runtergehst!«

»Abgemacht.« Erleichtert lächelnd eilte sie zurück zu den anderen, und als sie sich umblickte, war Flame verschwunden. Er würde doch kommen?

Kapitel 7 – June – Aussprache

Viel zu früh marschierte June zum Speichersee, denn nichts hielt sie mehr in der Burg. Kathryn und Clint hatten bloß kurze Zeit gebraucht, um ihr von ihrem Anliegen zu berichten, und waren längst nach Royal City zurückgeflogen. Sie wollten abends wiederkommen, um Flames Antwort zu hören.

Junes Gedanken kreisten nur um Flame und ob er wirklich vermochte, was Clint von ihm wollte. Trotzdem blieb sie wachsam. Jemand war vor Kurzem hier gewesen! Das verrieten ihr das frisch eingedrückte Gras und einige dünne, zerbrochene Zweige, die in den Weg ragten.

So lautlos wie möglich schlich June weiter, die Finger fest um den Griff ihrer Waffe gelegt, und blieb wie festgewurzelt in dem schmalen Durchgang stehen, der zu ihrer Lichtung führte. Beinahe hätte sie vor Überraschung die Machete fallen gelassen! Flame stand am Rande des Sees – splitternackt – und drehte ihr den Rücken zu. Seine Muskeln spannten sich an und seine rechte Pobacke zuckte, bevor er einen eleganten Kopfsprung ins Wasser machte.

June hatte nicht damit gerechnet, ihn bereits hier anzutreffen! Und vor allem nicht gänzlich unbekleidet. Natürlich hatte sie ihn bereits nackt gesehen, aber sie war nicht auf den heißen Anblick vorbereitet gewesen. Die Konturen seines knackigen Hinterns hatten sich ihr unauslöschlich eingebrannt.

Flame tauchte mehrere Meter, und als er an die Oberfläche kam, drehte er ihr sofort den Kopf zu. Selbstverständlich hatte er ihre Anwesenheit längst bemerkt.

»Du bist schon hier?«, fragten sie beide gleichzeitig, woraufhin June lächeln musste. Sie warf ihre Machete neben seinen abgelegten Kleidungsstücken ins Gras und entdeckte ein weiteres Kleiderbündel in der Nähe. Offenbar hatte er sich saubere Sachen mitgenommen.

Mit langsamen, kraftvollen Zügen schwamm er auf sie zu, legte beide Unterarme am betonierten Ufer ab und strich sich mit einer

Hand das Wasser aus dem Gesicht. »Ich wollte mich frischmachen und den halben Wald von mir entfernen, bevor du kommst.«

June musste auf seine kräftigen Oberarme starrten und lenkte gewaltsam den Blick auf Flames Augen. »Ähm … brauchst du Seife? Ich habe welche hier.« Ohne seine Antwort abzuwarten, eilte sie zu dem Baum, unter dem sie immer saß, und holte zwischen den dicken Wurzeln eine kleine Metallkiste hervor. Darin befand sich noch ein Seifenrest, den sie von Irit hatte, genau wie die Deo-Creme mit Zitronenduft. Außerdem bewahrte sie darin einen grobzinkigen Kamm auf. Den hatte ihr Skye vor Urzeiten geschnitzt.

June kickte sich die Schuhe von den Füßen und ging mit der Seife zurück zu Flame, der sich immer noch am Rand aufstützte.

Sanft lächelte er sie an. »Es war für mich eine große Umstellung, mich nur mit Wasser zu waschen, seit ich hier lebe. Zum Glück hat mir Franky gezeigt, wie ich meine Klamotten sauber bekomme.« Er nickte zu seinem Kleiderbündel, wobei sich eine sanfte Röte um seine Nase ausbreitete. »Ohne Strom und die ganzen elektronischen Helferlein ist man als Kuppelmensch hier draußen ganz schön aufgeschmissen.«

»Du wurdest eben zum Krieger ausgebildet und nicht als Hausmädchen.« Schnell biss sich June auf die Zunge, denn sie wollte das Gespräch sicher nicht auf Flames schreckliche Vergangenheit lenken. Zum Glück war er auf Franky gestoßen. Der alte Mann hatte keine Kinder, doch vielleicht war er eine Vaterfigur für Flame. »Ich habe gehört, dass es unter der Kuppel Pflegeprodukte für alle möglichen Körperbereiche gibt.« Kathryn hatte sie nämlich gefragt, ob sie June das eine oder andere Mittel mitbringen sollte. »Dabei brauchen wir das alles gar nicht, das macht nur die Haut kaputt. Die Seife benutze ich lediglich für meine Haare oder wenn ich mal besonders schmutzig sein sollte.« Sie ging in die Hocke und begann, mit der Seife über Flames kurzes, feuchtes Haar zu fahren, bis es schäumte. Dann drückte sie ihm das Stück in die Hand.

Während sie kraftvoll seine Kopfhaut massierte und hin und wieder eine Tannennadel aus seinem Haar zupfte, schloss er die Augen und raunte: »Dein Kleid wird ganz nass.«

Tatsächlich hing der Saum ins Wasser. Das störte sie jedoch nicht. Bei dieser Hitze trocknete der Stoff schnell. Aber ihr feuchtes Kleid wäre ein wunderbarer Vorwand, um es auszuziehen und zu Flame ins Wasser zu springen. Deshalb sagte sie: »Da kann ich Abhilfe schaffen.«

Sie spülte sich schnell die Hände ab, stellte sich hin und zog sich das Kleid einfach über den Kopf. Dann ließ sie es auf die Wiese fallen und spürte Flames brennende Blicke auf ihrem nackten Leib. Ohne den Blick von ihr zu nehmen, warf er den Seifenrest ins Gras. Anschließend sprang sie, genau wie er zuvor, von der Betonplatte ab und stürzte sich kopfüber ins kühle Nass. Als sie an die Luft kam, war Flame untergetaucht. Seifenschaum schwamm an der Oberfläche und Bläschen stiegen auf.

Betrachtete er sie etwa unter Wasser?

Als er direkt vor ihr auftauchte, hielt sie sich mit einer Hand an seiner Schulter fest und strich ihm mit der anderen über das Haar. Flame schien das sehr zu genießen, denn er drückte ihr leicht den Kopf entgegen und schloss die Augen.

War er jemals liebevoll berührt worden? Hatte er je Geborgenheit erfahren? Hinter Junes Brustbein zog es schmerzhaft. Sie wollte, dass er sich bei ihr sicher fühlte. Geliebt. Oh, wie sehr sie ihn liebte! Das hatte sie all die Jahre.

»Erinnerst du dich an deine Mutter?«, fragte sie behutsam.

Flame schüttelte den Kopf, wobei er June ein bisschen wehmütig anblickte und seine Arme um ihre Taille schloss. »Meine Brüder und ich hatten mehrere Betreuerinnen, die auf uns aufgepasst haben, bis wir etwa acht Jahre alt waren. Danach wurden wir in der unterirdischen Anlage oder in der Wüste trainiert und zu Kriegern ausgebildet. Wir lebten entweder dort oder in der Forschungseinrichtung in Royal City. Die haben wir zum ersten Mal gesehen, als sich die ersten Anzeichen unserer Kräfte offenbarten.«

Das klang, als wäre sein Leben furchtbar eintönig und nur von Kampf und Gehorsam geprägt gewesen. June wollte auch nicht zu tief in seiner Vergangenheit bohren, andererseits interessierte es sie sehr, wie er aufgewachsen war. »Hast du schon als Kind gewusst, was in dir schlummert?«

»Niemand hat es gewusst.« Er legte die Arme fester um sie, und June schlang die Beine um seinen warmen Körper. »Uns wurde lediglich gesagt, dass wir anders seien. Besonders, mit speziellen Kräften. Und sie haben sich auch nicht bei jedem gezeigt.«

»Wie war das bei dir?«

Hastig senkte er den Blick und erzählte leise weiter. »Es gab da eine Ärztin. Dr. Alice Montgomery. Die fanden wir alle ganz heiß. Na ja, die meisten von uns. Sie war auch eine der wenigen Frauen, die wir je zu Gesicht bekommen hatten, und sie war immer nett zu uns. Eines nachts – ich muss etwa dreizehn gewesen sein – träumte ich von ihr und plötzlich … stand mein Bett in Flammen. Ich brannte und hatte Todesangst, weil ich nicht ansatzweise ahnte, dass das Feuer von mir ausging. Erst als ich merkte, dass ich keine Schmerzen hatte und meine Haut nicht zu Schaden kam, wurde mir die Wahrheit bewusst.«

»Wie kannst du brennen und gleichzeitig nicht *ver*brennen?« Flames Fähigkeit faszinierte June zutiefst.

»Wenn ich es möchte, liegen die Flammen nicht direkt auf meiner Haut auf, sondern schweben ein Stück darüber.« Er hielt ihr den erhobenen Zeigefinger vors Gesicht und kniff leicht die Lider zusammen, als müsste er sich stark konzentrieren. Wenige Sekunden später tanzte eine winzige Flamme über seinem Nagel. »Siehst du?«

»Ja.« Sie sah es ganz deutlich. Es gab eine Lücke von wenigen Millimetern.

»Ansonsten weiß ich leider auch nicht, warum mir meine Flammen selbst nicht schaden, solange sie nicht zu lange brennen. Die Ärzte haben mir das nie erklärt.« Er nahm die Hand herunter und es zischte leise, als die Flamme auf das Wasser traf. Anschließend legte er den Arm wieder um sie. Offenbar konnte er hier, so dicht am Ufer, stehen. »Durch die Hitze, die mein Feuer abstrahlt, könnte meine Haut natürlich trotzdem irgendwann verbrennen. Aber dann heilen mich meine Naniten. Sie sorgen auch dafür, dass ich keine Schmerzen habe, denn sie blockieren sofort die Reizweiterleitung.«

»Deshalb spürst du auch nichts, wenn du angeschossen wirst?«

»Hm«, brummte er.

June wurde es heiß und kalt; ihr Magen verkrampfte sich. Sie wusste von Pyro, dass die Naniten nur eine begrenzte Lebensdauer besaßen. »Wenn … du keine Naniten mehr hast … Was ist dann?«

»Dann werde ich Schmerzen fühlen, wie jeder andere Mensch auch. Und wenn ich zu lange in Flammen stehe, werde ich verbrennen.«

June schluckte ihre aufsteigenden Ängste hinunter. Sie hoffte inständig, dass Flame seine Fähigkeit bald wieder ganz kontrollieren konnte, so wie früher. Falls nicht … June wollte nicht darüber nachdenken!

»Seit wann hast du die Naniten?«, fragte sie, als sie sich einigermaßen gesammelt hatte.

»Wir haben sie mit acht Jahren bekommen, nachdem das Waffentraining losging. Man sagte uns, wir seien zu kostbar und dürften uns nicht verletzen oder sterben. Wir fanden die kleinen Roboter natürlich unglaublich cool und haben uns gerade am Anfang sogar absichtlich Verletzungen zugefügt.«

»Und was wurde aus denen, die keine PSI-Fähigkeiten entwickelten?«

»Ich weiß es nicht«, flüsterte er. »Zu Beginn waren wir dreißig Jungs, und hin und wieder tauchte einer am nächsten Morgen zum Training nicht mehr auf. Man hat uns erzählt, sie seien anderen Einheiten zugeteilt worden.«

Was nicht stimmte. Jeder, der etwas über dieses Projekt wusste und nicht dazu gehörte, musste sterben. Das hatte ihr Flame schon vor Jahren verraten.

Sanft strich sie ihm über die Wange. »Haben sich die Kindermädchen denn wenigstens gut um dich gekümmert?«

»Ich habe mich bei ihnen wohlgefühlt. Doch bei dir fühle ich mich viel wohler.« Er griff an ihr Gesäß und holte daran ihren Unterleib fest zu sich, sodass sich ihre Scham gegen sein Geschlecht drückte. Es war leicht geschwollen!

Als Flame auf ihre Lippen starrte, konnte sie nicht anders, als ihn zu küssen. Erst sanft, dann immer wilder, neckten sie sich mit Mund und Zunge, bis sich seine Erektion hart zwischen ihre gespreizten Beine drückte.

June rieb sich an seiner ganzen Länge und genoss das Klopfen und Prickeln, das ihren Unterleib durchströmte. Am liebsten wollte sie Flame in sich spüren, seine Härte bis zum Anschlag aufnehmen! Sie las in seinen rauchgrauen Augen, dass er sich nichts mehr wünschte als das.

June hatte bei ihrem Wiedersehen sofort gewusst, dass er noch nie eine nackte Frau berührt hatte. Wann auch – er war sein Leben lang eingesperrt und Diener dieser kranken Wissenschaftler gewesen. Dafür, dass er so viel nachzuholen hatte und seine Libido überquellen musste, hatte er sich erstaunlich gut im Griff. Flame passte auf sie auf. Dafür liebte sie ihn gleich noch mehr.

June wollte so sehr, dass er sich endlich fallenlassen durfte, einfach nur er selbst sein, nichts unterdrücken oder zurückhalten musste. Doch solange er seine Kräfte nicht wieder unter Kontrolle hatte …

Moment, sie befanden sich in einem See! Deshalb fragte sie keuchend: »Brennst du auch unter Wasser?«

»Nein«, raunte er.

»Dann lass uns was ausprobieren.« Sie löste sich von ihm, damit sie mit einer Hand zwischen ihre Körper fahren und seine Erektion umschließen konnte.

Sofort keuchte er auf und kniff die Lider zusammen. »Du spielst mit dem Feuer, June, und das meine ich nicht sprichwörtlich.«

»Ich weiß. Sag mir einfach, wenn … es zu gefährlich wird.«

»Ich würde dir nie Schaden zufügen wollen, June. Nie!« Er fasste in ihren Nacken, um ihren Mund erneut zu sich zu holen. Und während sie seinen Schaft massierte und den Daumen über seine Eichel kreisen ließ, küsste er sie wilder und verlangender als zuvor.

»Kann mich nicht mehr lange zurückhalten«, raunte er, woraufhin June ein bisschen auf Abstand ging, ohne jedoch die Hand von seiner Erektion zu nehmen.

Während sich June am Rand des Speichersees festhielt, massierte sie Flames harten Penis langsamer. Er bäumte sich regelrecht zwischen ihren Fingern auf und wurde immer heißer. Doch noch hielt June die Hitze aus.

Als sein Haar zu dampfen begann und die Feuchtigkeit daraus verdunstete, stieß Flame ein lautes Knurren aus, das über den ganzen See hallte. Flammen züngelten in seinen Augen, und er nahm nie den Blick von ihr.

»June …«, raunte er, dann legte er den Kopf zurück, während seine Erektion in ihrer Hand zuckte.

Was für ein erregendes Bild!

Durch das Wasser erkannte sie, wie sich seine Bauchmuskeln anspannten. Flame wirkte völlig losgelöst, wobei er seinen Unterleib rhythmisch bewegte, um seinen Penis in ihre Hand zu stoßen. Sein Körper schien zu glühen und sie spürte die Wärme durch das Wasser. Aber dadurch, dass June die Finger immer kurz öffnete, verbrannte sie sich nicht. Oder schaffte er es vielleicht, die Hitze von seiner Körpermitte wegzulenken?

Da erzitterte Flame und stieß ein kehliges Knurren aus. Er legte den Kopf in den Nacken, Flammen schossen kurz aus seinem zu einem Schrei geöffneten Mund, und seine Erektion zuckte in Junes Hand. Faszinierend betrachtete sie ihren wunderschönen Krieger und spürte dabei ein wildes Klopfen zwischen ihren Schenkeln. Flame war nicht nur im übertragenen Sinn der heißeste Kerl, den sie kannte.

Als er sich schwer atmend zurücklehnte und die Unterarme auf der Umrandung des Sees abstützte, schmiegte sich June wieder an ihn. Sein Körper fühlte sich fast normal warm an.

»Das war … unglaublich!« Flames Grinsen erstreckte sich über das ganze Gesicht, und er legte einen Arm um ihre Taille, um June an sich zu ziehen. »Es hat funktioniert!«

»Das hat es.« Sie freute sich ebenso sehr wie er. Außerdem hatte es sie erregt wie schon lange nicht mehr, einem Mann Erlösung zu verschaffen und dabei zuzusehen. Ihre Brustspitzen prickelten und ihr Schoß pochte vor unterdrückter Lust.

June hatte vor ihrem Wiedersehen schon ewig keinen Sex mehr gehabt. Sie sehnte sich mindestens genauso sehr wie Flame nach Nähe und Zärtlichkeit. Und vor allem jetzt, da ihr Körper unter Strom stand, wollte sie am liebsten mit ihrem Krieger verschmelzen.

Sie spürte seinen Penis an ihrem Bauch. Er war immer noch hart!

June wand sich ein bisschen in seinen Armen, und ihre hochsensiblen Nippel rieben über Flames muskulöse Brust. Die Versuchung war groß, sich einfach zu nehmen, wonach es ihr verlangte, doch diesmal musste sie sich beherrschen.

Sein Blick verklärte sich, als könnte er sehen, was in ihrem Kopf vorging. »Ich habe dich nicht vergessen«, raunte er. »Ich musste nur erst wieder zu Luft kommen.«

Er packte sie an den Hüften und hob sie ein Stück hoch, um eine ihrer Brustspitzen in seinen Mund zu saugen. Vor Überraschung stieß June einen Schrei aus und krallte die Finger in Flames Haar. Oh, das fühlte sich fantastisch an! Ihr Schoß pochte wilder und krampfte sich allein von Flames Zungenschlägen zusammen.

Plötzlich drehte er sich mit ihr herum und setzte sie auf der Betonplatte ab, sodass nur noch ihre Beine von den Knien abwärts ins Wasser ragten. Dann drückte er ihre Schenkel auseinander, zog June zu sich heran und senkte den Mund auf ihre intimste Stelle.

Ihr wurde schwindelig vor Lust. Das hatte sie jetzt nicht erwartet!

»Flame …«, wisperte sie, wobei sie erneut ihre Finger in sein Haar krallte.

Zärtlich saugte er an ihrer Klit oder neckte sie mit seiner Zunge, sodass ihre Erregung rasend schnell zunahm.

»Wenn … uns jemand sieht!« Sie warf einen kurzen Blick über die glatte Oberfläche des Sees. Das andere Ufer lag mehrere hundert Meter entfernt. Sehen konnte sie niemanden, aber wer wusste schon, ob sich dort nicht jemand in den Büschen oder zwischen den Bäumen verbarg?

Egal, dann würde derjenige auch nicht viel erkennen können.

June legte sich leicht zurück und stützte sich mit den Unterarmen ab. Dann drückte sie Flame frech den Unterleib entgegen und genoss es, von ihm verwöhnt zu werden. Als er den Daumen dazu nahm, um mit ihm über ihre geschwollene Klit zu reiben, erreichte auch sie den Gipfel der Lust. Zwischen ihren Beinen pulsierte und pochte alles, während Flame genießerisch von ihrer Creme kostete.

Sie wünschte sich so sehr, dass sie eines Tages richtig zusammen liegen konnten – vor allem für Flame. Doch falls es nicht klappen sollte, würde das nichts an ihren Gefühlen für ihn ändern.

Er zog sie zurück ins Wasser und drückte sie an sich. Dann fuhr er über seinen Mund, bevor er June sanft küsste. »Das müssen wir bald wiederholen.«

»Ja.« Sie glühte immer noch, aber das Wasser kühlte angenehm ihren erhitzten Körper. »Am besten wiederholen wir das gleich später noch m…« Nein, sie hatten keine Zeit! Am Abend wollten Kathryn und Clint wiederkommen. June hatte völlig vergessen, dass sie hier war, um mit Flame über Clints Bitte zu sprechen!

Sie machte sich von ihm los und stieg aus dem See. Flame folgte ihr auf die Wiese; sein Lächeln erlosch. »Was ist los? Du wirkst auf einmal angespannt.« Dann hoben sich seine Brauen und er schien zu verstehen. »Was wollte Pyros Warrior-Freund von mir? Dieser … Clint?«

June hatte nur Augen für Flames perfekten Körper, während er seine Hose aus dem Kleiderbündel zog. Himmel, wieso sahen diese Kerle meistens aus wie einem erotischen Traum entsprungen? Und warum war Flames Schamhaar so kurz? Stutzte er es oder war es Opfer seiner Flammen geworden? Das hatte sie sich beim letzten Mal schon gefragt. Sie stellte sich vor, wie er auf seiner feuerfesten Matratze lag, sich selbst befriedigte und …

»June?« Ein Schmunzeln huschte über seine Lippen.

»Äh ja, Clint!« Hastig wandte sie das Gesicht ab und hob ihr Kleid auf. »Sein Name ist Clint Stevenson. Er ist Minister in Royal City.«

»Ein Warrior ist Minister!« Flame keuchte überrascht. »Wirklich?«

Sie nickte eifrig. »Es gibt sogar mehrere.«

»Es hat sich tatsächlich viel verändert.« Flame schlüpfte in seine

Hose und betrachtete unverhohlen Junes Körper. Wie sollte sie sich bei seinen verlangenden Blicken konzentrieren können?

»Also, Clint …« Wo fing sie am besten an, ohne Flame erneut zu verärgern? Sie wollte auf keinen Fall, dass er wieder weglief. »Clint hat einen Freund, sein Name ist Fury. Er lebt sehr weit weg von hier auf einer Insel. Furys Vorgesetzter ist Steel, auch ein Warrior, und der hat Kontakt zu einer weiteren Stadt oder besser gesagt zu zwei Städten, die direkt nebeneinander liegen: die Kuppelstadt White City und die Wüstenstadt Resur. In all diesen Städten gibt es heute kein diktatorisches Regime mehr und sie sind miteinander vernetzt. Deshalb weiß Steel von seinem Warriorkumpel Jax, dass …«

Schmunzelnd schüttelte Flame den Kopf. »June, sag einfach, was los ist. Die zahlreichen Namen verwirren mich.«

»Ja, gut … mich eigentlich auch.« Sie kannte diese Krieger nur vom Hörensagen und wusste nicht einmal, ob sie sich all die Namen richtig gemerkt hatte. »Die Menschen in Resur wissen noch nichts von dir, genau wie alle anderen«, erklärte sie vorsichtig weiter. »Clint hat niemandem etwas von dir erzählt, aber er glaubt, dass du den Leuten der Wüstenstadt helfen kannst.«

Skeptisch schoben sich seine Brauen zusammen. »Worum geht es?«

»Um einen maroden Staudamm, der unbedingt in nächster Zeit repariert werden muss, oder die gesamte Energieversorgung von Resur bricht zusammen. Die Menschen dort sind auf den Staudamm angewiesen. Nicht nur wegen des Stroms, genauso wichtig sind die Felder unterhalb des Damms, die einen Großteil der Nahrungsmittel für Resur und White City liefern. Sie dürfen nicht überschwemmt werden!

Außerdem ist geplant, demnächst Trinkwasser von dort abzuleiten. Noch gibt es eine gut gefüllte Quelle unterhalb der Kuppel von White City. Aber die wird nicht ewig für beide Städte reichen. Resur hat in den letzten Jahren großen Zuwachs verzeichnen können, und bald sind dort alle auch auf das Wasser aus dem Stausee angewiesen. Es käme zu einer Katastrophe, wenn der Damm bricht. Du könntest ihnen vielleicht helfen, ihn zu reparieren.«

Er kniff die Lider zusammen und schlüpfte in ein graues T-Shirt. »Was, wenn das eine Falle ist und sie mich irgendwo hinbringen, um …« Seufzend schüttelte er den Kopf und rieb sich über sein neues Tattoo. Trust, Vertrauen …

»Flame …« Sanft berührte sie ihn am Arm. »Ich komme natürlich mit.«

»Du würdest mich wirklich begleiten?« Sofort hellte sich seine Miene auf. »Du hast doch hier Verpflichtungen!«

»Darum kann sich der Siedlerrat kümmern.« Er schien sich ernsthaft über ihr Angebot zu freuen, denn ein Funkeln stahl sich in seine Augen.

Doch das währte nur kurz, sofort wurde er wieder ernst. »Es tut mir leid, dass ich dich heute Vormittag verdächtigt habe …«

»Du brauchst dich für nichts zu entschuldigen«, unterbrach sie ihn und schlüpfte in ihr Kleid. Da ihre Haut noch feucht war, klebte der Stoff leicht daran fest, weshalb sie mittendrin stecken blieb. »Ich bin nur froh, dass nichts zwischen uns steht.«

»Das bin ich auch.« Er half ihr, das Kleid überzuziehen, und blieb dicht vor ihr stehen. Tief atmete er durch. »Also ich soll einen Staudamm reparieren? Was muss ich denn genau tun?«

»Deine Fähigkeit einsetzen. Mehr weiß ich auch nicht. Clint will es uns später erklären.«

Resigniert seufzend fuhr er sich durchs Haar und wandte sich von ihr ab, um seine restliche Kleidung einzusammeln. »Du weißt doch, dass ich im Moment meine Kräfte nicht richtig kontrollieren kann.«

Schnell schlüpfte sie in ihre Schuhe, hob den getrockneten Seifenrest auf und verstaute ihn in ihrer Schatulle unter der Baumwurzel. »Es ist ein Staudamm, Flame. Kein Mensch. Du kannst keinem wehtun.«

»Da hast du recht«, murmelte er.

»Und die zwei Plünderer hast du doch letztens auch erfolgreich verscheucht.«

»Das stimmt. Ich hätte die Männer aber auch treffen können.« Er presste sein Kleiderbündel an den Bauch und starrte June nachdenklich an.

Langsam kam sie auf ihn zu und blieb vor ihm stehen. »Du könntest vielen Menschen helfen und sie vor einer großen Katastrophe bewahren.« Sie wollte ihn nicht dazu zwingen, doch das könnte für ihn die Chance sein, aus sich herauszukommen, über sich hinauszuwachsen, an einem Gemeinschaftsleben teilzunehmen und mit normalen Leuten zusammenzuarbeiten.

»Okay«, meinte er schließlich. »Ich höre mir an, was Clint zu sagen hat.«

Erleichtert atmete sie auf. »Klasse! Ich bin doch selbst schon so neugierig, worum es genau geht. Außerdem wird es bestimmt spannend, in eine andere freie Stadt zu reisen.« June hoffte nur, dass sie nicht unter der Kuppel von White City wohnen mussten, sondern in Resur bleiben durften, denn unter diesen Riesenblasen würde sie sich nicht wohlfühlen. Sie erinnerten June stets an das Grauen, das sie einst während ihrer Gefangenschaft in Royal City erlebt hatte. Doch für Flame würde sie über ihren Schatten springen. Er hatte schließlich weitaus Schlimmeres durchgemacht.

Kapitel 8 – Flame – Entscheidungen

Flame stand neben June auf der großen Wiese vor der Burg und starrte in den dunkelblauen Himmel, auf dem sich bereits erste Sterne zeigten. Das Shuttle mit Clint und Kathryn sollte jeden Moment ankommen, und er kämpfte mit jedem weiteren Atemzug gegen den Instinkt, zu fliehen. Sein ganzes Leben lang hatte man ihm mit grausamer Härte antrainiert, seine besonderen Fähigkeiten geheim zu halten. Bewusst tief holte er Luft und atmete ganz langsam aus, um seine Gedanken aus der Vergangenheit zu reißen.

Die Sonne war längst hinter die großen Gebäude getaucht und die Hitze des Tages verflog allmählich. Zikaden zirpten ihre ohrenbetäubenden Lieder und Glühwürmchen tanzten in den Gebüschen. Schnell richtete Flame sein Augenmerk auf diese willkommene Ablenkung.

»So etwas habe ich früher nie gesehen«, sagte er und deutete auf die blinkenden Lichter.

June lächelte ihn an. »Ich wette, es gibt unter der Kuppel keine Glühwürmchen.«

»Ich weiß es nicht«, murmelte er. »In Royal City soll es einen Dome mit einem dschungelartigen Klima und Tieren und Insekten geben, aber dort war ich nie. Es war uns strengstens verboten, das Forschungsgebäude zu verlassen.« Und später war ihm das wegen des Steuerungs-Chips ohnehin nicht mehr möglich gewesen.

June nahm seine Hand, ohne etwas zu sagen. Das musste sie auch nicht. Allein sie zu spüren, verdrängte die meisten unschönen Erinnerungen und beruhigte sein wild schlagendes Herz – was irgendwie widersprüchlich war, denn meistens lag es an ihr, wenn es heftig klopfte.

»Wann kommen sie denn genau?«, wollte Flame wissen und starrte erneut in den Himmel. Langsam bekam er eine Nackenstarre.

»Jeden Moment.«

Für ihn war es hier draußen immer noch seltsam ohne Uhr. Die Menschen richteten sich einfach nach dem Stand der Sonne. Kurz bevor sie unterging, begannen hier die Vorbereitungen für die Nacht. Es duftete nach gegrilltem Fleisch, Gemüse und brennenden Holzscheiten. An einem der Seen in der Nähe wurde gekocht, geredet und gelacht. Die Siedler schienen um diese Zeit besonders gesellig zu sein und kamen zusammen, um über den Tag zu sprechen. Flame hatte Leute auf den Feldern gesehen, Angler, die jeden Tag zum Hudson aufbrachen und das Risiko auf sich nahmen, dass Plünderer ihre Fänge stahlen, und Zimmerleute, die neue Unterkünfte bauten. June nähte Kleider – das schien neben ihrem Posten als Siedlungsoberhaupt ihr Beitrag zur Gemeinschaft zu sein. Jeder erfüllte seine Aufgaben, alle arbeiteten zusammen, niemand wurde unterdrückt. So sollte es immer sein.

Und trotz harter Arbeit und Angst vor Überfällen schienen die Menschen meist gute Laune zu haben und nicht an den extremen Lebensbedingungen zu zerbrechen. Obwohl die meisten es wahrscheinlich nicht anders gewohnt waren, könnten sie doch seit dem Umsturz in der Sicherheit von Royal City leben. Aber die Siedler hatten sich für ihre Gemeinschaft und die Freiheit entschieden.

Flame wollte ebenfalls nie wieder unter die Kuppel zurückkehren. Auch wenn das alte Regime nicht mehr herrschte, würde er sich dort nicht wohlfühlen.

»Wo steckt eigentlich deine Freundin Skye die ganze Zeit?«, wollte er wissen, um sich auf andere Gedanken zu bringen. Diese Warterei machte ihn fertig. June hatte ihm vorhin ein bisschen von Skye erzählt, und das schien ein perfekt-unverfängliches Thema zu sein, über das er mit June reden konnte.

»Wahrscheinlich ist sie jetzt beim Essen. Ansonsten fährt sie mit ihrem Handkarren durch die Siedlung und tauscht ihre Sachen ein. Es dauert oft Tage, bis sie alles los ist, was sie nicht selbst behalten möchte.«

»Und was macht sie danach?«

»Viel Schlafen, mit mir Spazieren gehen, reden, wir lesen uns gegenseitig etwas vor … Manchmal bleibt sie nur wenige Tage in der Siedlung, dann wieder Wochen. Meistens ist sie jedoch von einer seltsamen Unruhe befallen und hält es nie lange an einem Ort aus.«

Unruhig war er ebenfalls gerade, auch wenn er es sich nicht anmerken ließ. »Vermisst du Skye, wenn sie weg ist?«

June lächelte wehmütig. »Das tue ich.«

Fühlte sich June einsam? Dabei musste so eine kluge und hübsche Frau wie sie doch massenhaft Freunde und Verehrer haben?

Flame wusste noch so wenig über sie, doch er freute sich, alles über sie in Erfahrung zu bringen. Er genoss die Unterhaltungen mit ihr, vor allem, wenn er nervös war. Wann kam denn das Shuttle endlich?

»Hey ...« Lächelnd drückte sie seine Hand. »Alles wird gut.«

Als Flame ein leises Surren vernahm, zerquetschte er June fast die Hand. Ein kleines Personenbeförderungs-Shuttle tauchte über den Baumwipfeln auf und nahm Kurs auf die Wiese. Das kastenförmige Fluggerät setzte behutsam vor ihnen auf und die Motoren verstummten. Dann öffnete sich die Tür, eine Trittleiter klappte aus und Clint erschien im Rahmen. Er trug eine schwarze Cargohose mit zahlreichen Taschen und ein blitzsauberes weißes T-Shirt.

Flame versuchte, keinen Blick auf sein eigenes, ausgebleichtes grünes Shirt zu werfen, das er, genau wie seine Jeans, in einem ehemaligen Kaufhaus gefunden hatte. Doch es war sauber, und das war das Einzige, was ihm wichtig gewesen war – bis jetzt. Vielleicht sollte er sich demnächst um einen Satz neuer Kleidungstücke kümmern? Ob June ihm etwas nähen würde? So eine Hose mit vielen Taschen wäre durchaus praktisch.

Clint nickte ihnen zu, dann sprang er aus dem Shuttle, ohne die Trittleiter zu benutzen, und fasste Kathryn an der Taille, bevor sie einen Fuß auf die erste Stufe gesetzt hatte. Anschließend hob er sie herunter, woraufhin sie ihm ein liebevolles Lächeln schenkte. Sie trug ebenfalls eine schwarze Hose und dazu eine Bluse.

June hatte ihm erzählt, dass Kathryn früher selbst eine Outsiderin gewesen und auf einem Containerschiff gelebt hatte. Nichts deutete mehr darauf hin. Sie schien sich in Royal City wohlzufühlen.

Clint marschierte mit großen Schritten auf ihn zu und reichte ihm die Hand. »Hallo, Flame. Ich freue mich sehr, dass du gekommen bist.«

Flame erwiderte den kraftvollen Händedruck, wusste aber nicht, was er sagen sollte. Er hatte nie mit anderen Leuten reden müssen und mit Franky führte er eher Monologe. Der alte Mann hörte ihm zu und notierte ab und zu ein paar Worte – das reichte Flame für den Moment.

Anders verhielt es sich bei June. Mit ihr könnte er immer sprechen.

Clint schenkte June ein wissendes Lächeln und begrüßte sie ebenfalls. »Du hast Flame ja doch noch überzeugen können.«

Ja, er war nur wegen June hier, doch es überraschte ihn, wie gut es sich anfühlte, von Clint und seiner Partnerin derart freundlich empfangen zu werden. Auch Kathryn reichte ihm die Hand, und Güte und Wärme lagen in ihren Augen.

Seine anfängliche Skepsis löste sich ein bisschen, denn nichts Negatives ging von den beiden aus. Zudem meldeten Flames Sinne, dass sich keiner mehr im Shuttle befand. Sie waren allein gekommen und sie hatten ihm schon damals nichts Böses tun wollen, als Dr. Moses schließlich keine Macht mehr über seinen Körper gehabt hatte.

Flame musste endlich lernen, anderen zu vertrauen. Bei Franky hatte das doch auch funktioniert! Er vertraute dem alten Mann, doch der wusste längst nicht alles über ihn. Dennoch tätowierte Franky ihn jeden Tag.

Die Buchstaben auf seinem Rippenbogen schienen plötzlich zu kribbeln. Trust ...

In einem Anfall von Galgenhumor dachte Flame, vielleicht hätte Franky noch »Mut« daneben schreiben sollen.

Kinder traten zu ihnen auf die Lichtung und auch ein paar erwachsene Schaulustige. Flame wollte auf keinen Fall, dass sie etwas von ihrem Gespräch mitbekamen!

»Gehen wir ins Shuttle«, sagte Clint zu seiner Erleichterung und klopfte ihm auf die Schulter.

Bevor sie sich zurückzogen, lief ein etwa vierjähriges Mädchen auf Kathryn zu und richtete ihre großen Augen erwartungsvoll auf sie. »Hast du uns was mitgebracht, Cat?«

»Hm.« Sie tippte sich ans Kinn und schmunzelte. »Mal sehen. Warte hier.« Sie verschwand im Schiff und kam kurz darauf mit einem durchsichtigen Plastikbeutel zurück, der mindestens über hundert bunte Bonbons enthielt. Schwach nahm Flame einen fruchtigen Geruch wahr.

Kathryn überreichte der Kleinen die Tüte, die ihre Beute kaum tragen konnte, und die Kinder riefen: »Danke!« Dann trollten sie sich lachend davon.

»Gebt meinem Bruder auch was ab, wenn ihr ihn seht!«, rief Kathryn ihnen grinsend hinterher, bevor sie sich alle zum Shuttle begaben.

»Wo ist Pyro eigentlich?«, fragte Flame June leise. Normalerweise ließ er es sich nicht entgehen, wenn seine Schwester nach Oasis kam.

»Patrouilliert mit Acid und einigen anderen Wachen auf der Südseite der Siedlung, weil dort in letzter Zeit vermehrt Plünderer gesehen wurden.«

Clint ließ June an der Tür den Vortritt und versprach: »Nicht mehr lange, dann bekommt ihr Verstärkung aus Royal City. Ohne den ganzen Papierkram würde alles wesentlich schneller gehen.«

»Weshalb diese Mission, die wir mit dir planen, Flame, auch nicht angemeldet ist«, setzte Kathryn hinzu. Sie stand neben der offenen Tür im Passagierraum und deutete auf eine gemütliche Sitzecke vor einer Fensterreihe. Bequem aussehende Ledersessel und eine Bank verteilten sich um einen runden Tisch. Das war dann wohl doch kein normales Shuttle, sondern hatte früher höhergestellten Persönlichkeiten gehört. Die Forschungsfirma hatte auch solche komfortablen Fluggeräte besessen. Flame war mehr als einmal als Bodyguard von Dr. Moses in einem mitgereist.

»Danke, dass ihr euren Vorgesetzten nichts von mir erzählt habt«, sagte Flame, nachdem sie alle saßen. June befand sich rechts von ihm, Clint auf der linken Seite und Kathryn gegenüber. Sie schenkte jedem von ihnen Wasser aus einem gläsernen Krug ein.

»Nur so können wir auch gewährleisten«, fuhr Clint fort, »dass niemand etwas von deiner Fähigkeit mitbekommt, Flame. Und wir wissen schließlich nicht, wer vielleicht noch an den Werten des alten Regimes festhält und in die ganze Sache verwickelt war.«

Kathryn nickte bedächtig. Flame wusste, dass sie auch ihren Bruder schützen wollte. In Pyros Blut befanden sich dieselben Naniten wie bei ihm, nur dass Pyro nicht noch zusätzlich über PSI-Fähigkeiten verfügte.

Flame blickte abwechselnd von Clint zu seiner Partnerin und wollte am liebsten Junes Hand ergreifen. Er atmete auf, als sie unter dem Tisch ihren Fuß hinüberschob und an seinen Schuh drückte. »Jetzt bin ich aber neugierig, was es mit dieser Staudammsache auf sich hat und wie ich helfen kann.«

Clint nahm einen Schluck Wasser, bevor er begann: »Vor Kurzem hat Präsident Pearson – das ist das Oberhaupt von White City – bei unserer Regierung nachgefragt, ob wir leistungsstarke, überdimensional große Flammenwerfer hätten. White City ist zwar fortschrittlich, aber Royal City ist noch ein Stück weiter entwickelt, was technische Forschung betrifft. Mit diesen gigantischen Flammenwerfern soll der ehemalige Hoover Damm saniert werden. Genaue Details kann dir der zuständige Ingenieur liefern, nur so viel: Die Risse im Damm sollen mit einer Art Kunststoff gekittet werden, der vorher aufgesprüht wird. Das alles muss wohl sehr schnell gehen, denn der Beton darf nicht zu lange erhitzt werden, weshalb wir eine sehr hohe Temperatur benötigen. Solch ein Gerät gibt es in Royal City nicht. Natürlich könnten wir es bauen, aber das würde wahrscheinlich Monate dauern. So viel Zeit haben die Menschen dort jedoch nicht. Statiker haben dem Bau noch maximal einen Monat gegeben, bevor er nicht mehr zu reparieren ist, und nur noch weitere zwei Jahre, die er den Wassermassen maximal standhält.«

Flame hörte aufmerksam zu, und als Clint ihn fragte: »Kannst du so große Temperaturen erzeugen?«, nickte er langsam. »Du könntest von einem Shuttle aus deine Flammen auf die Stauwand werfen. So könnten wir dich an jede Stelle bringen, die repariert werden muss.«

Flame kratzte sich am Nacken. »Ich kann es versuchen, nur …«

Als er nicht weitersprach, schaute er zu June, die ihn aufmunternd anlächelte.

»Ich … habe seit der Abschaltung des Steuergeräts meine Fähigkeiten nicht mehr richtig unter Kontrolle.«

Schweigen breitete sich am Tisch aus und alle starrten ihn an, deshalb sagte er schnell: »Keine Sorge, ich explodiere nicht plötzlich oder fange an zu brennen.« Nicht, wenn ihn keiner bis aufs Blut reizte oder …. erregte.

Er warf einen schnellen Blick zu June, die ihm ein schiefes, wissendes Lächeln schenkte, ihren Fuß unter dem Tisch jedoch nicht zurückzog. Sie vertraute ihm, und das gab ihm Kraft und Zuversicht.

»Bedeutet das«, fragte Kathryn vorsichtig, »du kannst den Staudamm nicht reparieren?«

»Ähm …« Tief atmete er durch. »Natürlich will ich es versuchen und mein Bestes geben, aber ich kann nichts versprechen.«

»Es bedeutet uns wirklich sehr viel, dass du es versuchen willst.« Nun lächelte ihn Kathryn aufmunternd an. »Resur ist eine aufstrebende Stadt, die immer Arbeiter gebrauchen kann. Und wir haben diese Arbeiter in Royal City. Das sind fast alles ehemalige Outsider, die nicht alle einen Job bekommen haben. Sie wären bereit, in Resur ein neues Leben anzufangen. Deshalb wollen wir unbedingt einen Beitrag leisten, und du könntest helfen, Flame.«

Kathryn fühlte sich diesen Menschen sehr verbunden, das spürte er deutlich. June hatte ihm erzählt, dass sie sich schon für die Outsider unter der Kuppel eingesetzt hatte, bevor sie Clint kennenlernte und Botschafterin geworden war.

»Es gibt da aber auch noch ein anderes Problem«, sagte Flame vorsichtig. »Wenn ich helfe, wird jeder erfahren, wozu ich fähig bin.«

Clint schüttelte den Kopf. »Nicht, wenn wir nur vertrauensvolle Leute auswählen, die das Projekt und die Arbeit am Damm überwachen.«

Das überzeugte Flame noch nicht ganz. »Und die Politiker in

Royal City? Die werden doch erfahren, dass der Damm repariert wurde, wenn White City plötzlich keine Hilfe mehr braucht, also … falls es klappt. Wie wollt ihr das dann erklären?«

Clint drehte sein Wasserglas zwischen den Fingern hin und her, wobei er einen Blick auf seine Partnerin warf. »Darüber habe ich mit Cat auch schon nachgedacht. Wir könnten einerseits behaupten, dass die einfachen Flammenwerfer doch ausgereicht hätten, die Risse zu kitten. Oder …« Er nickte Kathryn zu, weil nun offenbar ihre Idee an der Reihe war.

»Falls dich jemand beobachtet«, erklärte sie weiter, »und sieht, wie Flammen aus deinen Händen kommen, wird sich das herumsprechen. Die Gefahr ist da. Deshalb habe ich gedacht, du könntest so tun, als würdest du einen neu entwickelten Flammenwerfer benutzen, an dem jemand aus Resur getüftelt hat. Dazu legen wir dir einfach irgendwelche Metallmanschetten um die Handgelenke oder etwas in der Art. Hauptsache, mögliche Zuschauer glauben nicht, dass die Flammen direkt aus deinen Händen kommen.«

Das wäre eine Möglichkeit … Flame wollte so gerne helfen! Das würde zwar seine Taten nicht ungeschehen machen, aber seine Schuld ein wenig aufwiegen und ein bisschen Last von seinen Schultern nehmen. Endlich könnte er etwas Gutes tun. Es musste nur noch klappen!

»Okay. Das hört sich nach einem Plan an«, sagte er deshalb und versuchte, sich seine Aufregung nicht anmerken zu lassen. »Wie geht es jetzt weiter?«

»Ich werde Jax kontaktieren.« Clint deutete zu einem Monitor an der Wand. »Er ist der Kommandant der Resurer Stadtwache und ein ehemaliger Warrior. Ich habe ihn bereits persönlich getroffen, als ich vor zwei Wochen mit Cat den Staudamm besichtigt habe. Er hat einen vertrauensvollen Eindruck gemacht. Schildern wir ihm die Lage und sehen weiter.«

Flame stimmte nickend zu und wollte am liebsten nach Junes Hand greifen. Er war furchtbar nervös und ein wenig verunsichert. Diese Gefühle kannte er nicht, denn er hatte bisher nie eigene Entscheidungen treffen müssen; sein Leben und seine Taten waren von anderen bestimmt worden.

Clint wählte über ein Tablet eine Nummer an und es dauerte einige Minuten, bis das gebräunte Gesicht eines schwarzhaarigen Mannes und dessen halber Oberkörper auf dem Monitor an der Wand aufflackerte. Flame schätzte Jax auf etwas über dreißig Jahre. Die ausgeprägten Wangenknochen sowie die nackten, muskulösen Schultern deuteten definitiv auf einen Warrior hin. Schweiß glänzte auf seiner Haut, die an mehreren Stellen gut erkennbare, alte Narben zeigte.

Hinter ihm hing eine Landkarte an einer grauen Betonwand. Offenbar saß der Mann an einem Schreibtisch, auch wenn es aussah, als hätte er gerade gekämpft.

»Clint, Kathryn!«, rief Jax erfreut, und seine blauen Augen blickten wachsam in die Runde. »Schön, euch zu sehen. Entschuldigt die Verzögerung, ich war gerade mitten im Training.«

»Wir wollten dich nicht stören«, erklärte Clint, »aber es gibt wichtige Neuigkeiten.«

Jax beugte sich ein Stück nach vorne. »Ihr könnt die Flammenwerfer in der vorgegebenen Zeit produzieren?«

»Nicht direkt«, antwortete Clint. »Aber wir haben jemanden gefunden, der euch vielleicht helfen kann.« Er deutete auf Flame und stellte ihn sowie June vor. »Flame hat eine besondere Gabe.« Clint schaute ihn durchdringend an, als würde er wissen wollen, wie viel er verraten durfte.

»Ich bin ein PSI-Krieger«, sagte Flame deshalb schnell. »Allein mit Gedankenkraft kann ich ein gewaltiges Feuer erschaffen, dessen Temperatur und Größe vielleicht ausreicht, um euch bei der Reparatur des Damms zu unterstützen.«

Jax' Brauen schossen nach oben und er pfiff leise durch die Zähne. »*Das* hatten wir auch noch nicht.«

»Ich möchte bloß nicht, dass die halbe Welt davon erfährt.« Es ging ja nicht nur um seine Fähigkeit, sondern vor allem um die Naniten, die er in sich trug. Neben Pyro besaß er die letzten modifizierten Nano-Roboter, und er wollte auf keinen Fall, dass sie jemand reproduzierte und dazu nutzte, Böses zu tun. Außerdem …

falls noch irgendwo Leute existierten, die in das geheime Projekt eingeweiht waren und erfuhren, dass er noch lebte, bestand die Gefahr, dass sie ihn jagten. Ihn töteten. Oder schlimmer: ihn einsperrten und wieder zu einer Marionette machten, die die Drecksarbeit für diese kranken Superhirne übernahm.

»Wir sind verdammt gut im Bewahren von Geheimnissen.« Jax schmunzelte vielsagend. »Kannst du mir mal eine Kostprobe deiner PSI-Fähigkeit demonstrieren?«

Flame hatte geahnt, dass das kommen würde, und sich gedanklich darauf vorbereitet. Deshalb schaffte er es auch ohne größere Anstrengung, einen kleinen Feuerball auf seiner rechten Handfläche zu materialisieren. Doch weil er verdammt aufgeregt war, schwoll die Kugel immer weiter an, wurde greller und heißer. June, Kathryn und sogar Clint wichen ein Stück zurück und kniffen die Lider zusammen.

Bevor es vielleicht zu einer Katastrophe kam, drückte Flame seine Handflächen aneinander, um das Feuer zu ersticken. Er spürte, wie seine Haut regelrecht kochte, und steckte die Hände schnell unter den Tisch. Zum Glück machten sich seine Naniten bereits an die Arbeit, weshalb er keine Schmerzen fühlte, und nur wenige Augenblicke später konnte er die Hände wieder auf den Tisch legen. Das war gerade noch mal gut gegangen. Feuerbälle in geschlossenen Räumen zu bilden und dann auch noch in einem mit Ethanol betankten Shuttle, war nicht gerade klug von ihm. Doch irgendwie wollte er den Job plötzlich ganz dringend.

Er räusperte sich leise und erklärte: »Das musst du dir jetzt noch hundert Mal größer vorstellen. Ich kann nicht nur Feuerbälle erzeugen, sondern auch Flammensäulen aus meinen Händen schießen lassen oder mich sogar selbst in Brand setzen.«

»Wow.« Jax nickte anerkennend und seine blauen Augen leuchteten regelrecht. »Das war beeindruckend. Sehr beeindruckend! Ich will dich sofort hier haben, Mann!«

Der Krieger wirkte dermaßen euphorisch, dass Flame von dessen Emotionen angesteckt wurde. Er konnte sich ein Grinsen nicht verkneifen, und als er zu June blickte, lächelte sie glücklich zurück.

»Wir könnten bis morgen alles vorbereitet haben und eine Unterkunft organisieren«, sagte Jax. »Mit wie viel Personen können wir rechnen?«

June meldete sich. »Ich würde Flame gerne begleiten, wenn ich darf.«

»Natürlich«, antwortete Jax. »Das ist kein Problem.«

»Cat und ich bringen die beiden nach Resur«, versprach Clint. »Leider können wir nur kurz bleiben, denn wir haben wichtige Termine.«

»Schade, aber ich verstehe das mit den Verpflichtungen. Ich werde heute noch ein Team aus Leuten zusammenstellen, denen ich blind vertraue.« Man sah Jax an, wie sehr er darauf brannte, endlich etwas unternehmen zu können.

»Gehört Präsident Pearson auch dazu?«, wollte Clint wissen. »Wir werden nicht umhin kommen, ihn einzuweihen.«

Jax nickte resolut. »Der Präsident, ich und meine Leute haben eine gemeinsame Vergangenheit, die uns zu mehr als nur Verbündeten gemacht hat. Er ist ein guter Freund, und ich lege meine Hand für ihn ins Feuer. Er wird die Angelegenheit streng vertraulich behandeln.«

Flame atmete auf. Der Mann klang ehrlich, und Begeisterung sowie Tatendrang funkelten in seinen Augen.

»Dann sehen wir uns morgen!« Jax verabschiedete sich von ihnen, anschließend wurde der Monitor schwarz.

»Also los …« Kathryn klatschte in die Hände und stand auf. »Lasst uns alles vorbereiten!«

Kapitel 9 – Flame – Träume und Albträume

Weil Flame nicht wirklich packen musste, da er seine besten Sachen bereits trug und ansonsten kaum etwas besaß, blieb er bei June in der Siedlung. Sie hatte ihm angeboten, mit ihr zu essen, und das würde er auf keinen Fall ausschlagen. Er musste seine Naniten aufladen und das funktionierte nur durch Nahrungsaufnahme, denn die winzigen Roboter holten sich ihre Energie aus seinen Mitochondrien.

Flame schlenderte mit June auf einem Kiesweg zum See, an dem immer noch gegessen und geredet wurde. Die Wasseroberfläche reflektierte das Licht der Sterne, weshalb es aussah, als würden tausend funkelnde Lichter darauf schwimmen. Überall brannten Lagerfeuer, auf denen gekocht und gebraten wurde, und die Siedler saßen oder lagen in der Wiese, unterhielten sich, lachten und … starrten plötzlich alle zu ihnen.

Ein paar Gespräche verstummten, als sie an den Leuten vorbeigingen, danach wurde getuschelt.

»Ob das ihr Neuer ist?«, wollte ein junges Mädchen von einer älteren Frau wissen.

»Woher kommt dieser Warrior?«, fragte ein Mann abfällig. »Umgibt sich June nur noch mit diesen Kerlen?«

Höchstwahrscheinlich konnte sie die geflüsterten Worte nicht hören, aber ihm entging dank seiner Supersinne nichts. Sein Herz sank, bis er eine Frau – er wusste nicht genau, wer es war – leise zu jemandem sagen hörte: »Seid doch nicht so engstirnig, ihr Idioten. Seht ihr nicht, dass sie glücklich ist? Wann habt ihr sie zuletzt auf diese Weise lächeln gesehen?«

Flame warf einen kurzen Blick auf June. Es stimmte, sie lächelte, und zwar schon seit er Jax Hilfe zugesagt hatte. War das wirklich sein Verdienst?

Urplötzlich fragte er sich, ob er mit June ein neues Leben beginnen könnte. Noch einmal ganz von vorne anfangen. Er wünschte sich nichts mehr als das!

Doch was, wenn sie Kinder wollte?

Soweit er wusste, hatten sich alle Warrior, genau wie alle männlichen Bürger unter den Kuppeln, schon während der Kindheit einer Vasektomie unterziehen müssen. Flame und seine Brüder jedoch nicht. Das hätte bei ihnen mit Naniten, die sofort alles reparierten, auch keinen Sinn gemacht.

Heißkalte Schauder krochen über sein Rückgrat. Zum Glück hatten sie noch nicht miteinander geschlafen! Flame wollte auf keinen Fall ein Kind in die Welt setzen, das so war wie er!

Er erinnerte sich genau, wie schlimm es für ihn gewesen war, als sich seine Fähigkeiten zum ersten Mal gezeigt hatten. An seine ständige Angst, die Kontrolle zu verlieren und irgendwas oder jemanden in Brand zu setzen.

Innerhalb der Forschungseinrichtung hatte niemand ein Problem damit gehabt – im Gegenteil. Schließlich hatten ihn die Wissenschaftler zu dem gemacht, was er war. Aber in dieser Welt wäre ein Kind mit seinen Fähigkeiten ein Außenseiter. Jeder hätte Angst vor ihm! Ein Kind, das so wäre wie Flame, wäre einsam. Niemand würde es berühren oder mit ihm spielen wollen, und es würde selbst nicht wagen, jemanden zu berühren, der ihm etwas bedeutete. Flames Brüder waren dank ihrer Naniten vor ihm sicher gewesen, die Menschen hier waren es nicht. Deshalb traute sich Flame auch immer noch nicht, neben der Frau zu schlafen, die er liebte.

Solch ein Kind wollte er niemandem zumuten, weder sich noch anderen und schon gar nicht June.

Innerlich schüttelte Flame den Kopf über seine wirren Gedanken. Vielleicht konnte er ohnehin keine Kinder bekommen …

Wehmütig blickte er auf drei Jungs, die lachend um eines der Lagerfeuer liefen und mit Stöcken auf die Funken einschlugen, die in den Himmel stoben. Auch wenn das Leben in Oasis nicht immer einfach, oft von Gefahren und manchmal sogar von Hunger geprägt war, würde er seine verhältnismäßig sichere Jugend im Labor sofort gegen die Freiheit eintauschen, die diese Kinder erleben durften. Er konnte sich nicht an eine Zeit erinnern, in der er sorglos mit anderen gespielt und gelacht hatte.

Zusammen mit June fand er ein ruhiges Plätzchen unter einem Baum, und sie setzten sich auf einen dicken umgesägten Stamm.

»Warte hier.« Sie lächelte ihn immer noch an. Irgendwie schien sie gar nicht mehr aus dem Lächeln herauszukommen. »Ich hole uns was zum Essen. Heute ist Eintopf-Tag. Magst du Eintopf?«

»Ich mag so ziemlich alles.« Und alles hier war sicher besser als der Trocken- und Dosenfraß, von dem er sich in der unterirdischen Anlage monatelang ernähren musste.

»Gut. Bin gleich wieder da.«

Er blickte June hinterher, wie sie zu einer der Kochstellen ging und sich mit einem älteren, grauhaarigen Mann unterhielt, der mit einem großen Holzlöffel in einem riesigen Topf rührte. Mit einer Kelle schöpfte er das Essen in zwei zerbeulte Metallschüsseln, die June zu Flame zurück trug.

»Joseph macht einen himmlischen Eintopf aus selbstgemachter Pfefferwurst, Kartoffeln und Bohnen. Den würzt er mit Kräutern aus seinem Garten.«

»Klingt gut.«

»Ist es auch.« Sie überreichte ihm eine Schüssel, in der ein Löffel steckte, und setzte sich neben ihn. Gemeinsam aßen sie im einvernehmlichen Schweigen, und Flame war froh, als sich die meisten Zuschauer wieder auf ihre Angelegenheiten konzentrierten.

»Mmm, scharf, aber lecker«, murmelte er, kratzte den Rest aus der Schüssel und schob sich den letzten Löffel in den Mund. Seit Ewigkeiten hatte er nichts so Köstliches mehr gegessen.

Plötzlich trat ein dunkelhaariger, etwa achtjähriger Junge zu ihnen unter den Baum. In seinen Händen balancierte er fünf aufeinandergestapelte Schüsseln. »Seid ihr fertig?«, fragte er.

»Ja, Mirko. Hier, bitte.« June stellte ihren Behälter auf den Stapel und Flame tat es ihr gleich. Danach ging der Junge vorsichtig zum See und legte das Geschirr am Ufer ab.

Flame war beeindruckt. »Der Kleine hilft freiwillig beim Abwasch?«

»Mehr oder weniger«, antwortete June schmunzelnd. »Die Kinder lernen schon früh, dass jeder seine Aufgaben hat und eine Gemeinschaft nur dann funktioniert, wenn alle zusammenhalten.«

»Hier scheint alles zu laufen.«

»Das war ein langer Weg bis dahin. Nicht immer war es so friedlich wie jetzt.«

»Und wird es auch nie ganz sein«, sagte eine junge Frau, die zu ihnen unter den Baum trat. Flame schätzte sie auf Mitte zwanzig. Unzählige schwarze Zöpfchen schwangen um ihr herzförmiges Gesicht, und sie trug ein bauchfreies Top sowie eine Lederhose.

Sie ließ sich einfach vor ihnen auf den Hintern plumpsen und legte sich zurück ins Gras, wobei sie die Hände im Nacken verschränkte. Dann starrte sie in den Nachthimmel und schimpfte: »Diese verdammten Plünderer. Ich bin immer noch stinksauer, dass sie mich überfallen haben!«

Die Stimme kannte er doch! »Du bist diejenige, die zuvor ein paar Siedler als Idioten bezeichnet hat!«

»Ja, das passt zu ihr.« June schüttelte lachend den Kopf. »Flame, darf ich dir Skye vorstellen?«

Sofort setzte sich die Frau hin, grinste frech und reichte ihm die Hand. »Ich weiß natürlich längst, wer du bist.«

Flame beugte sich zur Begrüßung vor. Skye besaß einen überraschend festen Händedruck. Das hätte er diesem schmalen Persönchen nicht zugetraut.

»Hab auch schon viel von dir gehört.« Flame wusste, dass June mit Skye über ihn gesprochen hatte. Die junge Frau besaß nicht nur Kenntnis von seiner Fähigkeit, sondern auch von den Naniten. Schließlich hatte June damals nicht gewusst, dass er noch lebte und wie wichtig ihm seine Geheimnisse waren.

Als eine Gruppe junger Männer an ihnen vorbeiging, schaute Skye über ihre Schulter und sprang auf. »Da hinten ist Tristan.« Sie warf einen zerknirschten Blick auf June. »Ich habe diese Zeitschrift gefunden, die ihn bestimmt interessieren wird.«

June schüttelte schmunzelnd den Kopf. »Na los, geh schon.«

»Macht's gut, ihr Süßen, bis später!« Und weg war Skye.

»Zeitschrift?« Jetzt wurde Flame ein bisschen neugierig und hatte unanständigerweise sofort den Bildband mit den nackten Pärchen vor Augen.

Grinsend zuckte June mit den Schultern. »Skye kennt die Bedürfnisse der Siedler wie niemand sonst hier, weil sie ihnen Sachen besorgt und versucht, jeden Wunsch zu erfüllen. Aber sie plaudert nie etwas aus.«

Das erleichterte ihn ungemein. »Sie ist wirklich ein unruhiger Geist.«

»Ja, immer auf dem Sprung, um ihre Funde unter die Leute zu bringen. Ich würde ja schon gerne wissen, was sie im Gegenzug von Tristan bekommt.«

»Vielleicht sein Herz?« Flame schaute June tief in die Augen. Für einen wunderbaren Moment, in dem die Zeit stillzustehen schien, verhakten sich ihre Blicke. June schenke ihm ein verträumtes Lächeln und sah dann ihrer Freundin nachdenklich hinterher. »Skye und Tristan?« Ihr Blick schwenkte wieder zu Flame, wobei sie sich leicht an ihn lehnte. »Hm, ich glaube nicht. Sie braucht jemanden, der sie für immer an einem Ort halten könnte. Einen willensstarken Mann, der es mit ihren Spleens aushält.«

Während June über ihre Freundin sprach, hörte Flame kaum zu, obwohl er ihr wirklich folgen wollte. Doch ihre sinnlichen Lippen, die sich unablässig bewegten und so nah lagen, lenkten ihn ab. Einmal strich June mit der Zungenspitze kurz über ihren Mundwinkel, ein anderes Mal schabte sie mit den Zähnen über die Unterlippe. Das löste ein köstliches Ziehen in seinen Lenden aus. War das normal?

Plötzlich grinste June frech. »Ich denke, der perfekte Mann für Skye muss noch geboren oder erschaffen werden.«

Wer wohl der perfekte Mann für June wäre? Flame gefiel der Gedanke, für sie allein erschaffen worden zu sein.

Auf einen Schlag wurde er in die grausame Realität zurückgerissen. Er war nämlich alles andere als perfekt.

Als ihr Lächeln schwand, fasste sie kurz an seinen Arm. »Hey, worüber machst du dir Sorgen?«

Dass ich nicht gut genug für dich bin, dachte er und stand auf. »Bin nur ein wenig aufgeregt wegen morgen.« Was stimmte. »Und ich sollte jetzt Franky Bescheid geben, dass ich wahrscheinlich eine Weile nicht hier sein werde. Er geht immer früh schlafen und ich will ihn nicht wecken.«

»Oh … ja.« June erhob sich ebenfalls. »Und ich muss Skye und den Siedlerrat informieren.« Sie deutete zu Joseph, der immer noch seinen Eintopf ausgab. »Nimm Franky doch etwas zu essen mit. Warte, ich hole dir noch eine Schüssel.«

»Danke, da wird er sich freuen.« Er wartete, bis sie wieder bei ihm war, nahm den Eintopf und drückte ihr einen schnellen Kuss auf die Wange. »Dann sehen wir uns morgen.«

Erwartungsvoll starrte sie ihn an, als würde sie sich wünschen, dass er blieb.

Verdammt, er wollte nicht gehen! Aber er konnte es nicht riskieren, ihr Zuhause unabsichtlich in Flammen aufgehen zu lassen.

Als sich ihre Blicke einfach nicht lösen wollten, griff er mit der freien Hand in ihren Nacken und zog June zu einem richtigen Kuss heran. Einem mit Zunge und Leidenschaft. Sie sollte auf keinen Fall denken, dass er sie nicht begehrte. Und wie er sich nach ihr sehnte! Viel zu sehr …

Schließlich riss er sich schweren Herzens von ihr los, raunte: »Gute Nacht«, und drehte sich abrupt um.

Nachdem er ein paar Schritte gegangen war, hörte er, wie Skye zu June sagte: »Er übernachtet nicht bei dir?«

»Er … Ich … Wir lassen uns Zeit.« June klang ein bisschen traurig. Weil er davon gestürmt war?

»Dieser Kuss sah aber alles andere als *nach Zeit lassen* aus«, meinte Skye süffisant.

Bevor er auf der Stelle umdrehte, um zu June zurückzukehren, ging er schnell weiter. Flame konnte jetzt nicht zurück. Er musste Franky Bescheid geben, und außerdem hatte ihn der Kuss so heiß gemacht, dass er das Gefühl hatte, jede Sekunde in Flammen aufzugehen. Um jeden Preis wollte er vermeiden, den anderen zu zeigen, was er war. Dass er der »Flammendämon« war. Sonst würden sie erst recht über ihn reden und … ihn vielleicht verstoßen. Schließlich hatte er Siedler entführt, die nun nicht mehr lebten.

Doch er würde es nicht ertragen, von June getrennt zu werden. Jede Sekunde ohne sie dauerte bereits eine kleine Ewigkeit.

Seine Zellen schienen zu summen, während er durch die Nacht eilte. Die Naniten versorgten sich mit frischer Energie, aber nicht nur deshalb stand sein Körper unter Strom: June hatte einen Funken in ihm entzündet, den er nicht mehr löschen konnte, und das Feuer schwoll unentwegt an. Bald würde es durch seinen Körper wüten wie ein Flächenbrand, der alles verschlang.

Was hatte June zu ihm gesagt: Die Burg bestand aus Stein? Vielleicht gab es dann doch eine Möglichkeit, wie er June und ihr Heim nicht in Gefahr bringen und dennoch bei ihr sein konnte oder zumindest in ihrer Nähe.

***

Franky schüttelte Flame die Hände und wünschte ihm auf seine Art viel Glück, zumindest glaubte Flame, diese Worte in seinem Blick zu erkennen. Da Flame eine gewisse Zeit bei dem alten Mann gelebt hatte, wusste er dessen Körpersprache zu deuten. Flame fühlte ein bisschen Wehmut in sich aufsteigen, weil er gehen musste und nicht für Franky sorgen konnte, solange er in Resur war. Doch es würde ja kein Abschied für immer sein.

»Ich habe ein paar Konservendosen in meinem Unterschlupf. Sie befinden sich im Bauch des Piratenschiffes in einer großen Kiste.« Er hatte sie nicht angerührt, weil er keinen Dosenfraß mehr ertragen konnte, sie jedoch für den Notfall dort deponiert. Auf einem seiner Streifzüge hatte er sie zufällig entdeckt und nicht daran vorbeigehen können. »Außerdem müsste dort eingewickelt in einem Ledertuch noch ein bisschen getrocknetes Schlangenfleisch sein.«

Franky bedankte sich nickend und mit einem zahnlosen Grinsen. Flame zog ihn in eine kurze Umarmung und verließ danach schnell die Wohnung, froh, dass dieser Abschied kein Loch in seinem Herzen hinterließ. Flame würde Franky bald wiedersehen. Er musste ihn nicht eliminieren, so wie seine Brüder. Sie waren die einzigen gewesen, von denen er je Abschied genommen hatte, bevor er sie zu Staub verbrannte …

Flame verdrängte die grausamen Bilder, die ihn Nacht für Nacht heimsuchten, und sprintete durch den dunklen Park, wobei er darauf achtete, von niemandem gesehen zu werden.

Von hinten näherte er sich der kleinen Burg, damit ihn die Wachen nicht entdeckten, kletterte über den Felsen nach oben und weiter an der Fassade hoch, bis er auf der kleinen Dachterrasse stand. Auf dieser Ebene lag auch Junes Zimmer. Kein Licht brannte mehr und die Tür stand offen, wahrscheinlich, um kühlere Nachtluft in den Raum zu lassen. Doch Flame würde nicht hineingehen, auch wenn die Verlockung groß war. Er roch Junes lieblichen Duft bis nach draußen …

Hart bleiben!, ermahnte er sich und musste unwillkürlich grinsen, weil er längst hart war, seit er sich vorgenommen hatte, zu June zurückzukommen.

Verdammt, das war doch sicher nicht normal! Hart zu werden, bloß weil man an eine Frau dachte oder sie roch?

Aber June war nicht irgendeine Frau. Flame hatte bereits bei ihrer ersten Begegnung damals in der brennenden Ruine gewusst, dass sie etwas Besonderes war. Mutig, wunderschön, mit dem Herzen am rechten Fleck.

Leise seufzend drehte er der Tür den Rücken zu und stützte sich mit den Unterarmen auf der gemauerten Balustrade ab. Dann betrachtete er die sternenklare, aber dunkle Nacht. Der Mond ließ sich nicht blicken und eine kühle Brise strich über sein erhitztes Gesicht. Flame würde irgendwo hier draußen schlafen, in Junes Nähe. Nur nicht wieder auf einem Baum.

»Flame?«

Als der Wind seinen geflüsterten Namen ans Ohr trug, drehte er sich um. June stand im Türrahmen, ein Messer in der Hand, und starrte mit aufgerissenen Augen zu ihm. Sie würde nicht viel von ihm sehen können, wahrscheinlich nur seine Silhouette. Dafür erkannten seine scharfen Augen June sehr gut. Sie trug ein T-Shirt, das ihr knapp über den Unterleib reichte, und sonst vielleicht nichts.

Er schluckte schwer, als ihm ihre weibliche Duftnote in die Nase stieg. »Woher wusstest du, dass ich es bin?«

»Ich habe einen Schatten wahrgenommen. Ich saß am Fenster, weil ich nicht schlafen kann.« Sie verschwand kurz nach drinnen, kam ohne das Messer zurück und trat zu ihm. »Ich hatte gehofft, dass du kommst.«

Als sie sich zu ihm gesellte und sich ihre nackten Arme berührten, durchfuhr ihn ein wohliges Kribbeln.

»Möchtest du reinkommen, Flame?«

»Ich … schlafe lieber hier draußen.«

»Auf dem harten Boden?« Sie lächelte sanft. »Ich hole meine Matratze.«

Sie wollte sich schon zum Gehen wenden, da hielt er sie leicht am Arm fest. »Wo wirst du dann schlafen?«

»Na, bei dir, unter den Sternen.«

Wieder eine Verlockung. »Ich sollte allein liegen. Ich habe Angst, dass ich dir wehtun könnte.«

»Dann bleibe ich bei dir, bis du schläfst, und kuschele mich danach in meinen neuen, gemütlichen Sessel.«

»Nein, wir machen es andersrum. Ich hole den Sessel für mich nach draußen, sobald du eingeschlafen bist.«

»Na gut.« Ihr glockenreines Lachen hallte durch die Nacht. »Ich will nicht mit dir streiten.«

»Das will ich auch nicht.«

»Okay.« Sie lächelte erneut. »Dann haben wir ja alles geklärt.«

»Fast.« Er hoffte wirklich nicht, dass etwas passierte, aber … »Natürlich besorge ich dir einen neuen Sessel, falls er …«

»Hey«, unterbrach sie ihn und ergriff seine Hand. »Der Sessel mag vielleicht gemütlich sein, aber er ist mir nicht so wichtig. Du bedeutest mir wesentlich mehr als ein Möbelstück.«

Nun musste auch er grinsen. »Das erleichtert mich ungemein.«

Gemeinsam gingen sie nach drinnen, und Flame blickte sich in ihrem Zimmer um. Es war spärlich, aber zweckdienlich eingerichtet. Bunte Kissen und eine gewebte Decke wirkten warm und einladend. Außerdem gefiel Flame der Sessel am Fenster neben dem

Bücherregal. Man konnte dort lesen und zwischendurch den Blick in die Ferne schweifen lassen.

Nachdem die Matratze draußen auf der Terrasse lag, holte June noch ein Laken zum Zudecken. »Damit uns die Mücken nicht auffressen«, erklärte sie, »wobei sich diese Blutsauger eher selten hier herauf verirren.«

Sie standen vor der Matratze, jeder auf einer Seite, und es schien, als wüsste keiner von ihnen, was er als Nächstes tun sollte.

»Ich ziehe mich lieber aus«, erklärte er deshalb mit rauer Stimme und streifte sich das T-Shirt über den Kopf. »Das sind meine besten Kleidungsstücke. Die brauche ich noch möglichst frisch für die Reise.«

»Es ist sowieso zu warm.« Vor seinen Augen zog sich June ihr T-Shirt über den Kopf und ließ es achtlos zu Boden gleiten. Darunter war sie tatsächlich völlig nackt, genau wie er vermutet hatte. Schnell legte sie sich hin und zog sich das Laken fast bis zur Nasenspitze hoch.

Damit er ihr Grinsen nicht sah, das ihr bis zu den Ohren reichte, oder ihre nackte Gestalt?

Zu spät, er hatte alles zu Gesicht bekommen: Ihren perfekt geformten, weiblichen Körper, die kleinen, harten Nippel, das verführerische Dreieck zwischen ihren Schenkeln …

Flame unterdrückte den Drang, ihr den Rücken zuzudrehen, damit sie seine Erregung nicht bemerkte, vertraute dann aber auf die finstere Nacht. Er durfte nicht vergessen, dass June wesentlich weniger erkennen konnte als er.

Mutig streifte er sich Schuhe und Hosen ab, wobei June nie die Augen von ihm nahm. Flame fühlte ihre Blicke als zart kitzelnden Hauch auf seiner Brust, seinem Bauch, seinem … Sie konnte sehr wohl etwas sehen!

Als er nackt vor ihr stand und ihr sein Geschlecht entgegen ragte, rutschte sie zur Seite und schlug das Laken zurück. Als ob sie zu wissen schien, dass sie beide lieber nicht mehr riskieren sollten, als zu kuscheln, drehte sie ihm den Rücken zu, woraufhin sich Flame an sie schmiegte.

Wow, fühlte sich das schön an! Ihre warme, weiche Haut an seiner, ihr lieblicher Duft … Und leider machte es ihm ihr süßer Hintern nicht gerade einfacher, abstinent zu bleiben! Seine Erektion schmiegte sich zwischen ihre perfekt geformten Pobacken und fühlte sich dort mehr als wohl.

Flame versuchte, sich auf andere Dinge zu konzentrieren, wie zum Beispiel den Gesang eines Vogels, der im angrenzenden Wäldchen sein Abendlied trällerte. Er legte einen Arm um Junes Oberkörper, um sie dicht bei sich zu spüren und weil er das Gefühl hatte, sie beschützen zu müssen. Leider landeten seine Fingerspitzen direkt auf ihrer Brust, sodass er nicht anders konnte, als einen dieser weichen, weiblichen Hügel zu berühren. Wie prima er sich anfühlte, passte genau in seine Hand … Seine Eichel pochte hart.

Ablenken!

»Dein Herz schlägt schnell«, murmelte Flame an ihrem Nacken und versuchte, sich aufs Kuscheln zu konzentrieren. Jetzt war nicht der Zeitpunkt, um mehr zu machen.

»Ich bin aufgeregt wegen der Reise.«

Das war er auch – und wie! Aufregung und Erregung könnten sich schnell zu einem brandgefährlichen Cocktail mischen. Er musste sich weiter ablenken!

»Nur deswegen schlägt dein Herz so schnell?«, wollte er wissen.

»Ich bin auch aufgeregt wegen uns.«

»Ich ebenfalls«, gestand er und schloss die Augen.

Ein nackter Frauenkörper in seinen Armen war neu für ihn. Neu und sehr reizvoll. Doch was ihn am meisten erstaunte: So dicht an June gekuschelt empfand er eine seltsame innere Ruhe. Eine Art Frieden mit sich und der Welt, als ob es nur sie beide gäbe und alle Sorgen nichtig geworden wären. Zum ersten Mal seit Ewigkeiten oder vielleicht zum allerersten Mal überhaupt fühlte er sich richtig wohl. Geborgen.

Seine Muskeln entspannten sich und zuckten leicht, wie sie es oft taten, bevor er einschlief. Doch das durfte er nicht, vorher musste er sich den Sessel nach draußen holen. Von dort aus würde er June beim Schlafen zusehen, bis ihm selbst die Augen zufielen.

Wenn seine Lider nicht schon so schrecklich schwer wären! Aber er musste sie ja nicht öffnen, es reichte ihm, June zu spüren und zu riechen.

Ich halte dich, dachte er, während er sich ausmalte, wie eine Zukunft mit ihr aussehen könnte. Er könnte es sich vorstellen, Oasis zu seiner Heimat zu machen. Vielleicht sollte er Junes Angebot annehmen und hier als Wachmann arbeiten. Es würde ihm gefallen, June zu beschützen und die Siedlung zu verteidigen.

Er zog sie ein bisschen mehr an sich und lauschte ihren leisen, gleichmäßigen Atemzügen. Doch plötzlich fühlte sich ihr Körper in seinen Armen schwer an. Fest hielt Flame die nackte, muskulöse Gestalt umklammert und hatte genau den blutenden Schnitt an dessen Nacken vor Augen. Es war Nummer drei, und Flame musste ihn eliminieren.

»Du weißt Bescheid, Nummer sieben«, sagte Commander Hallgreen streng, und seine kühlen grauen Augen zeigten keine Gefühlsregung. »Bring ihn in die Wüste und sieh zu, dass nichts außer Asche von ihm übrig bleibt.«

Flame nickte und zerrte seinen nackten Bruder durch die kahlen Gänge der geheimen Forschungsanlage. Über einen Aufzug gelangten sie nach draußen in die sternenklare Nacht. Dort lud er ihn auf die Ladefläche des Jeeps und fuhr einfach drauf los, tiefer hinein in die Wüste. Niemand beobachtete sie, denn hier gab es kaum Leben, bloß Sand und ein paar vertrocknete, dornige Pflanzen.

Blut klebte auf Flames Overall, er konnte den metallischen Duft riechen. Die Ärzte hatten Nummer drei den Steuerungschip aus dem Nacken geschnitten, genau wie allen anderen von Flames Brüdern, die nicht mehr richtig »funktionierten«. Keiner überlebte es, wenn der Chip gewaltsam entfernt wurde, und die Naniten konnten ihre Arbeit nicht mehr verrichten. Sein Bruder war längst tot.

Als Flame Nummer drei vom Jeep zog und seine Hände um dessen Brust legte, spürte er einen Herzschlag. Vor Schreck ließ er ihn beinahe fallen, doch der direkte Befehl des Commanders verhinderte das. Flame funktionierte. Aber in seinem Geist tobte ein gewaltiger Gefühlsorkan. Nummer drei war gar nicht tot!

Vielleicht könnte sein Bruder irgendwo anders neu anfangen, wenn Flame ihn einfach gehen ließ, so wie er einst June hatte gehen lassen. Bloß hatte Flame damals eine andere Steuerung besessen, die ihn noch nicht ganz zu einer völlig gehorsamen Marionette gemacht hatte. Und Nummer drei wirkte sehr geschwächt; er würde wohl jede Sekunde den letzten Atemzug ausstoßen.

Nummer drei verbrennen, keine Spuren hinterlassen …, hallten die Befehle unauslöschlich durch seinen Kopf.

Flame legte den Mann, der jahrelang mit ihm Seite an Seite gedient hatte, bäuchlings auf den Wüstenboden. Er konnte ihn nicht anblicken.

»Du wirst nicht leiden, Bruder«, sagte Flame, und seine Stimme klang seltsam kühl und fremd in seinen Ohren. Er sprach nur selten und bloß, wenn er dazu aufgefordert wurde. Deshalb fiel es ihm gerade unglaublich schwer, Wörter zu bilden und zu einem Satz zusammenzufügen. Verdammte Steuerung! Doch er sammelte all seine Konzentration, weil er seinem Bruder ein paar Worte schuldete. »Ich werde dir einen schnellen Tod schenken.«

»Bitte«, flüsterte Nummer drei plötzlich und krallte die Finger in den Sand. »Lass mich am Leben.«

Hitze loderte bereits in Flames Handflächen. Die Feuerbälle schwollen an und glühten greller. Wenn sie heiß genug wären, würde er zwei Flammensäulen auf seinen Bruder richten und ihn zu einem Häuflein Asche verbrennen.

Flame schluckte hart und konnte nicht den Blick von Drei nehmen, der sich mühsam auf den Rücken drehte. Drei starrte ihn an, nicht flehentlich, sondern eindringlich.

»Dann erweise mir die letzte Ehre, indem du mich ansiehst, Bruder.« Die Lider von Nummer drei flatterten, doch plötzlich riss er sie auf und sein Blick wirkte völlig klar. »Schau mir in die Augen!«

In Flames Kopf drehte sich alles, seine Sicht verschwamm. »Es tut mir leid«, krächzte er, während Tränen über seine Wangen perlten, die sofort zischend verdampften. »Es tut mir leid, Bruder …«

Die grellen Flammen blendeten ihn, dann richtete er beide Feuersäulen auf den Boden, bis bloß noch zu Glas geschmolzener Sand unter ihm glühte.

»Nein, June!«, wollte er schreien, doch lediglich ein Krächzen verließ seine Kehle. Flame lag brennend auf dem Rücken, und die Flammen loderten in den Nachthimmel.

Nein! Nein! Nein!

Abrupt erlosch sein Feuer, doch der Steinboden in seinem Rücken glühte regelrecht.

Hastig drehte sich Flame auf den Bauch und rief: »June!«

Dort lag sie, ungefähr zwei Meter neben ihm auf der Matratze, und schlief fest. Nichts deutete darauf hin, dass er sie verletzt hatte.

Flame keuchte auf, und Tränen der Erleichterung tropften auf den Boden. Sie lebte – sie war nicht verbrannt! Instinktiv hatte er sich vorher weit genug von ihr weggerollt.

Er drehte sich weiter, auf den Rücken, und starrte schwer atmend in den Himmel, bis sich sein erhitzter Körper abgekühlt hatte.

Halte Abstand von June ... Zum Glück hatte sie nichts mitbekommen. Sie atmete ruhig, war völlig entspannt – sie befand sich in einer Tiefschlafphase.

Doch Flames Traum, der in Wirklichkeit eine Erinnerung war, stand ihm wieder vor Augen. Er hatte seine Brüder anzünden müssen. Das würde ihn auf ewig verfolgen. Und mindestens einen Bruder hatte er bei lebendigem Leib verbrannt!

Nummer drei ... Rotblondes Haar, grüne Augen ... oder waren sie braun gewesen?

Auch wenn Flame die Farbe nicht mehr wusste – den letzten, intensiven Blick aus diesen Augen würde er nie vergessen. Drei hatte die Ärzte verachtet, wie sie alle, doch Dr. Alice Montgomery hatte er von allen am meisten gehasst, keine Ahnung, warum. Trotzdem hatte Drei, vor der absoluten Versklavung, immer ein Scherz auf den Lippen gelegen.

Es war für Flame die Hölle auf Erden gewesen, grausame Befehle auszuführen und sich nicht dagegen wehren zu können. Damals hatte er nichts tun können, aber jetzt könnte er wenigstens Distanz zu June halten – auch wenn er das nicht wollte. Doch schließlich brachte er sie selbst dann in große Gefahr, wenn er schlief. Ein gemeinsames Leben mit ihr war einfach nicht möglich.

Flame würde morgen mit June nach Resur fliegen, versuchen, zu helfen, und danach von ihr Abschied nehmen. Womöglich könnte er in der fremden Stadt bleiben. Resur lag viele hundert Meilen entfernt. Je mehr Abstand Flame zwischen sich und der Liebe seines Lebens brachte, desto besser. Auf der anderen Seite wusste er genau, wie sehr er sich nach June sehnen würde. Wie unglaublich hart es wäre, sich von ihr fernzuhalten. Sein Herz wurde noch schwerer, als es ohnehin schon war.

Kapitel 10 – June – Aufbruch ins Ungewisse

Als das Shuttle abhob, saß June neben Flame am Fenster, während sich Kathryn bei Clint im abgeschotteten Cockpit aufhielt. June versuchte, ihr rasendes Herz unter Kontrolle zu bekommen, schließlich war das kein Flug in den Tod. In diesem Transporter befanden sich ihre Freunde und keine Krieger, die sie zu ihrer Exekution begleiteten. Doch die Erinnerungen an die schrecklichen Stunden und Tage in Gefangenschaft würde sie wohl nie loswerden.

June beschwor sich immer wieder, keine Angst zu haben, vor nichts und niemandem, denn Flame war in den nächsten Stunden bei ihr. Rasch nahm sie seine Hand und verschränkte ihre Finger mit seinen. Er wirkte ein bisschen verloren und starrte nachdenklich an ihr vorbei aus dem Fenster. Sicher war er nicht weniger aufgeregt als sie, nur aus anderen Gründen. Wahrscheinlich machte er sich Sorgen, ob er der Aufgabe gewachsen war und seine Fähigkeiten kontrollieren konnte. June hatte nach dem Aufwachen den Brandfleck am Boden gesehen. Ihr Sessel war jedoch heil, also hatte Flame rechtzeitig bemerkt, dass er sich entzündete. Vielleicht bekam er seine Fähigkeit langsam wieder unter Kontrolle. Alles würde gut werden, das spürte sie deutlich.

Sie ließen Oasis hinter sich, und bald lagen nur noch Ruinen unter ihnen. June konnte einfach nicht den Blick von der Landschaft abwenden, obwohl schon wenige Minuten später überwiegend Wüste zu erkennen war. Sie wollte wissen, ob es noch andere Städte gab, in denen Menschen lebten, und damit meinte sie keine Kuppeln oder Siedlungen, die sich in der Nähe gebildet hatten. Die Erde erschien ihr unendlich groß – gewiss musste es irgendwo unzerstörte Natur geben. Es konnte doch nicht alles vernichtet worden sein.

Sie würden einmal quer über den Kontinent fliegen, von New York zur ehemaligen Stadt Las Vegas, die in der Wüste von Nevada lag. June wollte nicht verpassen, was sich unter ihnen abspielte. Das Shuttle flog schnell und hoch, aber solange es wolkenlos blieb, war die Aussicht hervorragend.

»Ich bin schon sehr gespannt, wie Resur aussieht«, sagte June, um das Schweigen zwischen Flame und ihr zu brechen. Er kam ihr seit heute Morgen besonders still vor und schaute ihr so gut wie nie in die Augen. Hatte sie etwas Falsches gemacht?

»Hm«, brummte er, wobei er immer noch an ihr vorbei nach draußen starrte. »Vielleicht solltest du noch ein bisschen schlafen.«

»Bin hellwach.« Sie drückte seine Hand – da zog er sie schnell zurück, um sich über sein Haar zu fahren.

Ihr Magen verkrampfte sich. Waren ihm ihre Berührungen unangenehm?

Sie wollte ihn gerade fragen, was mit ihm los war, da trat Kathryn aus dem Cockpit. In der Hand hielt sie eine große Reisetasche, die ziemlich schwer aussah. Sie hatte Mühe, diese zu tragen.

»Für dich, Flame.« Sie stellte die Tasche neben seinem Sitz in den Gang und hielt sich an seiner Kopfstütze fest. »Ich habe dir ein paar Klamotten eingepackt, da ich ohnehin welche für meinen Bruder und Cass besorgt habe. Du dürftest ungefähr Cass' Größe haben.«

»Danke!« Flame wirkte völlig überrascht, aber auch ehrlich gerührt, und grinste Kathryn glücklich an.

Aha, er konnte also sprechen und nicht nur betrübt dreinschauen. Wieso war er bloß auf sie sauer?

»Wir sind noch eine Weilte unterwegs«, erklärte Kathryn. »Wenn ihr Hunger oder Durst bekommt, bedient euch einfach in der Bordküche.«

June nickte. »Das ist lieb von dir.«

»Ich schau dann mal wieder nach Clint.« Kathryn deutete nach vorne und lächelte schief, bevor sie zurückging. Ihre Lippen wirkten leicht geschwollen, ihr Haar war ein wenig durcheinander. June konnte sich sehr gut vorstellen, was die beiden da vorne trieben. Sie gönnte es Kathryn von ganzem Herzen und konnte es selbst kaum erwarten, mit Flame wieder allein zu sein. June war sehr gespannt, wo sie wohnen würden.

Er zog die Tasche auf seinen Schoß und öffnete den Reißverschluss. Während er darin herumkramte, erspähte June zwei Zahnbürsten – eine rosa, die andere dunkelblau – und Duschutensilien.

June grinste. »Da braucht in Zukunft wohl jemand nicht mehr meine Seife?«

»Dafür kann ich dir jetzt auch etwas leihen.« Er hielt ihr die rosa Zahnbürste hin, die definitiv nicht für ihn sein konnte. June freute sich, dass Kathryn auch an sie gedacht hatte, und nahm sie an sich. Anschließend verstaute sie ihre neue Errungenschaft im Rucksack, den sie bei ihren Füßen deponiert hatte. Eine neue Zahnbürste konnte sie wirklich sehr gut gebrauchen.

Flame öffnete eine grüne Plastikflasche und roch daran. »Zitrone«, murmelte er, verschloss sie wieder und sah die Kleidungsstücke durch. Dazu ließ er sich besonders viel Zeit.

»Noch was Interessantes entdeckt?«, fragte June, um das Gespräch wieder aufzunehmen.

»Eine Hose mit vielen Taschen. Ich zieh mich mal um.« Flame stand auf und ging mit seinem Gepäck zum Waschraum.

Er blieb so lange weg, dass June schon fast nach ihm sehen wollte. Doch sie traute sich nicht. Er *wollte* allein sein, das war mehr als offensichtlich.

Deshalb tippte sie auf den kleinen Monitor, der vor ihr an der Rückenlehne des Vordersessels angebracht war, und war überrascht, als er aufflackerte. Er zeigte eine Landkarte mit ihrer Flugroute. Sie verlief über die ehemaligen Städte Pittsburgh, Columbus, Kansas City und weitere. June hatte die meisten Namen noch nie gehört. Neugierig probierte sie alle Funktionen des Displays aus und las aufmerksam die Erklärungen zu ihrer Reise durch: Geschwindigkeit, Höhe, Außentemperatur … Erfreulicherweise fand sie auch Informationen zu den Städten: Columbus war früher die größte Stadt des Bundesstaates Ohio mit über 800 000 Einwohnern. Es gab vier Flughäfen, diverse Hochschulen, einige Sportstadien, und es führte ein Fluss hindurch. Bunte Bilder zogen über den Monitor und zeigten die wichtigsten kulturellen Einrichtungen von Columbus.

Als die Stadt unter June lag, konnte sie nur Ruinen erkennen, kein Leben, sondern bloß Braun in Braun. Dort wuchs nicht ein einziger Baum, nichts bewegte sich, kein Rauch stieg in den Himmel. Und der Fluss schien auch nicht mehr zu existieren. Columbus war tot.

Ihr Herz verkrampfte sich, als sie sich all das Leben vorstellte, das es vor dem großen Krieg gegeben hatte. Dort unten sollten fast eine Million Menschen gewohnt haben? Wie viele hatten dann erst auf der ganzen Welt gelebt? Und nun regierten überall Einsamkeit und Staub. June war sehr froh, dass es die Gemeinschaft in Oasis gab und sie Flame hatte.

Sie atmete auf, als er zurückkam und sich wieder im Sitz neben ihr niederließ. Er trug nun eine sandfarbene Cargohose, glänzende, knöchelhohe Militärstiefel und ein eng anliegendes grünes T-Shirt. Darin sah er aus wie ein Soldat. Außerdem hatte er sich eine Sonnenbrille ins Haar geschoben.

»Die Sachen stehen dir gut«, sagte sie und betrachtete sein versteinertes Gesicht. »Was ist los mit dir?«

»Mir geht einfach viel im Kopf herum.«

June versuchte, sich in seine Situation zu versetzen. War er verunsichert wegen der ganzen Aufmerksamkeit, die ihm bald zuteil werden würde? Oder hatte er Angst, zu versagen? Überlegte er, seine Entscheidung rückgängig zu machen? »Niemand wird es dir übelnehmen, wenn du bei der Reparatur des Staudamms nicht helfen kannst«, sagte sie deshalb.

Flame blieb weiterhin stumm und blickte sie nachdenklich an, als würde in ihm ein Gefühlschaos toben.

Wenn sie ihm doch nur helfen könnte! Aber dazu müsste er sie an sich heranlassen.

Schließlich zog er sie in die Arme und sah ihr tief in die Augen. »Egal, was passiert ... Du sollst wissen ...«

Junes Herz raste vor erwartungsvoller Neugier und Hoffnung. Würde er ihr seine Liebe gestehen? War er deshalb so still?

Am liebsten wollte sie rufen: Ich liebe dich auch!

Doch wenn er ihr etwas anderes mitteilen wollte? Was, wenn er sie gar nicht liebte?

Als er schließlich raunte: »Du bedeutest die Welt für mich, June«, hätte sie vor Erleichterung am liebsten geweint. »Egal, was die Zukunft bringt ... Du bist das Beste, was mir passiert ist.«

»Ach, Flame ...« Hatte er nicht gewusst, wie er ihr seine Gefühle gestehen sollte, und sich deswegen so lange im Waschraum aufgehalten?

Egal, June war heilfroh, dass er nichts gegen sie hatte. Und auch wenn er nicht direkt das L-Wort benutzt hatte, schwebte sie auf Wolken. Flame hatte schließlich nie wahre Liebe erfahren. Sicher verwirrten ihn seine Gefühle völlig.

June vergrub das Gesicht an seiner Halsbeuge und atmete tief seinen männlichen Duft ein. »Du klingst, als ob bald etwas ganz Schlimmes geschehen wird. Vertrau darauf, dass jetzt alles besser wird. Jeden Tag ein Stückchen mehr.«

Darauf antwortete er nichts, aber er hielt sie fest und streichelte ihren Rücken. June fühlte sich so geborgen in seinen Armen, dass sie tatsächlich eindöste und erst wieder zu sich kam, als sie Berge überflogen. Neugierig spähte sie nach draußen und erkannte grüne Täler und dunkelblaue Flüsse. Das Display zeigte ihr an, dass sie sich über einem ehemaligen Nationalpark befanden. Offenbar hatten die Berge die Druckwellen der todbringenden Bomben abgehalten, sodass sich die Natur weiter hatte entfalten können.

»Sieh nur, wie schön das da unten aussieht!« Es gab also doch noch Leben auf diesem Wüstenplaneten.

»Hm«, raunte Flame und schloss von hinten die Arme um sie.

Wieder ließ er sie nicht los, als hätte er Angst, dass sie sich trennen würden, sobald sie das Shuttle verließen. Aber June würde stets in Flames Reichweite bleiben. Wenn seine Umarmungen alles waren, was sie von ihm bekommen konnte, dann würde sie sich damit zufrieden geben. Sie wäre schon froh, an seiner Seite zu sein. Hoffentlich war Flame das auch wirklich klar. Allein seine Nähe machte sie glücklich.

Kapitel 11 – Flame – Perspektiven

Während des ganzen Fluges versuchte Flame, June zu sagen, dass es wohl besser wäre, wenn sie sich eine Weile trennten und er allein in Resur blieb. Vielleicht schaffte er es dort, seine Fähigkeit wieder unter Kontrolle zu bringen, und könnte danach zu June zurückfliegen. Es war einfach zu gefährlich, sie in seiner Nähe zu haben!

Doch er brachte es nicht übers Herz. Womöglich würde sich eine »Ausrede« ergeben, die ihr nicht so wehtat wie seine Ablehnung, die keine Ablehnung war. Ja, eventuell könnte er in Resur eine Arbeit annehmen. Kathryn hatte schließlich erzählt, dass dort Leute gesucht wurden. June würde als Oberhaupt von Oasis nicht bei ihm bleiben können.

Er wollte ja auch nicht von ihr getrennt sein, verdammt! Doch in ihrer Gegenwart fiel es ihm besonders schwer, sich zu konzentrieren. Er konnte an nichts anderes denken als an ihr Lächeln, das sein Herz zum Rasen brachte, ihre weiche Haut, die er ununterbrochen streicheln könnte, ihren Duft, der seine Sinne vernebelte, und ihren verlockenden Schoß. Flame kam sich schäbig vor, weil er unbedingt mit ihr schlafen wollte. Nur einmal wollte er erfahren, wie es wäre, völlig mit einer Frau verbunden zu sein. Genauer gesagt wollte er wissen, wie es war, mit June verbunden zu sein. Andere Frauen interessierten ihn nicht im Geringsten. Aber das war egoistisch von ihm und ein großes Risiko für June. Was, wenn er sich eines Tages nicht länger zurückhalten konnte? June würde sterben!

Die Angst um sie fraß ihn beinahe auf. Deshalb atmete er tief durch, als endlich ihr Ziel am Horizont auftauchte. Gleich lernte er neue Leute kennen, die ihn hoffentlich auf andere Gedanken bringen würden.

June beugte sich zum Fenster. »Ist das eine Pyramide aus schwarzem Glas?«

Flame erkannte sie auch. »Tatsächlich!«

»Wow, sie ist riesig!« Schnell tippte June auf das Display am Vordersitz und las vor: »Die gläserne Pyramide ist über hundert Meter hoch, besteht aus dreißig Stockwerken und bildet den Mittelpunkt von Resur. Anmerkung: *Resur* ist die Abkürzung von *Resurrection*, was so viel wie *Auferstehung* bedeutet. Nach dem großen Krieg haben die Überlebenden in dieser Pyramide Zuflucht gesucht, und sie beherbergt auch heute noch Bewohner in über viertausend Zimmern. Außerdem befinden sich in dem Gebäude eine Krankenstation, ein großer Basar und andere Einrichtungen. Früher diente diese Pyramide als Hotel.«

Flame schluckte schwer. Ob sie dort drin wohnen würden, solange sie hier waren? Bei so vielen Menschen? Was, wenn er das Gebäude in Brand setzte?

Um das beeindruckende Bauwerk herum befanden sich ein- oder zweistöckige Häuser aus Holz oder Stein. Es machte den Anschein, als wären sie aus verschiedenen Möbelstücken und anderen Materialien zusammengezimmert worden.

Ihr Shuttle flog über einen LKW, auf dem Schutt und Ziegelsteine aufgeladen waren. Die Menschen in Resur verarbeiteten wohl alles, was die umliegenden Ruinen hergaben, schließlich existierte sonst außer Wüste nicht viel. In Oasis bedienten sich die Siedler ebenfalls an dem, was nach dem Krieg übrig geblieben war. Dort bestanden die Wände vieler Baumhäuser auch aus Schranktüren oder Tischplatten. Nur für den Boden verwendeten sie das wertvolle, stabile Holz neuer Bäume.

»Und das muss White City sein!« June deutete auf eine Kuppel in der Ferne, die Flame an eine Kaugummiblase erinnerte. Die Stadt war definitiv nicht so groß wie Royal City.

»In diesem Computer stehen noch mehr Informationen.« Erneut tippte June auf das Display. »Heute verbindet die Monorail Resur und die Kuppelstadt White City miteinander.« Wieder schaute sie aus dem Fenster. »Ich kann einen gelben Zug sehen. Er fährt auf einer einzelnen Schiene!«

June war völlig aus dem Häuschen, was nicht verwunderlich war, denn dort unten wuselte das Leben und es gab viele Dinge, die sie noch nie gesehen hatte. Autos kurvten durch die Straßen und viele Einwohner bewegten sich auf Fahrrädern fort. Eine große Anzahl an Leuten hielt sich im Freien auf. Zur Mittagszeit hatten die meisten offenbar ihre Arbeit niedergelegt und aßen unter Schatten spendenden Bäumen oder Pavillons.

Flame kannte einen ähnlichen Anblick aus Royal City – das er allerdings auch immer nur aus einem Shuttle heraus gesehen hatte. Doch in Oasis und bei Franky hatte er eine Ahnung bekommen, wie es sich anfühlte, Teil einer richtigen Gemeinschaft zu sein.

Ihr Shuttle landete hinter der Pyramide auf einer großen Freifläche. Staub wirbelte auf, und etwa zwanzig Männer näherten sich dem Schiff. Sie waren mit Schlagstöcken oder kleinen Pistolen bewaffnet und trugen Sonnenbrillen, breitkrempige Hüte, Jeans und Hemden. Diese Leute erinnerten Flame sofort an Cowboys aus einem »Western«, den er vor Kurzem gelesen hatte. Vermutlich gehörten sie zur Stadtwache. Der schwarzhaarige Mann in ihrer Mitte stach jedoch hervor, denn er überragte alle anderen um einen Kopf. Außerdem war er – bis auf die Sonnenbrille – anders gekleidet: massive Einsatzstiefel, eine beige-braun gefleckte Militärhose und ein beigefarbenes T-Shirt. Unverkennbar strahlte der Kerl aus jeder Pore Selbstsicherheit und ruhige Autorität aus. Das musste Jax sein, der Anführer der Resurer Stadtwache. In einem Holster an seinem Gürtel hing eine moderne Handfeuerwaffe, auf der anderen Seite ein großes Messer.

Als Clint und Kathryn aus dem Cockpit kamen, nahm Flame seine Tasche und Junes Rucksack an sich. Dann begaben sie sich alle zur Tür, um das Shuttle zu verlassen. Jetzt wurde es ernst.

Trockene Hitze schlug ihnen entgegen, und Flame war sehr froh, dass Kathryn eine Sonnenbrille in die Tasche gepackt hatte. Er konnte wegen des grellen Lichts kaum die Augen offenhalten. Schnell setzte er sie auf. Auch Clint hatte eine dabei.

Jax begrüßte jeden von ihnen mit Handschlag. Bei Flame war der Druck fest, fast ein wenig herausfordernd, und er fühlte direkt Jax' abschätzende Blicke durch dessen getönte Brille. Anscheinend bestand er die Musterung, denn der Krieger nickte ihm kurz zu und führte ihre gesamte Gruppe von der Pyramide weg, während die anderen Männer die Flammenwerfer aus dem Laderaum holten.

»Wir freuen uns wirklich sehr, dass du uns helfen willst.« Jax klopfte Flame kameradschaftlich auf die Schulter und deutete auf einen quadratischen Betonbau, auf den sie zusteuerten. »Ich stelle euch erst mal unser Team im Hauptquartier vor.«

Während sich Jax an Clint wandte, um sich auch noch einmal bei ihm für alles zu bedanken, fragte sich Flame, wo June war. Sofort warf er einen Blick über seine Schulter. June bildete mit Kathryn die Nachhut und konnte nicht mit ihnen Schritt halten, weil sie immer noch staunend die gläserne Pyramide betrachtete. Kampfschreie lenkten seine Aufmerksamkeit auf ungefähr fünfzig Männer und Frauen – darunter auch mindestens ein Dutzend Warrior – dic unter einem riesigen Sonnensegel, das vor dem Gebäude der Resurer Armee aufgespannt war, trainierten. Sie trugen Tarnanzüge und kämpften mit Stöcken gegeneinander. Bei dieser Hitze zu üben, und dann noch in voller Montur, erforderte sehr viel Kraft, Ausdauer und eine hervorragende körperliche Verfassung. Das erinnerte Flame an sein eigenes Training in der Wüste. Einst hatte er genau so neben seinen Brüdern gestanden …

»Rechnet ihr mit einem Angriff?«, wollte Flame von Jax wissen. Er hatte gedacht, Resur und White City wären freie Städte.

»Man muss in dieser Welt immer auf das Schlimmste gefasst sein, aber im Moment ist alles friedlich«, antwortete Jax. »Ihr seid bei uns auf jeden Fall sicher.«

Flame fielen die zahlreichen verblassten Narben an den Armen und im Gesicht des Kriegers auf, als hätte ihn vor Jahren eine Splitterbombe getroffen. Flame kannte das Gefühl, von einer Granate halb zerfetzt zu werden, denn im Gegensatz zu allen anderen Kriegern hatten er und seine Brüder mit scharfen Waffen trainieren müssen. Doch dank der Naniten hatte er kaum Schmerzen gefühlt und war schnell wiederhergestellt gewesen. Männer wie Jax mussten jedoch sämtliche Qualen aushalten und trugen die Überbleibsel ihrer alten Wunden zu Recht mit Stolz. Diese Warrior waren in

Flames Augen wahre Helden.

Sie betraten das quadratische Gebäude durch die Vordertür, neben der zwei Wachen postiert waren, und fanden sich in einem klimatisierten Eingangsbereich wieder. Dort hielten sich ebenfalls zwei Wachmänner auf. Eine Frau saß hinter einem massiven Schreibtisch vor dem Computer und begrüßte Jax nickend.

Während der Krieger sie alle anmeldete, schob Flame die Sonnenbrille ins Haar und studierte möglichst unauffällig die Gegebenheiten des Hauptquartiers, so wie er es in der Ausbildung gelernt hatte: Türen und Fenster bestanden aus Panzerglas, und es gab zusätzliche, ausfahrbare Sicherheitstüren und Fensterläden aus Metall, die im Notfall das Gebäude abschotteten. Die Wachen trugen Schutzwesten, Maschinenpistolen und moderne Handfeuerwaffen. Kameras hingen in jeder Ecke.

Die strikten Sicherheitsmaßnahmen erinnerten Flame an die Vorkehrungen in den verschiedenen Forschungsanlagen, in denen er so lange Zeit mit seinen Brüdern und zuletzt mit Dr. Moses gelebt hatte. Seine Finger schwitzten um den Griff der Taschen und sein Herz raste. Um sich abzulenken, versuchte er, andere Eindrücke aufzunehmen. Der Boden glänzte, die Wände strahlten im saubersten Weiß. Es wirkte alles relativ neu und roch auch so. Innen musste das Gebäude erst vor Kurzem modernisiert worden sein, denn das Gemäuer schien noch aus der Zeit vor dem Krieg zu stammen.

Als ob June ahnen würde, dass er sich nicht wohlfühlte, tauchte sie plötzlich neben ihm auf und lächelte ihn aufmunternd an. »Falls wir dazu kommen, würde ich mir Resur gerne näher ansehen.«

»Ja«, krächzte er und räusperte den Kloß aus seinem Hals. »Ich auch.«

June streckte ihm die Hand hin. »Danke fürs Tragen. Ich nehme meinen Rucksack jetzt selbst.«

Er war froh, etwas zu haben, woran er sich festhalten konnte. »Kein Problem, ich kann ihn weiterhin für dich tragen.«

Jax kehrte zu ihnen zurück und führte ihre Gruppe am Empfang vorbei zur nächsten Sicherheitstür, die automatisch aufschwang und sich hinter ihnen schloss, sobald sie alle durchgegangen waren. Vor ihnen erstreckte sich ein breiter Flur, von dem mehrere Türen abzweigten.

»Wartet kurz«, bat Jax, »ich informiere meine Leute.«

Während er über ein kleines Gerät an seinem Handgelenk mit einem Mann namens »Crome« sprach, berührte June leicht Flames Arm. »Das ist wirklich lieb von dir, aber ich brauche mal kurz meinen Rucksack.« Sie schielte zu einer Tür, auf der in großen schwarzen Buchstaben WC geschrieben stand. Dann wandte sie sich flüsternd an Kathryn: »Ist das der Raum, in dem man sich frischmachen kann?«

Jetzt wurde Flame klar, wozu sie ihre Sachen brauchte. Na ja, fast, denn er kannte sich mit Frauenangelegenheiten nicht aus, schließlich war er unter Brüdern aufgewachsen. Schnell drückte er ihr den Rucksack in die Hand.

Kathryn nickte, zog June am Arm mit sich und sagte: »Entschuldigt ihr uns einen Moment, Jungs?« Dann verschwanden sie hinter der Tür.

Jax, der etwas abseits stand, sprach immer noch mit Crome. Deshalb gesellte sich Clint zu Flame und lehnte sich neben ihn an die Wand. »Mit dir und June alles okay?«, fragte er leise.

»Hm«, brummte Flame bloß, weil er nicht wusste, was er darauf antworten sollte.

Leider ließ Clint nicht locker. »Ich habe gesehen, wie du sie angeblickt hast.«

»Wie habe ich sie denn angesehen?« Er versuchte, möglichst ruhig zu bleiben, dabei brannte in seinem Magen eine unangenehme Hitze. Trotz Klimaanlage hatte er das Gefühl, zu verbrennen. Vehement unterdrückte er einen Anflug von Panik, oder er würde tatsächlich jeden Moment in Flammen aufgehen.

»Du hast June angesehen wie jemand, der sie über alles liebt, aber nicht mit ihr zusammen sein kann. Was ist passiert?«

»Es ist kompliziert.«

Clint zwinkerte. »Das ist es mit Frauen doch immer, oder?«

Deshalb mochte er Frankys Anwesenheit; Flame musste nur reden, wenn er selbst dazu bereit war. Im Augenblick wollte er nicht darüber sprechen, was alles zwischen ihm und June stand. Und ganz sicher würde er nicht in diesem öffentlichen Flur mit Clint über gewisse intime Probleme diskutieren.

Zum Glück erlöste ihn Jax, der das Gespräch beendet hatte und zu ihnen schlenderte. »Okay«, sagte dieser zu Clint und ihm. »Meine Leute haben sich alle in einem Besprechungsraum neben der Kantine versammelt, der gerade frei geworden ist. Wie wäre es deshalb mit einer Unterhaltung beim Mittagessen? Könnt ihr noch so lange bleiben?«

»Zum Essen haben wir immer Zeit«, antwortete Clint schmunzelnd.

Im selben Moment öffnete sich die Tür und Kathryn trat heraus, dicht gefolgt von June. »Habe ich *Essen* gehört?« Kathryn grinste verschmitzt. »Falls ihr gedacht habt, im Waschraum lebt ein wildes Tier – das war mein Magen.«

Clint legte einen Arm um sie und raunte: »Na, dann wollen wir das wilde Tier lieber füttern.«

Flame hatte nur Augen für June. Sie hatte ihren Zopf frisch geflochten, das erkannte er sofort. Vorher hatten sich ein paar Strähnen gelöst, als sie in seinen Armen eingeschlafen war. Ansonsten bemerkte er keine Veränderung. Kathryn hingegen hatte sich neuen Lippenstift aufgelegt. June schmierte sich nie etwas auf die Lippen; sie sahen auch ohne Farbe perfekt aus. Nicht, dass Kathryn nicht auch einen schönen Mund hätte, aber der von June reizte ihn einfach mehr.

Fuck, schon wieder gingen seine Gedanken in eine bestimmte Richtung, selbst jetzt, da er wegen der ganzen Staudammsache verdammt aufgeregt war. June bekam er einfach nie ganz aus dem Kopf.

Diesmal bildete er gemeinsam mit ihr die Nachhut. Über ein Treppenhaus gelangten sie einen Stock tiefer in die Kantine. Flame roch das Essen, und Wasser lief ihm im Mund zusammen. Seit er sich monatelang fast nur von Konserven ernährt hatte, wusste er frisch zubereitete Mahlzeiten erst wieder zu schätzen. Und er sollte jetzt auch ordentlich essen, denn er würde bald Unmengen an Kalorien verbrauchen, wenn er den Staudamm mit seiner Fähigkeit reparieren sollte. Nicht nur die Naniten benutzten ihn als Tankstelle; es kostete viel Energie, ein gewaltiges Feuer zu produzieren.

Im großen Speisesaal saßen ein paar Dutzend Frauen und Männer in Uniformen, wobei die wenigen Warrior wie immer hervorstachen. Die meisten Gesichter drehten sich kurz zu ihnen, Jax grüßte ein paar Leute, dann aßen und redeten sie weiter.

»Nehmt euch einfach, worauf ihr Lust habt, und kommt in diesen Raum.« Jax deutete auf eine geschlossene Tür ganz hinten im Saal. Danach schnappte er sich ein Tablett und marschierte geradewegs zur Fleischausgabe.

»Warte …« Flame nahm June wieder den Rucksack ab und schulterte ihn. In der rechten Hand hielt er die Tasche.

»Jetzt hast du deine Hände nicht frei«, sagte sie. »Was willst du haben?« Sie holte ein Tablett vom Stapel und stellte zwei leere Teller darauf.

»Am liebsten hätte ich alles«, raunte er, wobei er ihr tief in die Augen schaute. Als er die Doppeldeutigkeit seiner Worte bemerkte, richtete er den Blick schnell auf die Auslagen. »Ich meine … ich hätte gerne von allem ein bisschen. Vom Essen …«

June schenkte ihm ein wissendes Grinsen und biss sich dann kurz auf die Unterlippe. Das sah so sexy aus, dass sich sämtliches Blut in tieferen Regionen sammeln wollte.

Verdammt! Es wäre mehr als peinlich, in der Öffentlichkeit mit einem Ständer herumzulaufen. Flame wusste auch gar nicht, was mit ihm los war! Warum reagierte sein Körper schon auf das kleinste Lächeln von June? War das normal? Er wünschte, er könnte jemanden fragen!

Schnell konzentrierte er sich auf die Essensauswahl und entschied sich für Kartoffeln, Gemüse und ein saftiges Büffelsteak, das June für ihn auf den Teller lud. Sein grummelnder Magen verriet ihm, dass er Hunger hatte, aber Appetit verspürte er kaum, denn dazu war er viel zu nervös. Gleich würde er das Team kennenlernen.

Nachdem sie sich alle etwas zu essen genommen hatten, begaben sie sich in das Hinterzimmer. An einem großen runden Tisch saßen mehrere Männer, die aßen und sich unterhielten. Zu Jax' Linken waren noch genau vier Stühle frei.

Da Clint und Kathryn neben einem blonden Mann Platz nahmen, der als einziger in Jax' Team kein Warrior zu sein schien und einen weißen Kittel trug, blieben Flame und June nur die Stühle direkt bei Jax. Flame setzte sich neben ihn, und Jax begann sofort mit der Vorstellungsrunde, wobei er betonte, dass sie sich alle nicht beim Essen stören lassen sollten. »Männer, das sind Flame und seine Gefährtin June. Kathryn und Clint kennen ein paar von euch bereits …«

Flame hörte kaum noch zu, denn das Wort »Gefährtin« hallte durch seinen Kopf. Jeder hier sah sie als Paar. Und das waren sie ja auch … irgendwie. June war sein Mädchen, daran gab es nichts zu rütteln. Er fühlte ein Grummeln im Bauch, wenn ein anderer Mann sie anlächelte, und sein Magen kitzelte, wenn er selbst sie ansah. Flame war wirklich froh, dass sie mit ihm diese Reise angetreten hatte. Allein sie neben sich zu wissen, beruhigte ihn.

Er tauchte aus seinen Gedanken auf, als Jax sie mit seinen Leuten bekanntmachte. »Neben mir sitzt Crome, meine rechte Hand. Wir haben vor dem Sturz in derselben Warrior-Einheit gedient.«

»Und sogar dieselbe Blutgruppe«, setzte Crome hinzu. Der Krieger mit dem weiß gefärbten Irokesenschnitt schien bloß wenige Zentimeter kleiner und ein bisschen jünger zu sein als Jax. Seine leuchtend-grünen Augen fielen Flame – neben der bizarren Haarfarbe – zuerst auf. Schwarze Tribals und Ranken schmückten dessen muskulöse Oberarme.

»Neben Crome«, erklärte Jax, nachdem er einen Bissen seines Steaks geschluckt hatte, »sitzt Ice. Ursprünglich kommt er aus New World City, gehört aber schon lange zu meiner Einheit.«

Der muskulöse, schwarzhaarige Mann, der Jax ein bisschen ähnlich sah, nickte ihm kauend zu. Auch er besaß ungewöhnliche Iriden, wie fast alle Warrior an diesem Tisch. Sie waren von einem seltenen, hellen Graublau.

Flame versuchte sich auch Ice' Namen zu merken und sich die Gesichter aller Anwesenden einzuprägen, die, bis auf den Mann im weißen Kittel, alle dasselbe trugen wie Jax.

»Der Krieger neben Ice ist Nitro.« Jax' Blick ruhte auf dem Mann mit den kurzen blonden Haaren, der eindeutig der jüngste im Team war. Ein silberfarbener Ring im Ohr sowie eine auffällige Narbe am Kinn gaben ihm etwas Verwegenes und erinnerten Flame an einen Piraten. Nitro besaß wohl die spektakulärste Augenfarbe, die er je gesehen hatte. Sie war eine Mischung aus Grün, Braun und einem warmen Gelbton.

Auch Nitro nickte ihm zu, und Flame fand ihn auf Anhieb sympathisch. Etwas Mysteriöses umgab den Krieger, als würde er sein eigenes Geheimnis hüten, genau wie Flame.

Auf dem Platz neben Nitro saß Storm, der ebenfalls relativ jung wirkte. Auch er hatte schwarzes Haar, jedoch stach er durch seine etwas dunklere, seidig schimmernde Haut hervor.

»Storm und Dr. Mark Lamont«, erklärte Jax, »sind extra von einem Außenposten zu uns gestoßen.« Dr. Lamont war dann wohl der blonde Mann neben dem Krieger und definitiv ein gewöhnlicher Mensch, zumindest von der Statur her. Flame schätzte ihn auf etwa dreißig Jahre.

Jax hob sein Glas und prostete ihm zu. »Mark ist nicht nur ein hervorragender Arzt, sondern auch ein Computergenie.«

Der Doktor grinste verschmitzt, und Flame fühlte sich plötzlich unwohl. Dieser Mann erinnerte ihn nicht direkt an Dr. Moses, aber zu Ärzten hatte er einfach keine gesunde Einstellung mehr.

»Ich bin nicht nur wegen dir oder deiner Mission hier, Jax«, erklärte Mark und sagte dann zu Flame: »Seine Frau wollte mich unbedingt an ihrer Seite haben.«

Während Flame einfach nur steif nickte, pfiff Clint leise durch die Zähne. »Jetzt wird es interessant.«

Für diesen Kommentar erntete er von Kathryn einen Seitenhieb mit dem Ellbogen, woraufhin sich Flame fragte, wie sie alle so locker bleiben konnten. Sogar June lächelte! Nur er schwitzte.

Jax legte sein Besteck zur Seite und wischte sich mit einer Serviette über den Mund. »Mark ist angereist, weil Samantha ihn bei der Geburt unseres Sohnes dabei haben wollte. Es könnte jeden Moment so weit sein.«

»Du wirst Vater?«, fragte Clint und griff nach seinem Glas. »Darauf sollten wir anstoßen!«

»Das machen wir seit Monaten fast jeden Tag«, erklärte Crome lachend, während sie alle ihre Gläser hoben.

Auch Flame prostete Jax zu und trank anschließend ein paar Schlucke, ohne zu registrieren, was June ihm ins Glas gefüllt hatte. Es war ungewohnt für ihn, Teil einer Gemeinschaft zu sein, die miteinander redete, sich amüsierte und Scherze machte.

Hätte es so mit seinen Brüdern sein können, wenn sie es geschafft hätten, sich aus ihrer Sklaverei zu befreien? Flame hatte nie Freunde besessen und kannte dieses Gefühl nicht. Hier schienen alle sehr vertraut miteinander zu sein, weshalb er sich ein wenig ausgeschlossen vorkam. Am liebsten hätte er Junes Hand ergriffen, doch sie unterhielt sich leise mit Kathryn.

Jax musste wohl bemerkt haben, dass er sich unwohl fühlte, denn er beugte sich zu ihm und sagte: »Ich vertraue all diesen Männern zu hundert Prozent.«

»Heute«, betonte Mark schmunzelnd. »Was zwischen uns beiden nicht immer so war.«

Vertrauen …, dachte Flame konzentriert und rieb sich durch sein T-Shirt über das Tattoo. Er musste endlich lernen, sich auf andere einzulassen. Da er keinen Argwohn in den Augen der Männer entdecken konnte, entspannte er sich leicht. Er war hier sicher.

Mark zwinkerte ihm zu. »Jax hat geglaubt, ich wollte ihm Sam ausspannen.«

»Träum weiter«, murmelte Jax und schnaubte amüsiert.

Als Mark seinem Sitznachbarn Storm einen heißen Blick schenkte, der von dem Krieger erwidert wurde, wusste Flame, dass zwischen den beiden wohl mehr als nur ein berufliches Verhältnis existierte. Mark hatte gewiss nie ernsthaftes Interesse an Samantha besessen. Zwei von Flames Brüdern hatten sich genauso angesehen – bis der neue Chip dem ein Ende gesetzt hatte.

Erneut spähte Flame zu June. Sie an seiner Seite zu wissen, machte ihn unvorstellbar glücklich. Irgendwie würde er einen Weg finden, damit sie miteinander schlafen und auch diese Erfahrung teilen konnten. Auch wenn er sich im Moment nicht vorstellen konnte, wie das funktionieren sollte, so war er doch immerhin auch gegen jede Wahrscheinlichkeit all dem Grauen seiner Vergangenheit entkommen und hatte die Chance auf ein neues Leben erhalten. Mit June. Da sollte er jetzt nicht einfach aufgeben. Er würde sich zusammenreißen, oder es zumindest versuchen. Für June, für ihre Beziehung! Und wenn es nicht klappen sollte, konnte er immer noch gehen …

Jax kratzte sich am Nacken und fragte Mark in einem ernsten Ton: »Schon was von Sam gehört?«

»Die Wehen …«, antwortete der Arzt und machte eine bedeutungsvolle Pause, in der Jax die Augen aufriss und ein Anflug von Panik über sein Gesicht huschte, »… haben noch nicht eingesetzt.«

Jax kniff die Lider zusammen und knurrte: »Wenn Sam nicht ausdrücklich darauf bestehen würde, dass du bei der Geburt anwesend bist, hätte ich dir jetzt den Hals umgedreht.«

Das Team lachte und redete über alles Mögliche, und Flame entspannte sich zunehmend. Er beobachtete jeden genau und genoss sein Essen. Das Bisonfleisch und die Soße schmeckten vorzüglich.

»Du hast ja das Gröbste schon hinter dir, zumindest bei deiner Ziehtochter«, sagte Jax zu Crome. »Kia ist bereits eine junge Frau.«

Mit einem gequälten Seufzer lehnte sich der weißhaarige Krieger zurück und verschränkte die Arme. »Ich wünschte, sie wäre noch der kleine, vorlaute Wildfang von früher. Jetzt ist sie bloß noch wild auf Jungs.«

»Ich dachte, nur auf einen ganz bestimmten?«, meinte Ice, bevor er sich die letzte Gabel in den Mund schob.

»Aris!«, riefen Jax, Crome und sogar Nitro, der bis jetzt geschwiegen hatte, unisono, woraufhin alle erneut lachten.

Dann seufzte Crome abermals. »Bin ich froh, dass Lion noch so unschuldig ist.«

Clint beugte sich interessiert vor und fragte ihn: »Und wie alt ist Lion?«

»Drei«, antwortete er mit Stolz geschwellter Brust. »Kommt ganz nach seinem Vater und macht seinem Namen alle Ehre.«

»Ich dachte, er ist noch so unschuldig?«, entgegnete Ice trocken.

Wieder lachten alle.

»Du wirst es lieben und hassen, Vater zu sein«, erklärte Crome Jax. »Ich würde mich aber immer wieder dazu entschließen.«

Flame zuckte leicht zusammen, als ihm June einen kurzen, begutachtenden Blick zuwarf. Wollte sie eines Tages auch Kinder haben? Oder nur wissen, wie er zu dem Thema stand? Er würde sich dazu gewiss nicht äußern! Nicht jetzt und nicht hier.

Diese Männer schienen mit der Frage jedoch keine Probleme zu haben, bis auf Nitro vielleicht. Der stocherte in seinem Essen herum und hielt den Kopf gesenkt. Warrior mochten Raubtiergene besitzen, die sie gewiss weitervererben konnten – die hatte Flame auch, denn diese verliehen ihnen die außergewöhnlichen Sinne. Aber die hier versammelten Krieger hatten keine gefährlichen Kräfte und mussten nicht befürchten, von ihrem zukünftigen Nachwuchs in Brand gesteckt zu werden.

»Präsident Pearson kann leider jetzt nicht anwesend sein.« Damit beendete Jax die gutmütigen Frotzeleien, und Flame war froh über den Themawechsel. »Er wird morgen am Staudamm zu uns stoßen. Er hat gerade eine wichtige Sitzung.«

»Was muss ich eigentlich genau tun?«, wollte Flame wissen.

Jax deutete zum Doktor. »Da Mark ja nun sowieso hier ist, habe ich ihm den ganzen wissenschaftlichen Teil anvertraut. Er wird es dir erklären.«

Der Arzt faltete die Hände auf dem Tisch und räusperte sich leise. »Chemiker aus White City haben einen elastischen Spezialkunststoff entwickelt, den wir außen auf den Damm auftragen. Wenn wir ihn mittels Hitze verflüssigen, läuft er in die Risse des Betons und dehnt sich minimal aus. Die Mauer wäre wieder dicht und würde wahrscheinlich noch Jahrzehnte standhalten. Es gibt jedoch ein paar Probleme. Zum Beispiel würden wir mit herkömmlichen Flammenwerfern wohl zu lange brauchen, um die riesige Fläche zu versiegeln. Wir sprechen hier immerhin von über 39 000 Quadratmetern.«

»Wow, das ist ja mal eine Hausnummer«, murmelte Flame. Ob er das schaffen könnte?

Mark nickte. »Leider können wir die Billionen Liter Wasser nur für begrenzte Zeit umleiten, höchstens einen Tag lang, denn Resur und vor allem das Krankenhaus und die Wasseraufbereitungsanlage sind auf den Strom angewiesen. Zum Glück sind die Tunnel, die vom Bau des Damms aus dem Jahre 1933 stammen, heute noch so gut erhalten, dass wir wenigstens den Fluss seitlich durch den Berg umleiten können. Und er führt bei Weitem nicht mehr so viel Wasser wie früher, was unser Vorteil für das Projekt ist. Nachteilig ist, dass es danach Wochen dauern wird, bis sich der Colorado erneut aufgestaut hat. Die Turbinen werden solange nur mit halber Kraft laufen können. Stromsparen ist dann angesagt.«

Flame hätte niemals vermutet, dass so viele Dinge bedacht werden mussten und der Erfolg größtenteils von ihm abhing. *Das setzt mich auch kein bisschen unter Druck*, dachte er sarkastisch. Doch er wollte das schaffen! Er wollte den Menschen helfen. Ihretwegen und um seinetwillen. Er musste jetzt etwas Gutes tun, um all die schlimmen Dinge, die er verbrochen hatte, auszugleichen.

June würde sagen, dass er nichts dafür konnte.

Was aber, wenn das nicht stimmte? Wenn er es vielleicht doch hätte schaffen können, sich aus den Fesseln des Gehorsams, den ihm der Chip aufgezwungen hatte, zu lösen? Seine Brüder hatten schließlich auch alle aufbegehren können. Wahrscheinlich waren sie einfach willensstärker gewesen als er.

»Hauptproblem ist jedoch«, setzte Mark fort und holte Flame wieder in die Gegenwart zurück, »dass wir den Kunststoff sehr stark erhitzen müssen, damit er auch seine volle Kittfähigkeit entfaltet. Zu langes Erhitzen würde allerdings dem Beton und den darin verarbeiteten Glasfasern schaden. Deshalb brauchen wir eine sehr starke Hitzequelle, mit der wir möglichst große Flächen in kürzester Zeit bearbeiten können. Und da kommst du ins Spiel. Jax hat mir bereits von deiner Fähigkeit erzählt, und wenn wir noch zusätzlich mit den Flammenwerfern mithelfen, könnten wir es schaffen.«

Alle blickten ihn gebannt an, als würden sie eine Kostprobe seiner Fähigkeit sehen wollen. Doch die würde er ihnen nicht geben, nicht hier, wenn im Nebenraum mehrere Leute saßen, die etwas davon mitbekommen könnten.

»Wann soll es losgehen?«, fragte er stattdessen.

»Gleich morgen Vormittag«, antwortete Jax. »Wir fliegen gemeinsam zum Damm raus. Er befindet sich einige Meilen von Resur entfernt.«

Sie diskutierten noch weitere Details, bis sich Clint und Kathryn von ihnen verabschiedeten und allen viel Erfolg wünschten. Leider mussten sie wieder nach Royal City, doch Jax würde ihnen Bericht erstatten und versprach, Flame und June in spätestens zwei Tagen mit einem Shuttle zurückzubringen.

Der Raum leerte sich, bloß der Arzt blieb bei June und ihm, weil er noch etwas mit Flame besprechen wollte.

»Flame, darf ich dich bitten, mit mir auf die Krankenstation zu kommen? Sie liegt gleich gegenüber von diesem Gebäude in der Pyramide.«

»Warum?«, fragte er alarmiert.

»Ich möchte dich kurz untersuchen und dir Blut abnehmen.«

»Auf keinen Fall!«, rief Flame, sodass sich Storm, der noch an der Tür gestanden hatte, zu ihnen umdrehte.

Mark gab seinem Partner mit einer Handbewegung zu verstehen, dass er gehen sollte. Storm schloss die Tür, und Flame und June waren mit dem Arzt allein.

»Flame …«, begann Mark vorsichtig. »Wir wissen nichts über deine Fähigkeit und wie dein Körper auf diese Belastung reagieren wird.«

»Wegen meiner Fähigkeit müsst ihr mir einfach vertrauen«, knurrte er, entspannte sich jedoch leicht, als ihm June einen beschwichtigenden Blick schenkte. »Ich habe schon Schlimmeres überstanden.«

»Es wären nur ein paar harmlose Tests …«

»Es geht einfach nicht.« Mit diesen Worten machte er auf dem Absatz kehrt und marschierte zur Tür. Dabei hörte er, wie sich June an den Arzt wandte: »Flame hat sehr viel durchgemacht und keinerlei Vertrauen zu Ärzten oder Wissenschaftlern. Doch ich kann dir versichern, dass er bei bester gesundheitlicher Verfassung ist und sich … außerordentlich schnell erholen wird, sollte er sich überanstrengen.«

Wie erstarrt blieb Flame an der geschlossenen Tür stehen. June würde nichts verraten, da war er sich sicher. Dennoch bildete sich eine kalte Schweißschicht auf seiner Stirn.

»Ich weiß, wie robust Warrior sind«, erklärte Mark mit sanfter Stimme, und Flame spürte dessen Blicke in seinem Rücken. »Vielleicht kannst du ihn trotzdem noch überreden, dass er zu mir kommt. Wir alle wollen wirklich nur sein Bestes.«

»Ich weiß«, sagte June. »Vielen Dank, Doktor.«

Flame öffnete die Tür und wartete, bis June neben ihm stand. Dann griff er nach ihrer Hand und floh mit ihr regelrecht aus dem Speisesaal über die Treppe nach oben. Dort wartete Jax bereits auf sie.

Flames Herz raste immer noch. Nicht nur, weil er sich nie wieder einer Untersuchung unterziehen wollte, welcher Art auch immer. Sondern es durfte schließlich auch niemand etwas von seinen Naniten erfahren – erst recht kein Arzt und Programmiergenie!

Flame würde die Mission hier zu Ende bringen und dann keine Sekunde länger bleiben.

Kapitel 12 – Flame – Gluthitze

Flames rasender Puls beruhigte sich allmählich, als Jax sie in einem Jeep durch die angrenzende Wohnsiedlung fuhr, um sie zu ihrer Unterkunft zu bringen. Häuschen an Häuschen reihte sich aneinander, und jedes sah anders aus, sowohl von der Farbe des Anstriches – es war bestimmt so gut wie jede Farbe mindestens einmal vertreten – als auch von der Form. Manche Häuser schienen sogar ein bisschen schief zu sein, besaßen verschiedene Fenstergrößen und immer andere Dächer. Mal spitz, mal flach, mal schräg – und auf einem wuchs sogar Gras! Auch die Vorgärten waren alle unterschiedlich gestaltet; nichts entsprach einer Norm, und das gefiel Flame. Der Umgebungswechsel brachte ihn außerdem auf andere Gedanken, und mit June an seiner Seite sah plötzlich alles nicht mehr ganz so schwarz aus.

Sie saßen alle drei auf der durchgehenden Vorderbank, June in der Mitte, und ließen sich von der Lüftung anblasen. Die Fenster standen ebenfalls alle offen – trotzdem war es viel zu heiß. Der alte Wagen besaß offenbar keine funktionierende Klimaanlage.

»Wohnst du auch in dieser Siedlung?«, fragte Flame Jax.

»Ja«, antwortete der Krieger, »aber erst seit einem Jahr. Vorher haben Sam und ich in einem winzigen Zimmer in der Pyramide gehaust. Am Anfang, so kurz nach dem Sturz, war es schwer, eine Unterkunft zu finden. Aber für Sam war es praktisch, direkt bei ihrer Arbeit zu wohnen.«

»Was macht sie?«, wollte June wissen.

»Sie ist Ärztin.« Stolz schwang in Jax' Stimme mit. »Und da wir nun Zuwachs bekommen, wurde es wirklich Zeit für eine Vergrößerung.«

»Über vier Jahre lang zu zweit in einem kleinen Zimmer …« June schüttelte lächelnd den Kopf. »Das muss sehr beengend gewesen sein.«

Jax zuckte mit einer Achsel und bog in eine andere Straße ein, in der noch gebaut wurde. Dort machten die Vorgärten einen eher staubigen anstatt grünen Eindruck. Flame wunderte sich ohnehin, wie in dieser Wüste etwas wachsen konnte.

»Sam und ich hatten viel zu tun«, erklärte Jax. »In manchen Wochen haben wir uns die Klinke in die Hand gegeben. Sie ist aufgestanden, ich bin ins Bett gefallen. Ich bin wirklich froh, dass sich die Lage für uns alle entspannt hat. Aber irgendwas ist leider immer, wie jetzt die Sache mit dem Staudamm.« Er parkte den Jeep zwischen zwei großen, aufgeschütteten und geglätteten Erdhügeln, über die ein Gitternetz aus Draht gespannt war, dann stiegen sie aus.

Flame schnappte sich ihr Gepäck, und sie gingen zwischen den Hügeln auf einem Kiesweg hindurch. Auf der Rückseite offenbarte sich ihnen, dass das keine einfachen Erdhügel, sondern Häuser waren! Eine Glasfront, bestehend aus einer Tür und zwei großen Fenstern, schloss die Halbkugel ab und davor erstreckte sich eine geflieste Terrasse. Das Haus daneben sah genauso aus, bloß standen dort noch Liegestühle aus Holz und zwei Fahrräder vor der Tür.

»Da drüben wohnen Sam und ich.« Jax deutete auf den anderen Hügel. »Und hier könnt ihr übernachten. Das Haus ist noch nicht ganz eingerichtet und es ist außen noch nicht begrünt, aber das Wichtigste ist da.« Er drückte die Glastür auf, und sie befanden sich in einem geräumigen Wohnraum mit einem Sitz- und einem Kochbereich. »Der Kühlschrank ist gefüllt. Bedient euch einfach.«

»Das ist wundervoll!« June drehte sich einmal im Kreis. »Und es ist schön kühl hier drinnen.«

»Das liegt an der speziellen Konstruktion«, sagte Jax. »Die sorgt für ein konstantes Raumklima. Deshalb kommen diese Häuser ohne Klimaanlage aus und sind bei Tag angenehm kühl und halten nachts die gespeicherte Wärme. Oft wird es nach Einbruch der Dunkelheit bis zu dreißig Grad kälter.«

June nickte. »Bei uns wird es nachts auch oft empfindlich kalt.«

Flame war froh, dass sie sich mit Jax unterhielt, denn ihm lag dieser ganze Konversationskram nicht. Weil er nie hatte frei sprechen dürfen, wusste er jetzt oft nicht, wie er auf eine Frage reagieren sollte. Er kam sich deswegen furchtbar dumm vor. Deshalb schwieg er lieber.

»Da hinten liegen noch ein Schlafzimmer sowie das Bad.« Jax führte sie durch eine Milchglastür in einen kleinen Flur, in den durch ein rundes Dachfenster Licht gelangte. Flame fiel sofort eine weitere Glastür auf, durch die ebenfalls Helligkeit drang. Er öffnete sie und betrat ein weiß gefliestes Badezimmer mit zwei Waschbecken, einer Toilette und einer geräumigen Dusche. Unter dem großen Brausekopf war eine breite Steinbank eingebaut, sodass man sich beim Waschen hinsetzen konnte. Das hatte Flame auch noch nie gesehen.

Der kreisrunde Raum bildete das Zentrum des Hauses, und sie standen quasi im Freien. June blickte genauso staunend nach oben in den Himmel wie Flame. In etwa vier Metern Höhe befand sich eine runde Öffnung in der Decke.

»Ihr könnt das Dach schließen, wenn ihr auf diesen Knopf drückt.« Jax zeigte ihnen den Schalter an der Wand.

»Das Haus ist fantastisch!«, rief June.

Jax nickte. »Ja, wir lieben unseres ebenfalls und würden es um nichts auf der Welt hergeben.«

Flame war der Wohnhügel auch sympathisch, weil er nicht aus Holz bestand.

»Die Hügel sind außerdem viel sicherer. Letztes Jahr hat ein Tornado mehrere Wohnhäuser zerstört. Die Halbkugeln bieten dem Wind kaum Angriffsfläche, weshalb wir weitere Gebäude dieser Art bauen. Nur dauert ihre Fertigstellung wesentlich länger.«

»Wer wird hier wohnen?«, wollte June wissen, während sie ins Schlafzimmer schlenderten.

»Ein Warrior namens Rock. Ich freue mich schon, den riesigen Glatzkopf als Nachbarn zu bekommen.«

Flame stellte ihr Gepäck auf dem Doppelbett ab, das mit hellgrünen Laken bezogen war, und blickte sich in dem Raum um. Auch hier gab es ein rundes Dachfenster. Es lag genau über dem Bett, sodass man nachts bestimmt in die Sterne gucken konnte. Jetzt schirmte eine blickdichte Jalousie die hereinfallenden Sonnenstrahlen ab. Des Weiteren entdeckten sie einen kleinen begehbaren Schrank mit viel Platz für Kleidung. Dort stapelten sich in Regalen außerdem weitere Decken, Kissen und andere Alltagsgegenstände.

Nebenan gab es noch ein kleineres Zimmer, und nachdem sie alles besichtigt hatten, folgten sie Jax nach draußen auf die Terrasse. Sofort schlug ihnen wieder die Mittagshitze entgegen, doch dicke weiße Wolken schoben sich gerade vor die Sonne, sodass die Wärme vielleicht bald etwas erträglicher wurde.

»Ist deine Frau zu Hause?«, fragte June und schaute zum Nachbarhügel.

»Nein«, antwortete Jax, »sie ist seit heute in White City.«

»Unter der Kuppel?« June drehte den Kopf in die Richtung, in der die Stadt lag. Doch von hier aus war sie nicht zu erkennen. Weitere Hügel versperrten die Sicht.

»Ja, sie will unser Kind unbedingt im White City Hospital bekommen. Falls es einen Notfall gibt, haben sie dort alles vor Ort. Ich werde hinfliegen, sobald es losgeht. Solange wohnt sie bei Freunden. Errechneter Geburtstermin war eigentlich heute.« Jax fuhr sich über sein Haar und blickte ebenfalls in Richtung Kuppel. Flame sah ihm an, dass er jetzt am liebsten bei seiner Frau sein würde.

»Falls ihr irgendwas braucht, ruft mich an.« Jax holte ein Handycom aus einer seiner vielen Hosentaschen und drückte es Flame in die Hand. Dann deutete er auf die beiden Fahrräder, die vor seinem Haus standen. »Ihr könnt euch in Resur frei bewegen und dürft euch dazu gerne unsere Räder ausleihen, um die Stadt zu erkunden. Ich kann euch später aber auch herumführen. Jetzt habe ich nur noch was zu erledigen.«

»Mach dir keine Umstände wegen uns«, sagte June. »Wir kommen klar.«

»Okay, ruft mich über das Handycom, falls ihr es euch anders überlegt. Ansonsten hole ich euch morgen Früh ab und wir fliegen zum Staudamm.« Mit diesen Worten verabschiedete sich Jax von ihnen und ging zurück zum Wagen.

Flame würde bis morgen mit June allein sein. Das freute ihn einerseits, war aber nicht von Vorteil, wenn man Mühe hatte, seine Libido und die damit verbundenen Feuerausbrüche im Zaum zu halten. Deshalb fragte er: »Möchtest du dir Resur ansehen?«

»Liebend gern«, antwortete sie, wobei ihre Augen strahlten.

»Nehmen wir die Räder?«

Ihr Lächeln schwand. »Ich befürchte, damit kann ich nicht fahren. Kannst du es?«

»Ein Fahrrad habe ich noch nie ausprobiert, aber es wird nicht viel anders sein als ein motorisiertes Zweirad.«

»Das bist du gefahren?«

»Zumindest auf dem Simulator.« Theoretisch konnte er jedes Gefährt und die meisten Shuttles bedienen, das hatte zu seiner Ausbildung gehört.

»Na dann … Lass es uns probieren! Ich ziehe mich nur schnell um.«

June verschwand im Haus, und als sie keine fünf Minuten später nach draußen kam, trug sie einen weit geschnittenen Hosenrock aus einem dünnen dunkelgrünen Stoff, Pantoletten, einen breitkrempigen Strohhut und ein geschnürtes, ärmelloses Oberteil, das ihre schmale Taille betonte und ihre Brüste anhob.

Schnell wandte er den Blick von ihrem Dekolleté ab und raunte: »Du siehst bezaubernd aus.«

Sie strahlte ihn an. »Danke.«

Flame würde seine Einsatzhose und die Stiefel jetzt auch gerne gegen luftigere Kleidung tauschen.

»Was versteckst du hinter deinem Rücken?«, wollte er wissen und versuchte, um sie herum zu gehen, doch sie drehte sich immer mit ihm.

Schließlich hielt sie ihm ein Paar Schlappen vor die Nase. »Die habe ich für dich gemacht.«

»Wann?« Schnell zog er seine Stiefel aus, ließ sie auf der Terrasse stehen und schlüpfte barfuß durch die geflochtenen Riemen. Die Schuhe passten wie angegossen und er spürte ihr Gewicht gar nicht. Nur der Steg zwischen seinen Zehen fühlte sich ungewohnt an.

»Verrate ich nicht.« June lächelte frech. »Eine Frau muss Geheimnisse haben dürfen. Aber ich habe nicht alles selbst gefertigt. Die Sohle habe ich von unserem Schuhmacher geholt, nur die feinen Lederschnüre für den Steg und den Riemen sind von mir.«

»Danke! So etwas hat noch nie jemand für mich gemacht.« Ihr Geschenk überwältigte ihn. Das führte jedoch dazu, dass er schon wieder dieses Kribbeln in all seinen Zellen fühlte, das einer Selbstentzündung voran ging. Deshalb gab er June bloß einen schnellen Kuss auf den Mund und hoffte, dass er sich bald richtig bei ihr bedanken konnte.

Sie gingen hinüber zum anderen Haus, und Flame montierte bei einem der Räder den großen Korb über dem Hinterreifen ab. Danach schob er es auf die Straße. »Setz dich hinter mich und halte dich gut an mir fest.«

Flame stieg auf und genoss das Gefühl von Junes Armen, die sich um seinen Bauch schlossen. Er trat in die Pedale – da schrie June: »Wir werden umfallen!« Sofort klammerte sie sich fester an ihn.

Er grinste. »Werden wir nicht. Vertrau mir.«

»Ich vertraue dir«, sagte sie, woraufhin Wärme seine Brust flutete.

Gemütlich fuhr er durch die Wohnanlage, vorbei an spielenden Kindern und Erwachsenen, die an alten Autos herumschraubten oder ihre Häuser herrichteten.

»Was willst du sehen?«, wollte Flame von June wissen.

»Die Pyramide von innen«, erfolgte prompt ihre Antwort.

»Zu Befehl, Mylady.« Flame freute sich, dass sich ihre anfängliche Furcht gelegt hatte, denn schon bald rief sie »Schneller!« und lachte, als er stärker in die Pedale trat. Der Fahrtwind kühlte sein erhitztes Gesicht und die körperliche Anstrengung tat ihm gut, auch wenn sie nicht besonders groß war. Aber immerhin hielt sie sein Feuer im Zaum.

Er schlug den direkten Weg zur gläsernen Pyramide ein, die schließlich nicht zu übersehen war, und versuchte, nicht von anderen Verkehrsteilnehmern umgefahren zu werden. Doch die meisten nahmen Rücksicht und viele waren ohnehin gemütlich unterwegs. Bei dieser Hitze schien jeder etwas träger zu sein.

Die Sonne hatte sich hinter der dicken Schicht weißer Wolken versteckt, und als Flame das Fahrrad neben dem Haupteingang der Pyramide abstellte, wehte für einen Moment sogar ein angenehm kühler Wind. Wobei … der kam aus dem Inneren des Gebäudes. Da drin gab es tatsächlich eine Klimaanlage, welch ein Glück!

June fasste ihn an der Hand, als er am Eingang kurz zögerte, weil er unzählige Stimmen und Gerüche wahrnahm. Da drin befanden sich für seinen Geschmack viel zu viele Leute. Doch er ließ sich von June ins Innere ziehen und richtete sein Augenmerk auf ihr wunderschönes, glückliches Gesicht.

»Sieh nur!«, rief sie. »Die Pyramide ist von innen noch faszinierender als von außen!«

Die Halle war mehrere Stockwerke hoch und lief spitz nach oben zu. Gläserne Aufzüge brachten Besucher und Bewohner in die darüber liegenden Stockwerke, und selbst diese Kabinen verliefen so schräg wie der ganze Bau. Im Bauch der Pyramide gab es eine richtige Miniaturstadt mit Marktständen und kleinen Gebäuden, in denen verschiedenste Waren verkauft wurden. Eines ähnelte sogar einem orientalischen Tempel. Flame hatte solch ein Bauwerk in einem Bildband gesehen. Außerdem fanden sie Restaurants und sogar ein Theater!

Es ärgerte ihn, dass er keine Möglichkeit hatte, hier ein Geschenk für June zu kaufen, denn er besaß weder Geld noch Waren zum Tauschen. Doch June schien einfach schon glücklich zu sein, alles anschauen zu dürfen. Trotzdem wollte er sich revanchieren, schließlich hatte sie ihm diese luftigen Schuhe gemacht, für die er wirklich dankbar war.

Sie schlenderten mehrere Stunden durch die angenehm temperierte Pyramide und schauten sich alles genau an. Einmal trafen sie sogar Crome, der sie in ein Café zu Tee und Kuchen einlud. Zu Junes Leidwesen konnte er nicht bei ihnen bleiben, sie hätte gerne mehr über Resur erfahren. Crome musste jedoch noch einiges wegen morgen koordinieren.

Flame hingegen war froh, mit June weiterhin allein zu sein. Der ganze Trubel stresste ihn ohnehin genug, da er ständig befürchtete, seine Fähigkeit könnte sich irgendwie zeigen. Doch June zuliebe ertrug er das gerne, denn es gab für ihn nichts Schöneres, als sie glücklich zu sehen.

Lächelnd machte sie ihn immer wieder auf besonders exotische Waren oder merkwürdige Details des Gebäudes aufmerksam. Flame entspannte sich ein wenig, weil niemand ihnen besondere Aufmerksamkeit schenkte. Zum ersten Mal im Leben verbrachte er einen ganzen Tag damit, sich ziellos treiben zu lassen und über Nichtigkeiten zu plaudern. Mit jedem Lachen, jeder federleichten Berührung, verliebte er sich mehr in seine June. Bloß eine kleine, nervige Stimme in seinem Hinterkopf warnte ihn: Er durfte diese wunderbare Frau nicht behalten.

***

Gegen Abend fuhren Flame und June auf dem Rad zurück, und als sie das Haus betraten, stellte er sich für einen winzigen Moment vor wie es wäre, hier mit ihr zu leben. Hier mit ihr glücklich zu sein. Eine Familie zu gründen, genau wie Jax.

Da gab es nur zwei gewaltige Hindernisse, die seiner Fantasie einen Strich durch die Rechnung machten: Erstens war das nicht ihr Haus und zweitens existierte immer noch das altbekannte Problem, seine Flammen nicht mehr perfekt kontrollieren zu können. Langsam kam er zu der Überzeugung, dass das Update seiner Steuerung bestimmte Bereiche in seinem Gehirn zerstört hatte, die für seine Fähigkeit zuständig waren. Eine andere Erklärung hatte er nicht.

Wenigstens verrichteten die Naniten weiterhin ihre Arbeit, und bis zu einem gewissen Grad konnte er sie bereits beeinflussen, zumindest bauten sie die Farbe unter seiner Haut nicht mehr ab. Flame sollte sich mehr auf sie konzentrieren, denn vielleicht konnte er mit ihrer Hilfe wieder vollen Zugriff auf seine Fähigkeit erlangen.

Wobei … wenn Areale in seinem Gehirn zerstört worden wären – hätten die Nanobots diese nicht längst repariert?

Womöglich sollte er weder über seine Roboter noch über seine Gabe sinnieren – beides schien nicht wirklich zu etwas zu führen.

Während sie den Kühlschrank plünderten, versuchte Flame, auf andere Gedanken zu kommen. Er war völlig verschwitzt, genau wie June, und sehnte sich nach einer Dusche. Früher hatte er nie einen Gedanken an fließendes Wasser verschwendet und es als selbstverständlich hingenommen. Jetzt war es Luxus für ihn geworden, wobei ein Bad im See auch nicht schlecht war, vor allem, wenn June mit ihm badete.

Nicht daran denken! Vor allem nicht an ihren perfekten Körper, kaum verhüllt von den winzigen Stoffstücken, die sie Bikini nannte. Nicht daran, wie sich Wassertropfen einen Weg zwischen ihren Brüsten hindurch nach unten suchten, wenn sie sich ans Ufer zog. Nicht …

Herzhaft biss June in einen Apfel und schlenderte durch das Haus. »Es tut so gut, mal keine Verpflichtungen zu haben und etwas anderes zu sehen. Ich hätte nicht gedacht, dass mir Resur so gut gefällt.« Mit strahlenden Augen drehte sie sich zu ihm um. »Wie nennt sich das? Urlaub machen?«

Flame, der ihr einfach hinterher ging und an einem Stück Brot kaute, murmelte: »Ich glaube schon.«

Sein Blick fiel auf ihre Dekolleté. June hatte die Verschnürungen ihres Oberteils etwas gelockert, sodass er die Ansätze ihrer Brüste bewundern konnte. Ein feiner Schweißfilm glitzerte zwischen ihren weiblichen Rundungen. Es war ein heißer Tag gewesen und in Flame schwelte immer noch Hitze. Aber eine andere Art von Hitze.

»Und wir haben etwas zusammen unternommen«, sagte sie. »Als wären wir …«

Als sie stockte, antwortete er in einem leicht sarkastischen Ton: »Zwei normale Menschen?«

Leise seufzend schüttelte sie den Kopf und schaute ihn sanft an. »Ein Paar.«

Sein Herz machte einen unerwarteten Satz und schlug heftig weiter. Dann war es jetzt offiziell? Sie waren ein Paar?

Er unterdrückte ein dämliches Grinsen und bemerkte, dass sie im Badezimmer angekommen waren. Oder June war dort angekommen, er war ihr schließlich nur gefolgt. Sicher fühlte sie sich genauso verschwitzt wie er und konnte eine Erfrischung kaum erwarten.

Schummeriges bläuliches Licht flammte automatisch auf. Das war wohl so eine Art Nachtbeleuchtung, und sie verlieh dem Raum eine romantische Atmosphäre. Als würden sie sich unter Wasser befinden.

June legte den angebissenen Apfel auf den Rand des Waschbeckens und schmiegte ihre Hände an Flames Wange. Tief blickte sie ihn an. »Sind wir das? Ein richtiges Paar?«

Auf ihren Lippen glitzerte Fruchtsaft und ihr süßer Atem streifte sein Kinn. June roch heute besonders gut, nach Apfel und Frau.

Flame war verloren. Den ganzen Tag hatte er sich nach ihr gesehnt und jetzt konnte er ihr nicht länger widerstehen. Er schlang beide Arme um sie, raunte: »Ja, wir sind ein Paar«, und zog sie zu einem heißen Kuss heran. Ihre Zungen umspielten sich stürmisch, während June die Hände in seinem Nacken vergrub und er durch den Stoff ihres Hosenrockes ihre Pobacken knetete.

Heiß ... Ihm war viel zu heiß!

»Unter die Dusche«, raunte er, wich hastig vor ihr zurück und zerrte sich sein T-Shirt vom Körper.

Schnell zogen sie sich aus und schafften es fast zeitgleich in die offene Kabine. Es gab keinen Vorhang, keine Glaswände, nur die Bank aus Stein. Dort setzten sie sich hin, küssten sich und ließen sich vom Wasser berieseln. Über ihnen an der offenen Decke glitzerten die Sterne am Nachthimmel, als würden sie im Regen sitzen wie ein schmusendes Pärchen auf einer Bank im Park.

»Weißt du, dass ich Regen liebe?«, fragte er zwischen ihren Küssen.

»Und weißt du, dass ich dich liebe?«, erwiderte sie prompt, woraufhin er sich für den Bruchteil einer Sekunde versteifte.

June liebte ihn ... Er hatte das gewusst, es mit jeder Faser gespürt! Aber es aus ihrem Mund zu hören, riss ihm fast die Füße weg. Zum Glück saß er!

»June …«, wisperte er, überwältigt von seinen Gefühlen. Er wurde geliebt und ehrlich begehrt. Das machte ihn zum glücklichsten Mann der Welt. Wie sollte er sie da denn jemals gehen lassen?

Ja, er war verloren, und das würde ihr vielleicht eines Tages den Tod bringen.

Lass sie los, beende es jetzt!, befahl das letzte Quäntchen Verstand, aber er konnte nicht, er wollte nicht. Diese Frau war das größte Geschenk seines Lebens und er würde es nicht hergeben. Er würde alles, ja wirklich *alles* dafür tun, damit ihr nichts geschah. Und sollte es eines Tages dazu kommen, dass er sein Feuer wirklich gar nicht mehr kontrollieren konnte, würde er es beenden. Das versprach er sich hoch und heilig.

Flame zog sie auf seinen Schoß, sodass sie rittlings auf ihm saß, und rieb seine beginnende Erektion an ihrer feuchten Mitte. Wasser lief über ihre Gesichter, doch das störte ihn nicht. Immer mehr Blut strömte in seinen Penis, und bald pochte er so hart und schmerzhaft, dass er sich nur noch nach Erlösung sehnte. Er könnte mit einem Stoß in Junes Schoß vordringen, endlich spüren, wie es sich anfühlte, von ihr umschlossen zu sein … Doch er durfte nicht! Und das machte ihn immer wilder und heißer.

June krallte die Finger in sein Haar, küsste ihn gierig und rieb sich an ihm. Sie schmeckte süß und rein, als würde Flame von einem Engel kosten.

Er kam sich vor, als würde ein gefährliches Raubtier in ihm schlummern, das nicht gefüttert wurde. Das verlockende Menü befand sich direkt vor seiner Nase, während er hungerte. Doch er wollte nicht mehr hungern!

Stoß zu!, befahl eine dunkle Stimme in ihm. *Mach sie endlich zur Deinen, koste es, was es wolle!*

Nein … nein!

Mühsam riss er sich von ihrem köstlichen Mund los, hob sie von seinen Oberschenkeln und befahl mit rauer Stimme: »Stell dich auf die Bank.«

Sie richtete sich auf der Steinplatte auf und Flame stellte sich vor sie, sodass er ihre Brüste vor Augen hatte. Sofort legte er die Lippen um eine dieser harten Knospen und saugte daran.

June stöhnte ungehemmt und krallte die Hände in seine Schultern. Er roch den erregenden Duft ihres Schoßes, der sie ununterbrochen reizte und lockte. Wenn er schon nicht in ihr sein durfte, musste er von ihr kosten! Daher gab er einen weiteren, heiseren Befehl: »Geh in die Hocke.«

Sie gehorchte sofort und spreizte zudem noch ihre Beine. Ihr Blick wirkte lustverhangen, ihr Körper bebte.

Rasch ging auch er in die Knie und fuhr mit zwei Fingern über ihr nasses, geöffnetes Geschlecht, sodass sie sich an seinen Schultern festkrallte und erneut stöhnte.

Dieser Anblick war beinahe zu viel für Flame. Fast hätte er sich entzündet!

Während er mühsam versuchte, die Flammen im Zaum zu halten und sich bloß einigermaßen sicher fühlte, weil sie unter der Dusche standen, pochte seine Eichel im Takt seines rasenden Herzens. Die Haut um seinen Schaft spannte, seine Erektion stand hart von seinen Lenden ab wie ein bedrohlicher Stachel.

Nimm sie … Jetzt!, rief die dunkle Stimme in ihm, doch er ignorierte sie. June war sein Ein und Alles. Er würde sie beschützen, auch vor sich selbst!

Deshalb führte er lediglich zwei Finger in ihre enge, seidige Wärme und rieb mit dem Daumen über ihren empfindlichen Knubbel, was ihr hoffentlich die schönsten Gefühle bescherte. Flame wollte ihr den besten Höhepunkt des Lebens verschaffen; er würde sie fingern und lecken, bis ihre Lust explodierte.

Er beugte sich zwischen ihre Schenkel und vergrub den Mund an ihrem zarten Fleisch. Wie ein Verhungernder schnappte er nach ihr, leckte, saugte und kostete ihre Creme. Er zog ihren Venushügel nach oben, um ihre Klit noch mehr freizulegen, und ließ hart die Zunge darüberflattern.

June stöhnte und zuckte. Es würde nicht mehr lange dauern, denn mehr ihrer süßen Creme floss aus ihr und ihr Inneres kontrahierte bereits leicht.

Wie würde es sich anfühlen, wenn sein Schwanz in ihr wäre? Würde Junes Schoß ihn auch so fest umschlingen? Ihn regelrecht melken?

Fuck, das waren definitiv die falschen Gedanken! Er musste sich abkühlen, denn seine Haut kribbelte. Jede Sekunde könnte er in Flammen stehen!

In diesem Moment stieß June einen kehligen Schrei aus und ihr Inneres zog sich noch fester um seine Finger. Flame konzentrierte sich hart, damit er nicht zum Brennen anfing und June ihren Höhepunkt voll auskosten konnte. Er rieb mit dem Daumen fester über ihren Kitzler und massierte ihre seidige Enge mit zwei Fingern, bis sie ein letztes Mal bebte und sich anschließend schwer atmend gegen die Wand lehnte.

Dann wich er schnell zurück und stellte sich genau ins Zentrum der Dusche. Das Wasser zischte und ein paar Tropfen explodierten regelrecht, als sie auf seine entflammte Haut trafen. Der Dampf stieg nach oben und entwich in den Nachthimmel, während er seinem steinharten Schwanz mit gekonnten Bewegungen die ersehnte Erlösung verschaffte. Dass ihn June dabei beobachtete, machte ihn noch mehr an. Sie betrachtete ihn mit unverhohlener Begierde, und sein einziger Gedanke war, sie als die Seine zu markieren.

Als sein Samen hervorschoss, zielte er deshalb auf sie und traf ihren Oberkörper. Lasziv langsam verschmierte sie sein Sperma auf ihren Brüsten, während er in Flammen stand und noch einmal neue Lust in ihm hochkochte. Er schenkte ihr alles, was er hatte, und war heilfroh, dass wenigstens seine Körperflüssigkeiten nicht brannten.

Nachdem seine Flammen verschwunden waren und er seine Atmung wieder unter Kontrolle hatte, trat June zu ihm, um ihm über die Brust zu streichen. »Du hast verdammt sexy ausgesehen.«

Atemlos erwiderte er ihren Kuss, noch nicht fähig, zu sprechen.

»Ich habe dich diesmal gar nicht verwöhnen können«, sagte sie leicht bedrückt. »Du bist leer ausgegangen.«

»Bin ich nicht. Ich habe dich angespritzt und es war geil.« Diese Worte waren aus seinem Mund gepurzelt, ohne dass er nachgedacht hatte. Aber sie entsprachen der Wahrheit.

»Und ich klebe jetzt. Das ist unfair.« Schmunzelnd rieb sie sich an ihm, sodass sein Sperma nun auch an seinem Bauch klebte.

Lächelnd nahm er es hin und genoss Junes Nähe. Es fühlte sich immer gut an, wenn sie sich an ihn schmiegte.

»Hat Kathryn dir auch Seife geschenkt?«, fragte sie.

»Kann schon sein«, antwortete er träge. Er fühlte sich befriedigt und erleichtert, weil er momentan nicht dieses gefährliche Kribbeln verspürte, das einer spontanen Entzündung voranging. Der Sex mit June war wieder einmal sehr schön gewesen, und trotzdem nicht perfekt. In June zu kommen, wäre perfekt gewesen. Während des Höhepunktes mit ihr vereint zu sein und ihr dabei tief in die Augen zu blicken.

»Darf ich sie aus deiner Tasche holen?«, fragte sie.

»Hm? Was?« Er hatte völlig vergessen, was sie ihn gerade gefragt hatte.

Sie grinste. »Die Seife.«

»Natürlich.« Weil seine Beine butterweich waren, nahm er wieder auf der Bank Platz.

Er ließ sich berieseln, bis June keine Minute später mit einer Flasche zurückkam, die sie ihm in die Hand drückte.

»Ich weiß nicht genau, was das ist, aber da steht *Duschgel* drauf. Seife habe ich keine gefunden.«

»Das hier ist genau richtig«, erklärte er und öffnete den Deckel. »Das ist quasi flüssige Seife. Streck mal deine Hand her.«

»Was es nicht alles gibt«, murmelte sie und betrachtete fasziniert die blaue Flüssigkeit, die sich in ihrer Handfläche sammelte. Danach roch sie daran und schloss kurz die Augen. »Duftet sehr gut, aber nach nichts, was ich kenne.«

»Du musst es auf deinem Körper verteilen.« Er tat sich selbst etwas Duschgel auf die Hand, stellte die Flasche weg und verteilte es auf Junes Brüsten.

Grinsend tat sie dasselbe bei ihm. »Das müssen wir beim nächsten Mal als Vorspiel machen.«

»Unbedingt«, raunte er.

Wenn er wollte, könnte er schon wieder hart werden, doch er beherrschte sich. June schien müde zu sein. Sie gähnte verhalten, deshalb säuberte er schnell ihren Körper und wusch sich selbst, bevor er das Wasser abdrehte.

»Wird Zeit, dass du ins Bett kommst.« Er nahm ein Handtuch aus einem Regal und wickelte June darin ein.

»Wo wirst du schlafen?«

»Weiß ich noch nicht«, murmelte er, ohne sie anzublicken. Er wünschte sich so sehr, neben ihr liegen zu können. »Auf jeden Fall irgendwo in deiner Nähe.«

Er hob sie auf die Arme, um sie ins Schlafzimmer zu tragen. Dort war es dunkel, doch seine scharfen Augen hatten keine Probleme, noch etwas zu sehen. Flame legte June ins Bett, küsste sie zärtlich auf die Stirn und raunte. »Schlaf gut.«

»Gute Nacht, Flame«, murmelte sie, drehte sich auf die Seite und gähnte erneut.

Er war auch erschöpft und sollte ebenfalls schlafen, weil er morgen seine Kräfte brauchte, doch zu viel ging ihm im Kopf herum. Also schlüpfte er wieder in seine Kleidung, um noch einen kurzen Spaziergang zu machen.

Vorher holte er sich ein kleines Schoko-Törtchen, oder was auch immer das war, aus dem Kühlschrank, und verputzte es mit drei Bissen. Sein Körper verbrauchte Energie, wenn er in Flammen stand, und die musste ihm in ein paar Stunden komplett zur Verfügung stehen. Hoffentlich stand reichlich Nahrung für ihn bereit, andererseits würde ihm bald der »Treibstoff« ausgehen. Er sollte das morgen besser ansprechen.

Flame verließ das Haus und schlug wahllos eine Richtung ein. Gemütlich marschierte er eine Straße entlang, vorbei an Vorgärten und beleuchteten Fensterscheiben, hinter deren Vorhängen sich Leute bewegten.

Ein hellblaues Haus am Ende der Straße sah besonders witzig aus. Es besaß unterschiedlich große Fenster und eine knallrote Haustür. Als er daran vorbeilief, las er das Namensschild, das am Gartenzaun hing und definitiv ein Kind aus Ton gebastelt hatte:

Miraja, Crome, Kia & Lion.

Hier lebte der weißhaarige Krieger, der ihnen heute einen Kaffee spendiert hatte!

Als das Lachen eines Kleinkindes durch ein angelehntes Fenster an seine Ohren drang und er schnelle, tapsige Schritte im Haus hörte, ging er sofort weiter. Das Kinderlachen erinnerte ihn an etwas, das er nie haben konnte.

Es war kühler geworden, doch noch nicht so kalt, dass er frieren würde. Dennoch krochen eisige Schauder über seinen Rücken.

Wie würde es mit June und ihm weitergehen?

Gedankenverloren schlenderte Flame zwischen zwei Gebäuden hindurch und fand sich in einer anderen Straße wieder. Dort erregte sofort ein Haus seine Aufmerksamkeit, das sich von den meisten deutlich unterschied. Denn der Flachbau besaß einen kleinen Turm auf dem Dach, der bunt angestrichen war. Ein etwa neunjähriger Junge saß oben in einer Art Erker hinter einem großen Fenster, ein Stück Papier auf den Knien, und schien etwas zu zeichnen.

Flame war derart in den Anblick versunken, dass er nicht schnell genug reagieren konnte, als die Haustür aufging und jemand im Affentempo auf ihn zusprintete. Sein erster Reflex war, sich zu verteidigen, doch der Läufer bremste gerade noch rechtzeitig ab, sodass der Zusammenstoß relativ mild ausfiel.

Der große Mann mit den blonden Haaren und dem Ring im Ohr war unverkennbar Nitro! Er trug sportliche Kleidung und Laufschuhe.

»Sorry, Mann, ich wollte dich nicht umrennen«, sagte er, bevor seine Augen groß wurden. »Flame!«

Verdammt, hoffentlich joggte der Krieger gleich weiter. Flame wollte jetzt einfach nur allein sein. »Hi«, brummte er, weil er nicht unhöflich sein wollte, ging jedoch weiter.

Nitro marschierte neben ihm her. »Was machst du hier?«

»Beine vertreten«, antwortete er kurz angebunden.

Nitro nickte. »Bist wohl angespannt wegen morgen.«

»Auch«, erwiderte Flame und hoffte, dass der Krieger bald eine andere Richtung einschlagen würde.

»Du bist kein Mann vieler Worte, das habe ich heute bei der Teambesprechung schon bemerkt.« Nitro musterte ihn neugierig. »Hast dich bei einem gewissen Thema auch unwohl gefühlt, hm?«

»Hm«, machte er wieder.

»Ich kenne das gut.« Als Nitro schwieg, glaubte Flame, ihr Gespräch wäre endlich beendet, doch dann sagte er leise, fast schon flüsternd: »In mir schlummert etwas, das schwer zu kontrollieren ist. Das will ich auf keinen Fall an ein Kind weitergeben.«

Flame schaute ihn überrascht an. »Ich auch nicht.« Zum ersten Mal sprach er mit jemandem, der ihn wirklich verstand. Augenblicklich war sein Desinteresse verflogen. »Wie geht deine Frau damit um?«

»Sonja hatte bereits einen Sohn, als ich sie kennengelernt habe. Noel ist mittlerweile auch wie ein eigenes Kind für mich. Wir sind alle mit der aktuellen Situation glücklich, aber ich habe auch einmal sehr damit gehadert.« Nitro fuhr sich über den Nacken und schaute Flame schräg von der Seite an, als wäre ihm die Frage unangenehm: »Wie ist das bei euch?«

»Wir haben bisher nicht über das Thema gesprochen.« Ihre Beziehung war schließlich noch ganz frisch und es entwickelte sich ohnehin alles verdammt schnell. Okay, einerseits konnte es ihm gar nicht schnell genug gehen, andererseits stand immer dieses »Aber« zwischen ihnen.

Nitro nickte verständnisvoll. »Dann solltet ihr das bald nachholen. Ich weiß, reden ist schwer, aber es hilft.«

»Das, was in dir schlummert …«, begann Flame behutsam. »Könnte das deine Frau verletzen?«

»Es könnte sie sogar töten.« Nitro klang plötzlich bedrückt und er wandte hastig das Gesicht ab.

»Weiß sie das?«

Der Krieger nickte erneut. »Sie hat meinen inneren Dämon herausgefordert und zurückgedrängt. Wäre sie nicht solch eine furchtlose und starke Frau, hätte ich nie mein Gleichgewicht gefunden. Sonja hat mich geheilt.«

Ob June das bei ihm auch schaffen könnte? Ihn irgendwie zu …

heilen?

Als sich das Schweigen zwischen ihnen gerade unangenehm ausdehnen wollte, durchbrach Nitro die Stille. »Sag ihr auf jeden Fall, was du für sie fühlst.«

»Das habe ich schon.« Er hatte ihr beim Hinflug zwar nicht direkt seine Liebe gestanden, aber es war nah dran gewesen; sehr nah dran – glaubte er. Schließlich war er in Liebesdingen kein Experte.

June hingegen hatte die Worte zuvor unter der Dusche klar ausgesprochen. Hätte er sie erwidern sollen?

Nitro grinste. »Dann sag es ihr noch mal. Frauen können es nicht oft genug hören.« Er schlug Flame auf den Rücken und sprintete los. »Ich muss dann mal meinen Dämon bändigen. Laufen hilft. Wir sehen uns morgen!«

»Ja, bis morgen!«, rief ihm Flame hinterher, und plötzlich wollte er einfach nur zurück zu June.

Er nahm nun auch die Beine in die Hand und rannte zu ihrer Unterkunft. Leise öffnete er die Tür und schlich ins Schlafzimmer. June lag immer noch auf der Seite und schlief bereits fest.

Er beugte sich über sie, gab ihr einen sanften Kuss auf die Wange und flüsterte: »Ich liebe dich.«

Danach nahm er sich Kissen und Decke aus dem Schrank und legte sich neben der Dusche auf den Boden. Sollte er wieder zu brennen anfangen, konnte er hier sein Feuer gleich löschen. Und er war in Junes Nähe, wie er es ihr versprochen hatte.

Kapitel 13 – June – Außer Kontrolle

Am nächsten Morgen war June bestimmt genauso aufgeregt wie Flame und konnte sich nicht auf das Gespräch konzentrieren. Würde alles klappen?

Jax hatte sie wie versprochen nach dem Frühstück abgeholt und nun befand sich das ganze Team inklusive des Präsidenten auf dem breiten Staudamm, über den eine Straße führte, um noch einmal die Vorgehensweise durchzusprechen. Ein tiefblauer Himmel erstreckte sich über dem Canyon und die Temperaturen waren noch relativ angenehm.

Präsident Andrew Pearson begrüßte sie beide mit einem überschwänglichen Handschlag und sprach ihnen sofort seinen Dank aus. Von Jax wussten sie, dass der junge blondhaarige Mann, den June auf höchstens fünfundzwanzig schätzte, der Sohn eines ehemaligen Senators war und – das hätte sie niemals erwartet – auch der ehemalige Rebellenführer Julius Petri.

»Mit drei Ingenieuren werde ich von der Straße aus alles überwachen«, erklärte er ihnen und lockerte die Krawatte seines schicken Anzuges. Danach deutete er auf den breiten Weg, der neben der gewaltigen Schlucht entlangführte. Dort stand ein weißer Jeep, und June glaubte, auch drei Personen zu erkennen.

Mark, der wie alle anderen aus Resur nun einen Einsatzanzug trug, nur dass auf seinem ein rotes Kreuz gestickt war, sagte: »Im Laufe der Nacht haben die Ingenieure den angestauten Fluss kontrolliert über die zwei Seitentunnel abgelassen, sodass es zu keinen Überschwemmungen der betroffenen Gebiete kommt.«

June schaute zu der Seite an der Mauer hinunter, vor der gewaltige Wassermassen noch immer aus den beiden Öffnungen am Berghang schossen. Wow, sie befanden sich ziemlich weit oben! Sie war an solche Höhen nicht gewöhnt.

June unterdrückte den Wunsch, nach Flames Hand zu greifen, denn sie wollte seine Konzentration auf keinen Fall stören. Schließlich durfte nichts schiefgehen. Von dem Spezialkunststoff hatte nur so viel hergestellt werden können, dass es für einen Versuch reichte. Rohstoffe in solch gigantischen Mengen waren schwer aufzutreiben.

Flame trug als einziger im Team seine sandfarbene Cargohose, die Militärstiefel und das grüne T-Shirt, das Kathryn ihm besorgt hatte. Dadurch stach er aus der Gruppe heraus, so als wäre er der Chef der kleinen Einheit. Er drängte sich jedoch nicht in den Vordergrund, hörte genau zu, was der Präsident und Mark mit ihm besprachen, und stellte ab und zu eine Frage. Zwischendurch aß er mehrere Power-Riegel, die er im Kühlschrank gefunden und in seinen Hosentaschen verstaut hatte. Schließlich würde er gleich sehr viel Energie benötigen.

June war unglaublich stolz auf ihn und heilfroh, dass er lebte und bei ihr war. Ein Leben ohne ihn könnte sie sich nicht mehr vorstellen.

***

Nachdem alle Details geklärt waren, rief Jax: »Also gut, Leute, packen wir es an!«

Während ihre Gruppe zu den beiden parkenden Shuttles marschierte, zog Jax den Arzt auf die Seite und fragte ihn: »Wieso bist du nicht bei meiner Frau in White City?«

»Sam und ich haben heute kein Date. Aber wenn du darauf bestehst …«

Jax blickte ihn finster an, woraufhin Mark grinste. »Ganz ruhig, Tiger. Ich habe sie vor fünfundvierzig Minuten angerufen, noch ist alles in Ordnung. Ihr und dem Baby geht es gut. Bei der ersten Geburt dauert für gewöhnlich sowieso alles länger. Sobald sie die ersten Wehen spürt, meldet sie sich.«

»Das stimmt, Samantha fühlt sich blendend«, warf der Präsident ein. »Ich habe heute Früh mit ihr gesprochen. Sie wollte mit Emma Babykleidung einkaufen.«

Emma war dann wohl die Frau des Präsidenten, vermutete June.

Jax sah so als, als würde er seine Frau wahnsinnig vermissen und sich sogar freiwillig zum Klamottenkauf melden, bloß um bei ihr sein zu können. Andererseits nahm er seine Aufgabe hier verdammt ernst und koordinierte mit professioneller Ruhe den Einsatz.

Sicher hatte Jax längst selbst mit seiner Frau geredet; ein Anruf war schließlich mit diesen modernen Funkgeräten jederzeit möglich. Doch er hätte es wohl lieber, wenn der Arzt schon bei ihr wäre.

»Siehst du«, beruhigte ihn Mark und klopfte ihm auf die Schulter. »Deine Frau geht zum Shoppen, und wir rocken dieses Riesenbaby.«

Dem lockeren Umgangston nach zu urteilen, schienen die beiden tatsächlich gute Freunde zu sein, auch wenn Jax manchmal so tat, als könne er Mark nicht leiden. Unter dieser rauen Kriegerschale schien in Wahrheit ein Mann mit einem großen Herzen zu stecken.

June war froh, dass sich alle im Team gut kannten und sich daher bestimmt völlig vertrauten. Flame wirkte zuversichtlich und lächelte June an.

Ihr Herz sprang vor Freude, Aufregung und vor allem Liebe wie verrückt in der Brust umher. Ob er dasselbe für sie empfand wie sie für ihn? Er hatte bisher nicht direkt gesagt, dass er sie liebte. June verstand das, er brauchte dazu einfach seine Zeit. Hoffentlich hatte sie ihn mit ihrem gestrigen Liebesgeständnis unter der Dusche nicht überrumpelt. Flame sah jedoch nicht aus, als hätte sie ihn damit vergrault.

June stieg mit ihm in dasselbe Shuttle wie Jax und Mark. Storm würde es steuern. Nitro flog das zweite Shuttle. Darin befanden sich außerdem noch Crome und Ice.

Präsident Pearson begab sich zu den Ingenieuren. Diese hatten keine Ahnung von Flames Fähigkeiten und so sollte es auch bleiben. Offiziell bediente er einen neuartigen Flammenwerfer, den sie aus Royal City mitgebracht hatten.

In ihrem Shuttle lag ein Flammenwerfer-Dummie auf dem Boden, den Mark gestern noch aus diversen Teilen zusammengebastelt hatte. Die Attrappe bestand aus einem langen feuerfesten

Schlauch mit etwa fünf Zentimetern Durchmesser, den er einfach um einen Stuhl gewickelt hatte. Das andere Ende führte aus dem Schiff auf einen Metallsteg am Ausgang, auf dem Flame sitzen und von außerhalb des Schiffes die Staumauer mit Flammen bewerfen würde. Der Schlauch würde sich an seinem Rücken in zwei kleinere Leitungen teilen und mit Manschetten an seinen Handgelenken befestigt werden. Nicht eingeweihte Zuschauer bekamen auf diese Weise nichts von Flames Fähigkeit mit, sondern würden glauben, dass das Feuer aus den Schläuchen schoss.

Bevor Flame sich dort draußen auf dem Steg festgurtete, wollte ihm Mark noch eine Infusion legen.

»Ich glaube nicht, dass deine Energieriegel ausreichen werden«, vermutete der Arzt. »Über den Zugang wirst du ununterbrochen mit Nährstoffen versorgt.«

Flame blickte erst ihn, dann den durchsichtigen Flüssigkeitsbeutel und den langen, zusammengerollten Schlauch in Marks Hand finster an.

June bemerkte, wie es in ihrem Liebsten arbeitete. Einerseits vertraute er Ärzten nicht, andererseits wusste er, dass Mark recht hatte. Ohne Energiezufuhr würde er diese Mammutaufgabe wohl nicht bewältigen können.

»Na gut«, knurrte Flame schließlich und streckte dem Arzt seinen Arm hin. »Aber wenn das Zeug mir schadet, bring ich dich um.«

»Du darfst ihn erst umbringen«, rief Jax aus dem Heck des Shuttles, »nachdem mein Kind auf die Welt gekommen ist!« Der Krieger bereitete am Hinterausgang seinen Flammenwerfer vor, mit dem er Flame unterstützen würde. Nur waren seine Schläuche mit einem Tank voll brennender Flüssigkeit und einem Druckbehälter mit Treibgas verbunden.

June biss sich auf die Zunge, denn sie stand kurz davor, Mark Flames Verhalten noch ein bisschen genauer zu erklären als gestern nach der Versammlung. Schließlich kannte nur sie seine gesamte Vorgeschichte. Doch sie wollte dem Mann, den sie liebte, nicht in den Rücken fallen.

Mark musste ihr Zögern bemerkt haben, denn er zuckte lässig mit den Schultern. »Ich bin diese Anfeindungen gewohnt.«

»Tut mir leid, Doc«, meinte Flame nach einigen weiteren Sekunden des Schweigens, wobei er sich über den Nacken fuhr und den Kopf gesenkt hielt. »Ich werde bloß nie wieder Vertrauen zu Ärzten haben. Es ist einfach zu viel geschehen.«

»Schon gut.« Mark lächelte ihn verständnisvoll an. »Wir alle haben unser Päckchen zu tragen.«

Während der Arzt Flame den Zugang legte und den Beutel an einem Haken befestigte, der sich an der Außenhülle des Shuttles gleich neben dem Eingang befand, stellte sich June vor Flame und schaute ihm tief in die Augen.

»Du schaffst das«, sagte sie, schmiegte ihre Handflächen an seine Wangen und drückte ihm zart die Lippen auf den Mund. »Ich glaube an dich.«

Er zog sie zu einem heißen Kuss heran, von dem ihr ganz schwindelig wurde. Er hielt sie so fest, dass ihr fast die Luft wegblieb, und sie hatte das Gefühl, er wollte sie nie wieder hergeben.

»Ich bin immer in deiner Nähe«, wisperte sie und kraulte seinen Nacken. »Bitte hör auf, wenn du nicht mehr kannst.«

»Ich werde das nicht vermasseln«, erklärte er flüsternd. »Außerdem achten meine kleinen Freunde auf mich.«

Er meinte seine Naniten. Auch wenn er ihretwegen durch die Hölle gegangen war, nahmen sie June viele Ängste. Ihm konnte nichts geschehen. June hatte Flame schon zwei Mal sterben sehen und er war wieder zu ihr zurückgekehrt. Bei dieser Mission riskierte er wenigstens nicht sein Leben, was sie ungemein erleichterte.

»Wir starten in drei Minuten«, drang Storms Stimme aus Lautsprechern durch die Kabine. »Seid ihr so weit?«

Mark begab sich zum Ausgang und drückte am Türrahmen den Knopf einer Sprechanlage. »Wir sind fertig.«

Flame löste ihre Umarmung, Mark befestigte den Flammenwerfer-Dummie an ihm und danach ging er raus auf den Metallsteg. Dort setzte er sich ganz an den Rand, sodass seine Beine von den Knien abwärts in der Luft baumelten, und schaute sich noch einmal zu June um, bevor er sich fest gurtete.

Jax saß auf dem hinteren Steg und hielt einen klassischen Flammenwerfer in der Hand. So wurde gewährleistet, dass es in der Nähe des Shuttles nicht zu heiß wurde, was wegen der Treibstofftanks nicht gerade ungefährlich war.

Ein leises Summen erklang, gefolgt von einem schwachen Vibrieren, als Storm den Transporter startete. June nahm mit Mark in der Reihe direkt am Ausgang Platz, in der sie einen Blick nach draußen auf Flame erhaschen konnten, und sie schnallten sich ebenfalls an. Mit Jax und allen anderen des Teams war der Arzt über Funk verbunden, mit Flame konnten sie jedoch auch direkt kommunizieren. June faszinierte der winzige Stöpsel in seinem Ohr. Unglaublich, dass man sich darüber unterhalten konnte.

Wenige Sekunden später erhoben sie sich in die Luft und flogen hinunter in den Canyon, vor den gigantischen Damm, um sich einen Überblick zu verschaffen. Der Wasserstand hatte seinen niedrigsten Pegel erreicht, sodass die über zweihundert Meter hohe Betonmauer wie eine unbezwingbare Wand vor ihnen aufragte. Die 39 000 Quadratmeter Fläche, von denen Mark gesprochen hatte, sahen in der Realität gigantisch aus. Gegen diese Mauer wirkten sie alle wie Ameisen!

Himmel, würde Flame dieses Ungetüm bezwingen können?

Jax sollte ihm mit dem Flammenwerfer helfen, während Ice und Crome mit dem zweiten Shuttle, das Nitro steuerte, neben ihnen herflogen, um den Spezialkunststoff aus riesigen Schläuchen aufzusprühen. Sie wollten sich von oben nach unten vorarbeiten.

Schon ging es wieder hinauf, in die linke Ecke, und Jax gab den Startbefehl. June konnte über Marks Handgerät alles mithören.

»Alles klar«, sagte Crome. »Wir fangen an!«

June reckte den Hals, während das Shuttle langsam und in horizontaler Linie nach rechts steuerte. Durch die Fenster erkannte sie eine flüssige rote Masse, die an der Mauer herunterlief. Zuerst richtete Jax seinen Flammenwerfer darauf, danach schossen zwei dicke, blendend grelle Flammenstrahlen aus Flames Handflächen, die sich auffächerten und auf diese Weise eine große Fläche trafen.

Der Kunststoff dampfte und schien im Beton zu verschwinden.

»Das ist unglaublich«, murmelte Mark neben June, wobei er völlig perplex das Geschehen beobachtete.

»Scheiße, ist das krass!«, drang die Stimme von einem der Krieger aus dem Funkgerät. June wusste nicht, zu wem sie gehörte.

»So etwas habe ich noch nie gesehen!«, rief ein anderer, und Präsident Pearson sagte: »Der neue Flammenwerfer ist wirklich beeindruckend!« Die anwesenden Ingenieure staunten sicher auch nicht schlecht.

Ein paar redeten kurz durcheinander, und June konnte ihre verblüfften Gesichter direkt vor sich sehen. Sie war unheimlich stolz auf ihren Liebsten.

»Ist die Geschwindigkeit okay für dich, Flame?«, fragte jemand über Funk. Vielleicht Crome, seine Stimme war ihr ein wenig vertrauter.

»Könnt ihr etwas schneller machen und den Kunststoff noch großflächiger auftragen?«, antwortete Flame. »Ich weiß nicht, wie lange ich, trotz Infusion, volle Leistung geben kann.«

»Kein Problem. Wir beeilen uns!«, kam es prompt zurück und die Shuttles flogen nun zügiger.

Streifenweise arbeiteten sie sich an der Mauer voran, von links nach rechts; dann ging es ein paar Meter tiefer von rechts nach links weiter. June hörte ein Zischen oder Blubbern und konnte den verbrannten Kunststoff riechen. Zum Glück zogen die meisten Dämpfe sofort nach oben an der Mauer entlang ab.

»Es klappt!« Mark beobachtete durch ein Fernglas den Fortschritt. »Die Masse zieht in den Beton ein, als wäre er ein Schwamm!«

»Das ist gut, oder?«, fragte June vorsichtig.

Er nickte lächelnd und legte das Fernglas weg. »Das ist sehr gut. Es läuft alles wie berechnet.« Dann wurde sein Blick ernst und er schaute nach draußen zu Flame. Dessen Körper dampfte mittlerweile. »Wie geht es dir, Flame?«

»Alles gut!«, rief er zurück, klang jedoch außer Atem. »Der Funkstöpsel in meinem Ohr hat den Geist aufgegeben. Dem ist wohl zu heiß geworden.«

Jax hielt mit seinem Flammenwerfer auf die Stellen, die noch ein bisschen mehr Hitze benötigten, und alles sah soweit perfekt aus.

Zwanzig Minuten später, als über zwei Drittel der Mauer bewältigt waren, begann Flames Kleidung zu schmoren. Seine Arme zitterten und die Infusion war so gut wie aufgebraucht.

»Mark«, wisperte sie und krallte die Finger in dessen Oberarm.

»Ich sehe es.« Der Arzt stand auf, um den Infusionsbeutel auszuwechseln, und blieb an der Tür stehen. »Wie fühlst du dich, Flame?«

»Mir geht langsam die Puste aus.« Er klang, als hätte er einen Sprint durch ganz Oasis hingelegt! »Die Nadel in meinem Arm oder der Schlauch müssen geschmolzen sein. Ich bekomme kaum noch Energienachschub.«

June krallte die Finger nun in die Seitenlehnen ihres Sitzes. Sie wusste, Flame würde es schnell wieder gutgehen, sobald es vorbei war, trotzdem machte sie sich Sorgen. Sie hielt jedoch lieber den Mund, um ihn nicht abzulenken.

Leider ging das Schmoren in ein starkes Rauchen über, und plötzlich stand Flames T-Shirt in Flammen.

June entwich ein Schrei, Jax rief: »Verdammte Scheiße, er brennt!«, und Mark gab einen energischen Befehl durch das Funkgerät: »Wir brechen ab!«

»Nein!«, brüllte Flame und richtete weiter sein Feuer auf die Staumauer. »Ich schaffe das! Sprüht weiter!«

Hektisch schnallte sich June ab und trat zu Mark neben die Tür. »Flame!« Sie wusste von seinen Erzählungen, dass er noch nie länger als eine halbe Minute in Flammen gestanden hatte. Nicht freiwillig. Danach brachte die Hitze seine Haut zum Platzen. Natürlich konnten die Naniten den Schaden reparieren, aber bei einer derart großflächigen Verbrennung nicht sofort für Schmerzfreiheit sorgen. Sie betete, dass es nicht so weit kam.

»Noch nicht ganz fertig«, keuchte er. »Fehlt Stück.« Von seinem T-Shirt waren nur noch schwarze Fetzen übrig geblieben, die verglommen und in die Luft stoben. Erste Flammen züngelten an den Oberschenkeln über den Stoff seiner Hose und die Haut seines nackten Rückens nahm eine immer rötere Farbe an, so als hätte er einen starken Sonnenbrand. Auch darüber wanderten grelle Flämmchen.

»Den Rest übernehme ich!«, rief Jax von hinten, sodass June ihn ohne Funkgerät verstand. »Lass gut sein, Kumpel! Wir haben ohnehin mehr in dieser Wahnsinnszeit erreicht, als erwartet!«

»Schaffe das …«, knurrte Flame.

»Abbrechen!«, befahl nun auch Präsident Pearson. »Flame! Sofort abbrechen!«

»Du wirst sonst verbrennen!«, setzte Mark hinzu.

»Nicht verbrennen«, antwortete Flame kraftlos. »Macht mir nichts aus.«

Nur noch wenige Meter, dann war es vollbracht. June legte den Kopf in den Nacken und betrachtete die blutrote Mauer, die in den blauen Himmel zu wachsen schien. Man könnte meinen, es hätte ein Gemetzel darauf stattgefunden.

Gleich war es geschafft. Sie wusste, dass sich Flame nicht von seiner Aufgabe abbringen lassen würde. Das Bezwingen dieser Mauer und den Menschen in Resur zu helfen, waren seine Wiedergutmachungen für alle Taten, zu denen man ihn gegen seinen Willen getrieben hatte. Auf diese Weise konnte er wahrscheinlich auch einen Großteil seiner angestauten Wut herauslassen. Er brauchte das hier, wusste June.

Die Schläuche der Flammenwerfer-Attrappe klebten mittlerweile an Flames Armen sowie seinem Rücken und schmolzen langsam. Auch der Gurt hielt ihn nicht länger an der Plattform fest, weil er ebenfalls verbrannt war. Flame winkelte die Knie an, um an der Kante, auf der er saß, besseren Halt zu finden, denn die Flammen verursachten bestimmt einen Rückstoß. Sollte er fallen, würde er wenigstens nicht weit in die Tiefe stürzen. Zwei Meter unter ihnen schimmerte das restliche Wasser des Flusses, der vielleicht noch eine Tiefe von eineinhalb Metern besaß.

June konnte dennoch kaum hinsehen und sich nur mit Mühe zurückhalten, Flame nicht ebenfalls zu bitten, endlich sein Feuer einzustellen. Er musste völlig erschöpft sein, und auf seinem Rücken bildeten sich bereits Blasen. Außerdem ging von ihm eine gewaltige Hitze aus, die bis zu ihnen ins Shuttle strahlte.

Als er das letzte Mauerstück versiegelt hatte, stieß er einen Schrei aus und die Feuersbrunst erlosch. June wusste nicht, ob es ein Jubelruf oder ein Laut des Schmerzes war. Flame kippte mit dem Oberkörper nach hinten und atmete schwer. Nun schoss zwar kein Feuer mehr aus seinen Handflächen, dafür glühten sie regelrecht!

Er hielt die Arme in die Höhe, und die Glut schien durch seine Adern zu wandern, sodass eine grellgelbe Maserung seine Haut überzog. Als die Glutbahnen seinen Oberkörper erreichten, pulsierte seine ganze Gestalt einmal orangefarben auf, bevor eine Lichtexplosion June dazu zwang, sich die Hände vors Gesicht zu schlagen. »Flame!«

Hastig wichen sie und Mark vom Ausgang zurück und suchten hinter der Verkleidung des Shuttles Schutz.

»Was ist passiert?«, drang die Stimme des Präsidenten durch das Funkgerät; alle redeten durcheinander.

Jax stand plötzlich bei ihnen und hielt einen roten Metallzylinder in der Hand, auf dem in schwarzen Lettern »Feuerlöscher« stand.

Als Flame gequält aufbrüllte, wehte June der Geruch von verbranntem Fleisch entgegen. Sie würgte und Tränen füllten ihre Augen.

Nein … Nein! »Flame!«

Sie versuchte, zu ihm zu gelangen, doch Jax riss sie von der Tür weg. »Keine Chance! Es ist zu heiß! Ich komme nicht nah genug an ihn ran, um ihn zu löschen!«

Tatsächlich dampfte Jax' Kleidung und sein Haar schien leicht versengt zu sein.

»Flame! Hör auf!«, schrie sie nun doch, während sie in Jax' Armen hing. »Bitte! Es ist vorbei!«

Jax stellte sich mit ihr hinter das erste Fenster neben dem Ausgang. Flames ganzer Körper brannte so grell und heiß, dass der Metallsteg unter ihm bereits glühte und sich leicht nach unten bog.

Junes Sorge um seinen Gesundheitszustand verwandelte sich

schlagartig in Angst um sein Leben. Grenzenlose Angst. Hier stimmte etwas nicht!

»Wenn die Treibstofftanks zu heiß werden«, drang Storms Stimme durch die Sprechanlage, »können sie explodieren!«

Flame drehte sich auf die Seite und blickte June direkt an. »Ich ... kann es nicht mehr kontrollieren«, krächzte er, wobei sie Mühe hatte, seine Wörter zu verstehen. Doch sie drangen schwach in die Kabine. »Es tut mir leid. June, ich ...«

Plötzlich verwandelten sich seine brennenden Augen in glühende Kohlen und sein Körper pulsierte, als würde er jede Sekunde explodieren! Mit einem grellen Schrei, der in Junes Ohren furchterregend und unnatürlich verzerrt klang, krümmte sich Flame zusammen. Sicher litt er unvorstellbare Schmerzen! Seine Gestalt bestand nur noch aus sengender Gluthitze und leuchtete greller als zuvor, wenn das überhaupt möglich war.

Oh Gott, wie konnte er das bloß aushalten?

»Tut doch was!«, rief sie den anderen zu, woraufhin Mark den Knopf der Sprechanlage neben der Tür drückte: »Lande im Wasser, Storm!«

Mit letzter Kraft, wie es schien, rollte sich Flame vom Steg. Es gab einen zischenden Laut, als er in den Fluss fiel; eine Wasserfontäne schoss nach oben und Dampf waberte ins Schiff.

»Flame!« June wollte auf die heiße Plattform laufen, doch diesmal hielt Mark sie fest, während Jax den Feuerlöscher fallen ließ und Flame hinterher sprang.

»Storm!«, rief Mark durch die Sprechanlage neben der Tür. »Flieg tiefer!«

»Schon dabei!«, kam es zurück und tatsächlich befanden sie sich bereits im Sinkflug. Es zischte und dampfte erneut, als der nach unten gebogene Steg ins Wasser tauchte und aufhörte zu glühen.

»Bring den hinteren Steg über Jax! Der vordere ist völlig deformiert!«, befahl Mark, dann rannte er in Richtung Heck zum anderen Ausgang.

June blieb ihm dicht auf den Fersen, krallte die Finger in den Türrahmen und spähte ins Wasser. Dort trieb Flame reglos in Jax'

Armen – oder das, was von ihrem Liebsten übrig war.

»Oh Gott, nein!« June schlug sich die Hand vor den Mund, während Mark auf dem Steg in die Knie ging, um Flames reglosen Körper ins Trockene zu ziehen.

»Er lebt noch!« Jax hievte sich nach oben und half Mark, Flame an Armen und Füßen ins Innere zu tragen. Dort legten sie ihn auf dem Boden ab.

Er war nackt bis auf die Überreste seiner Stiefel, die mit seinen Füßen verschmolzen zu sein schienen. Seine Haut hing in Fetzen und jeder Zentimeter war übersät mit Blasen oder kohlschwarz verbrannt. Am schlimmsten sah sein Kopf aus. Von Flames Haaren war nichts mehr übrig, auch die Wimpern und Brauen fehlten. Stattdessen glich sein Schädel einem mit Schwären überzogenem Totenkopf.

Sie musste stark sein, auch wenn sie sich bei dem grauenvollen Anblick am liebsten übergeben wollte. Flame würde das schaffen! Er würde wieder der Alte werden. Er hatte schließlich auch die Explosion eines ganzen Gebäudekomplexes überlebt!

June sank neben ihm auf die Knie und bekam nur am Rande mit, wie Stimmen um sie herumschwirrten, die von überall her zu kommen schienen.

Mark brüllte in Richtung Cockpit: »Flieg uns sofort nach White City, Storm, und lass dir eine Landeerlaubnis für das Krankenhaus geben. Das ist ein Notfall!«

»Hab verstanden!«, kam es durch die Lautsprecher zurück.

Die Türen schlossen sich und das Shuttle schoss regelrecht in den Himmel, sodass Junes Magen bis zu den Knien rutschte. Ihr war immer noch unsagbar schlecht und sie fühlte sich schwach und völlig hilflos. Warum heilten ihn denn die Naniten nicht? Waren seine Verletzungen zu schlimm für die winzigen Roboter in seinem Blut? Oder waren sie durch die Hitze zu Schaden gekommen?

Himmel, was, wenn sie ihm nicht mehr helfen konnten?

»Flame«, wisperte June und traute sich nicht, ihn zu berühren. »Mach die Augen auf.«

Mark fühlte am Hals seinen Puls, dann schaute er hoch zu Jax, der tropfnass neben ihnen stand. »Er lebt! Hol mir meine Tasche. Sie steht bei Storm im Cockpit!«

Sofort sprintete Jax los.

»Wolltest du schon wieder sterben?«, fragte June erstickt und berührte nun doch seine Schulter mit dem Zeigefinger. Sie fühlte sich sehr warm an, als hätte Flame Fieber.

Er hatte ihr gestern unter der Dusche nicht gesagt, dass er sie liebte, und vorhin hatte sie gedacht, er wollte sich von ihr verabschieden. Für immer?

Kam er nicht damit klar, seine Fähigkeit nicht mehr beherrschen zu können? Hatte er keine gemeinsame Zukunft mit ihr gesehen? Oder hatte er gewusst, dass er diese Aufgabe nicht schaffen würde, ohne sein Leben in Gefahr zu bringen?

»Ich glaube, er hat die Flammen nicht länger kontrollieren können«, sagte Mark leise. »Er konnte sie nicht aufhalten.«

Heftige Schluchzer schüttelten June. »Er wusste, dass er keine richtige Macht mehr über sie hatte, und trotzdem wollte er unbedingt helfen!«

Hatte sie ihn zu sehr unter Druck gesetzt? Sie hatte gesagt: *Ich glaube an dich.*

Wollte er ihr beweisen, wozu er fähig war? Hatte er es ihnen allen beweisen wollen?

Nun machte sie sich unendliche Vorwürfe, dass sie ihn nicht gestoppt hatte. Nur ihretwegen hatte er diesen Job angenommen, sie hatte ihn in Oasis regelrecht dazu überredet!

»Flame«, wisperte sie. »Bitte mach die Augen auf.«

»Er kann dich nicht hören und …« Mark atmete tief durch und blickte June mitfühlend an. »Vermutlich wird er es nicht bis ins Krankenhaus schaffen. Es ist ein Wunder, dass sein Herz überhaupt noch schlägt.«

Vehement schüttelte June den Kopf. »Er müsste längst wieder geheilt sein!«

»So schnell geht das auch bei einem Warrior nicht und schon gar nicht bei solchen Verletzungen.«

»Bei ihm schon!«

Marks Brauen schoben sich zusammen. »Was verschweigst du mir, June?«

Als Jax mit der Tasche zurückkam, schüttelte sie erneut den Kopf und hielt den Mund. Sie durfte Flames Geheimnis niemandem verraten, auch wenn es bedeutete, dass er es mit ins Grab nahm.

Alles in ihr schrie jedoch, sich Mark anzuvertrauen! Doch würde das etwas nützen? Er war nicht mit dieser Technik vertraut, und was sollte er auch tun können? Wenn die Naniten Flame nicht heilen konnten, war es ohnehin unmöglich, ihm zu helfen.

Kapitel 14 – June – Im Krankenhaus

Den Flug bis ins Krankenhaus erlebte June wie in Trance. Es störte sie nicht, als sich die Luke der Kuppel über dem Shuttle schloss, und sie bekam kaum etwas von der Umgebung mit, während sie vom Dach des Krankenhauses mit einem Aufzug hinabfuhren. Ihr ganzes Augenmerk galt Flame. Er lag auf einer mobilen Liege, zugedeckt mit einer spiegelnden Folie, und gab keine Regung von sich. Auch hatte sich seine Haut noch kein bisschen regeneriert. Mark betonte immer wieder, dass er es für ein Wunder und eine medizinische Sensation hielt, dass Flames Herz überhaupt noch schlug.

Außer den beiden Sanitätern, welche die Liege schoben, befanden sich Jax und Storm mit ihnen im Lift. Wasser lief aus Jax' völlig durchnässter Kleidung, was sich anhörte, als würde Blut auf den Boden prasseln. Flames Blut. Doch er verlor keinen Tropfen.

»Wir werden ihn in den Vital-Scanner schieben«, erklärte Mark. »Mit Hilfe modernster Technik können wir herausfinden, wieso er noch lebt und ob wir überhaupt etwas für ihn tun können.«

Mark klang ungläubig und aufgeregt zugleich, so als könnte er sich nicht vorstellen, warum ein hoffnungslos verbrannter Patient wie Flame noch am Leben war. Bestimmt raste sein Gehirn auf der Suche nach möglichen Gründen und hoffentlich auch Behandlungsmethoden. Seine besorgten Blicke galten überwiegend June. Wahrscheinlich fragte er sich, wie er sie auf Flames Tod vorbereiten sollte.

Als sich die Türen des Aufzuges öffneten, empfing sie im Gang eine Frau in einem weißen Bademantel, unter dem sich ein kugelrunder Babybauch wölbte. June schätzte sie etwas jünger als sich selbst. Sie trug ihr langes Haar hochgesteckt, doch einzelne Strähnen hingen in ihr hübsches Gesicht.

»Ich habe von eurer Ankunft gehört und dass Flame schwerste Verbrennungen hat«, sagte sie und lief neben ihnen her. Dann wurden ihre Augen groß und sie drückte sich ihre Hand an die

Brust. »Oh, mein Gott ... Er lebt noch? Wie ist das möglich?«

Noch bevor Mark etwas antworten konnte, legten sich Jax' Finger um den Arm der Frau und er zog sie daran sanft zur Seite. »Sam, was suchst du hier?« Jax, der trotz der Extremsituation bis jetzt relativ ruhig gewirkt hatte, klang plötzlich aufgeregt. »Ich dachte, es geht noch nicht los? Du wolltest mit Emma zum Einkaufen!«

Bei der Frau handelte es sich also um Samantha, seine Partnerin!

»Wir sind dann doch gleich ins Krankenhaus gefahren«, erklärte sie und biss sich auf die Unterlippe. »Keine Sorge, die Wehen kommen noch nicht in kürzeren Abständen. Es kann noch Stunden dauern, deshalb wollte ich euch nicht stören. Aber du solltest dir dringend etwas Trockenes anziehen.«

»Lenk nicht vom Thema ab«, knurrte er. »Du legst dich jetzt sofort ins Bett!«

Samantha ignorierte seinen Befehl und lief neben Mark her. »Wie kann es sein, dass er lebt?«

»Das weiß ich nicht. Anscheinend liegt er im Koma, kann aber selbstständig atmen und seine Pulsfrequenz ist nicht erhöht. Als würde er lediglich schlafen! Flame eine Infusion zu geben war mir leider nicht möglich, denn ich finde keine Vene und sein Gewebe ist völlig verschmort. Der Mann ist ein einziges Rätsel!« Mark schenkte June einen intensiven, fragenden Blick, während sie durch die Gänge eilten. Einer der Sanitäter lief vor und öffnete die nächste Tür.

Jax marschierte hinter seiner Frau her und klang weiterhin ungehalten. »Sam, du bist nicht hier, um zu arbeiten!«

Lächelnd warf sie einen Blick über ihre Schulter. »Im Moment läuft alles wunderbar.« Abrupt blieb sie stehen und griff sich mit schmerzverzerrtem Gesicht an den Bauch.

»Ich dachte, es geht noch nicht los!«, rief Jax mit einem Anflug von Panik und auch Mark wirkte ein bisschen alarmiert. Dennoch blieb er an Flames Seite und folgte dem Pulk in ein kleines Zimmer, in dem eine große Metallröhre und ein paar Monitore alles dominierten.

»Wir haben noch viel Zeit«, erklärte Samantha. Offenbar war der Krampf wieder vorbei, denn sie und Jax standen plötzlich ebenfalls mit ihnen im Raum. »Das ist normal, Jax. Alles ist gut. Der Muttermund ist noch gar nicht weit genug offen.«

Jax schnaubte ungehalten, legte einen Arm um ihre Schultern und zog sie in Richtung Tür. »Du kommst jetzt mit mir mit!«

»Mark, lass mich wissen, was du rausfindest!«, rief sie, und er rief zurück: »Und du alarmierst mich, wenn du mich brauchst!« Leiser setzte er hinzu: »Oder ich habe morgen keinen Kopf mehr.«

»Da muss der große Meister erst mal an mir vorbei«, murmelte Storm, doch June hatte jedes Wort verstanden.

Mark betätigte einen Schalter an der großen Röhre, woraufhin sofort eine Liege herausfuhr. Die Sanitäter und Storm halfen ihm, Flame vorsichtig darauf zu betten, und zogen behutsam die Folie von seinem Körper. Doch sie klebte nicht fest; Flames Haut gab nicht die geringste Flüssigkeit ab, wie es bei Verbrennungen normal wäre. June hatte damals in der unterirdischen Anlage mitbekommen, wie viel Flüssigkeit Clints Brandwunden abgesondert hatten. Er hätte innerhalb von Minuten tot sein können, doch die Naniten hatten sein Leben gerettet. June betete ununterbrochen, dass Flames Nanobots bereits dabei waren, ihn zu heilen. Vielleicht arbeiteten sie sich ja von innen nach außen vor und deshalb sahen sie keinen Fortschritt? Sie hoffte es so sehr!

Als die Sanitäter den Raum verließen, fragte Storm Mark: »Kann ich dir hier noch helfen?«

Er schüttelte den Kopf. »Gerade nicht.«

»Dann werde ich mal das Shuttle vom Dach fliegen und Jax in der Cafeteria einen Drink spendieren. Den haben seine Nerven dringend nötig. Ich bin in der Nähe, falls du mich brauchst.«

Mark nickte ihm dankbar zu und tippte geschäftig auf den Monitoren herum, während Flame tiefer in die Röhre fuhr. Dort gab es kein Sichtfenster, aber auf einem der Bildschirme konnte June die Umrisse seines Körpers erkennen. Noch immer regte er sich nicht.

Hatten die Naniten ihn in diesem Zustand eingefroren? Würde

er für immer so bleiben? Und was würde dieses Wundergerät alles offenbaren?

Flame hatte stets Angst vor einer Untersuchung gehabt. Würde nun alles ans Licht kommen?

Als sie unter sich waren, fragte Mark: »Möchtest du mir jetzt erzählen, warum Flame immer noch am Leben ist, June?«

Plötzlich piepte es und auf dem Monitor erschienen zwei rote Kreise, die etwas an Flames Körper markierten. Der eine befand sich in der Nackengegend, der andere an seinen Rippen.

»Was ist das?« Emsig tippte Mark auf dem Display herum und murmelte: »Ein Implantat und … Naniten?« Mit fragendem Blick wandte er sich an June. »Wurde er vor Kurzem operiert?« Mark deutete auf den Monitor. »Und was hat es mit diesem Chip in seinem Nacken auf sich?«

Scharf holte sie Luft. Mark würde wohl bald auf die Wahrheit stoßen. Schnell sagte sie: »Er wurde nicht operiert.«

»Bist du dir ganz sicher? In Royal City werden mit diesen Nanobots komplizierte Operationen durchgeführt, zum Beispiel, um Nerven zu reparieren. Allerdings niemals mit so vielen.«

»Er hatte keine Operation.« June zitterte am ganzen Körper, so aufgeregt war sie. »Eigentlich schon, aber …«

»Was ist mit ihm?« Mark führte sie zu einem Stuhl an der Wand, damit sie sich setzen konnte. »Der Scanner meldet mir Naniten. Eine sehr große Anzahl sogar, und zwar in seiner Leber! Allerdings scheinen sie deaktiviert zu sein, denn sie zeigen keinerlei Aktivität.«

Ob die Roboter durch die Hitze zu Schaden gekommen waren? Oder brauchten sie lediglich Energie?

Schlagartig wusste sie, wie Mark ihren Liebsten retten konnte.

Das war es! Mark musste Flame eine Infusion geben!

Wobei – das hatte zuvor schon nicht geklappt, denn die Adern schienen regelrecht verödet zu sein. Doch womöglich fand Mark einen anderen Weg.

Vielleicht würde Flame nie wieder so werden wie früher, aber June war es egal, wie er aussah, solange er lebte! Aber war das Flame gegenüber fair? Ihre eigenen Bedürfnisse über seine zu stellen?

Vielleicht hatte er ja wirklich nicht mehr leben wollen?

Nein, er hatte die Kontrolle verloren, er hatte es zu ihr gesagt, bevor er … Sie schluckte schwer.

Sollte sie Mark alles berichten?

»Um Flames Leben zu retten«, begann sie langsam, »muss ich dir ein Geheimnis anvertrauen.«

»Dann solltest du schnell machen, denn seine Vitalzeichen werden immer schwächer.«

June atmete zitternd ein. »Du musst mir schwören, dass du es niemandem erzählst!«

»Alles, was du mir erzählst, unterliegt der ärztlichen Schweigepflicht.«

June schloss kurz die Augen und dachte: *Du hast mir mal mein Leben gerettet, Flame, nun rette ich deines. Ich hoffe, du kannst mir verzeihen.* Dann atmete sie tief durch und blickte Mark entschlossen an. »Flame ist der letzte Überlebende eines wissenschaftlichen Experiments. Er hat diese Naniten dauerhaft im Blut, doch wenn sie keine Energie mehr haben, funktionieren sie nicht. Normalerweise unterdrücken sie Flames Schmerzempfinden und heilen ihn automatisch.« June informierte Mark über jedes Detail, das ihr bekannt war, denn sie vertraute ihm und würde alles für Flame tun, damit er überlebte. Bloß den Part, dass man die Naniten auch dazu missbrauchen konnte, tödliche »Waffen« zu bauen, ließ sie aus. Mark war schließlich nicht dumm, er würde das ohnehin wissen.

Nachdem sie geendet hatte, wirkte Mark weniger überrascht, als sie erwartet hätte. »Das erklärt nun Vieles!«

»Kannst du ihm helfen?«, fragte June hoffnungsvoll und fühlte sich ein Stückweit erleichtert, sich alles von der Seele geredet zu haben.

Erneut tippte er etwas ein. »Der Chip in seinem Nacken scheint noch intakt zu sein. Er hat die Hitze überstanden.«

»Das ist gut!« Andererseits würden die Naniten nicht mehr funktionieren.

June wollte gerade erleichtert aufatmen, als Mark die Stirn runzelte. »Der Scanner meldet allerdings irgendeine Fehlfunktion des integrierten Chips. Er scheint unregelmäßige elektronische Impulse auszusenden. Vermutlich wirkt das Implantat deshalb wie ein Störsender auf Flames PSI-Fähigkeiten, weil es nicht ganz heruntergefahren war.«

June hielt es nicht mehr länger auf dem Stuhl, deshalb stellte sie sich neben Mark vor den Bildschirm. »Was siehst du noch?«

»Alle lebenswichtigen Funktionen wurden auf ein Minimum reduziert; seine Körpertemperatur liegt konstant bei vierunddreißig Grad. Das verlangsamt den Stoffwechsel und mindert den Sauerstoffbedarf«, antwortete Mark. »Seine Gehirnströme zeigen an, was ich schon vermutet habe: Flame befindet sich im Koma. Einige Organe und vor allem die Nerven sind durch die Hitze arg in Mitleidenschaft gezogen worden. Ich kann nur immer wieder betonen, dass er eigentlich nicht mehr am Leben sein dürfte, doch er ist es. Aber sein Herz schlägt von Minute zu Minute schwächer.«

»Was ist mit den Naniten? Sind sie noch intakt?« Vor Nervosität knabberte sie an der Innenseite der Unterlippe die Haut ab.

»Etwa die Hälfte der Nanobots ist durch die Hitze zerstört worden, sie treiben planlos durch seinen Körper, zumindest dort, wo noch Blut fließt. Aber der Rest hat sich in der Leber versammelt.«

Die Hälfte? Würde das reichen?

Plötzlich riss Mark die Augen auf und strahlte June an. »Natürlich! Leberzellen verfügen über einen sehr hohen Stoffwechsel und besitzen bis zu zweitausend Mitochondrien pro Zelle. Wenn ich Flame spezielle Enzyme spritze, transportieren seine Zellen mehr Elektronen. Vermutlich laden sich die Naniten dann wieder mit Energie auf und können ihn heilen!«

Mark erzählte noch etwas von einer Atmungskette, Adenosintriphosphat und Protonen, doch June konnte ihm kein bisschen folgen. Hauptsache, er konnte Flame helfen!

»Bleib hier, ich bin sofort zurück!« Im Laufschritt verließ er den Raum und ließ June mit Flame allein.

Oh Gott, was sollte sie denn tun, wenn sich Flames Werte verschlechterten? Konnte sie überhaupt etwas tun?

Die Sekunden zogen sich wie zäher Honig in die Länge, und sie starrte unentwegt auf die Monitore mit den zahlreichen Anzeigen. June hatte keine Ahnung, was die ganzen Werte, Diagramme und Balken aussagten. Sie wusste nur: Wenn etwas rot blinkte, bedeutete es sicher nichts Gutes. Und auf dem Monitor blinkte alles rot!

»Bitte, Flame, halte durch«, wisperte sie und hielt mühsam neue Tränen zurück. »Du wirst es schaffen. Du *musst* es schaffen!«

Sie hätte so gerne seine Hand gehalten, doch er befand sich immer noch in dieser Metallröhre.

Zum ersten Mal wurde June bewusst, wo sie sich aufhielt: in einem Krankenhaus unter der Kuppel! Ein beklemmendes Gefühl breitete sich in ihrer Brust aus und hinderte sie daran, entspannt Luft zu holen. Hinzu kam, dass dieser Raum nicht einmal Fenster besaß. Doch sie würde stark bleiben. Für Flame! Er hatte viel Schlimmeres erlebt als sie.

Als Mark wenige Minuten später völlig außer Atem zurückkehrte, ließ die Beklemmung sofort ein wenig nach. In einer Hand hielt er eine große Spritze mit einer langen Nadel, in der anderen mehrere prall gefüllte Infusionsbeutel und einige Schläuche.

»Was hast du vor?«, fragte sie alarmiert.

»Ich muss die Enzyme direkt in Flames Leber injizieren.« Er fuhr Flame aus der Röhre, und June erschrak erneut über die Schwere seiner Verbrennungen. Er sah aus wie ein Monster, wie ein aus dem Vulkan entstiegenes Ungetüm!

Flammendämon hatten ihn die Kinder gerufen.

Ihr Herz raste und erneut wollte sie sich am Liebsten ihrer Trauer ergeben, aber das verbot sie sich vehement.

Mark tastete sich an Flames rechtem Rippenbogen entlang, dann schob er die Nadel der Spritze in dessen Körper. Er injizierte Flame die gesamte, leicht grün schillernde Flüssigkeit in die Leber und legte die Spritze danach zur Seite.

»Und jetzt?«, fragte June angespannt.

»Können wir nur noch warten.« Mark deckte Flames Beine und den Unterleib mit der spiegelnden Folie zu, und June war froh, nicht mehr alle Entstellungen sehen zu müssen.

Angestrengt starrte sie in Flames Gesicht oder das, was davon übrig war. Seine Augen hinter den verbrannten Lidern wirkten eingefallen, die Nase existierte bis auf ein knorpeliges Gebilde nicht mehr. Seine einst wunderschönen Lippen, mit denen er sie noch vor wenigen Stunden geküsst hatte, waren verschmort und hatten sich zurückgezogen, sodass seine Zähne hervorschauten. Kein einziges Haar wuchs mehr auf seinem Kopf, seine Brauen waren auch verschwunden.

So wollte sie ihn nicht in Erinnerung behalten!

Ihre Augen füllten sich schließlich doch mit Tränen, als sie an die wundervollen Momente mit ihm dachte. Als er sie aus dem See gezogen hatte, weil er geglaubt hatte, sie wolle sich umbringen. Ihr erster richtiger Kuss, nachdem er die Slasher vertrieben hatte, ihr gemeinsamer Ausflug mit dem Fahrrad zum Basar …

Wann geschah denn endlich etwas, verdammt? Sie platzte gleich vor Anspannung!

»Mark!«, rief sie und drückte vor Überraschung eine Hand auf ihr Dekolleté. »Siehst du das auch?«

An Flames entstellter Wange schien ein Muskel zu zucken.

»Ich sehe es!«

In unglaublicher Geschwindigkeit modellierte sich Flames Gesicht neu. Zuerst bildete sich frische Haut, danach vermutlich alles, was darunter lag: Muskeln, Sehnen, Nervengewebe, Knorpel. Seine Nase baute sich auf, anschließend folgten die Ohren, und auch hinter den Lidern bewegte sich etwas. Nur die Haare blieben verschwunden. Wahrscheinlich wollten die Naniten keine Energie dafür verschwenden, schließlich würden sie von allein nachwachsen.

Als Nächstes veränderte sich sein verbrannter Oberkörper. Flames Arme und Finger zuckten und … »Sogar seine Nägel werden repliziert!«, rief Mark erstaunt. »Doch seine Haut …«

June bemerkte es natürlich auch. »Was ist passiert?«, rief sie entsetzt, wobei ihr Herzrasen erneut zunahm. »Wieso sieht seine Haut plötzlich aus wie Pergamentpapier?«

»Er braucht Flüssigkeit!«

Nun konnte Mark endlich eine Infusion an seinem Unterarm legen, und der erste Beutel leerte sich in rasender Geschwindigkeit, als würde Flames Körper die Nährlösung wie ein Schwamm aufsaugen … oder die Naniten holten sie sich, woran June eher glaubte. Sofort verwandelte sich die poröse Haut in seidige Glätte, und June atmete aus. Mark wusste genau, was zu tun war. Das erleichterte sie unendlich.

»Er hatte jede Menge Tattoos«, flüsterte sie.

Ihre Finger schwebten über Flames kräftiger, makelloser Brust, die keine Spur der kunstvollen Bilder mehr zeigte. Auch der kleine Stecker in seinem Nippel fehlte. June hätte Flame furchtbar gerne berührt, traute sich aber nicht, aus Angst, den Heilungsprozess zu stören.

»Die Nanobots führen wahrscheinlich so eine Art Notfallprogramm aus«, meinte Mark. »Sie konzentrieren sich auf das Wesentliche und setzen Flames Körper in seinen Urzustand zurück.«

Flames Beine zuckten unter der Folie, seine Bauchmuskeln spannten sich an, und die Augen hinter den Lidern bewegten sich schnell, als hätte er einen wilden Traum.

Unendliche Minuten später nahm er plötzlich einen tiefen Atemzug, riss die Augen auf und rief: »June!«

»Ich bin hier!« Schluchzend beugte sie sich über ihn, und er zog sie in seine Arme. »Du bist zurückgekommen!« Danke! Danke! Danke!

»Was ist passiert?«, fragte er, ohne sie loszulassen. »Ich erinnere mich nur noch, dass ich keine Kontrolle mehr über meine Flammen hatte. Mein letzter Gedanke war, dass ich explodieren und … euch alle in den Tod reißen könnte.«

June sah die schrecklichen Bilder vor sich und verdrängte sie schnell. »Du hast dich vom Steg gerollt und ins Wasser fallen lassen. Damit du uns nicht in Gefahr bringst.« June erzählte ihm die Kurzversion und dass Mark nun über die Naniten Bescheid wusste. Sie war kaum fähig, zu reden, weil sie von heftigen Schluchzern geschüttelt wurde. Doch es waren Schluchzer der Freude. »Ich hatte schon Angst, du wolltest dich umbringen.«

»Und für immer auf das hier verzichten?«, raunte er und drückte ihr einen leidenschaftlichen Kuss auf die Lippen.

Ihr strapaziertes Herz wummerte heftig. Sie freute sich unendlich und wollte den schönsten Augenblick ihres Lebens auch nicht ruinieren, doch eines musste sie unbedingt wissen: »Bist du mir nicht böse, weil ich Mark alles verraten habe?«

Sanft schüttelte er den Kopf. »Ich bin stolz auf meine Kämpferin, die mehr Mut und Vertrauen besitzt als ich.«

Vor Erleichterung perlten neue Tränen über ihre Wangen. Sie umarmte Flame noch fester und dachte: *Ich liebe dich so sehr!*

Kapitel 15 – Flame – Ein neues Leben

Eine Stunde später lag Flame in einem Krankenzimmer, von dessen Bett aus sich ihm ein guter Blick auf eine kleine Grünanlage bot. Deshalb dachte er kaum daran, dass er sich unter einer Kuppel befand.

June saß am Kopfende auf einem Stuhl; auf der anderen Seite des Bettes zog ihm Mark gerade eine Kanüle aus dem Arm. Er hatte ihm zuvor noch zwei weitere Infusionen gegeben – während er zwischendurch immer wieder nach Samantha gesehen hatte. Jax war mittlerweile stolzer Vater. Die Geburt war unkompliziert und schnell verlaufen, völlig natürlich, ohne ärztliche Unterstützung.

Flame kam sich ebenfalls wie neugeboren vor. Die Infusionen hatten seinen Flüssigkeitshaushalt rasch wieder in Ordnung gebracht. Seine Naniten summten geradezu vor Energie und schienen eifrig damit beschäftigt, auch noch die wirklich letzten Schäden zu reparieren. Sogar ein paar Millimeter seines Kopfhaares hatten sie produziert.

Flame fühlte sich bärenstark und glücklich, die schweren Verbrennungen überlebt zu haben. Nie hätte er gedacht, dass er explodieren könnte, doch er war kurz davor gewesen. Völlig außer Kontrolle. Hoffentlich passierte ihm das nicht noch einmal!

Schade fand er, dass seine Tätowierungen verschwunden waren. Er hatte sich an sie gewöhnt, sie tatsächlich gemocht und sich ein wenig gefühlt, als würde er einen unsichtbaren Mantel tragen. Als ob ihm die Bilder auf seiner Haut einen gewissen »Schutz« verliehen hätten.

»Ich werde jetzt das Team informieren, dass du dich vollständig erholt hast und sie dich in einer halben Stunde besuchen dürfen. Ein paar Tests möchte ich noch machen. Nicht, dass wir etwas übersehen.«

»Mir geht es hervorragend!«, schoss es sofort aus Flame hervor, denn beim Stichwort »Tests« klingelten bei ihm sämtliche Alarmglocken. Er wusste, dass er vor Mark nichts zu befürchten hatte, doch diesen Automatismus konnte er nicht abstellen.

»Ich will nur ein paar Reflexe prüfen und ein EKG machen«, erklärte Mark sanft. »Sicher ist sicher.«

»Okay.« Flame atmete tief durch, und seine Gedanken schweiften zurück zu Jax und dem Rest des Teams, das ihn hatte brennen sehen. »Die anderen werden Fragen stellen.«

Mark nickte. »Das werden sie.«

»Und was wirst du ihnen sagen?«

»Dass du außergewöhnliche Selbstheilungskräfte besitzt und ich wegen meiner ärztlichen Schweigepflicht keine Details erzählen darf. Das ist nur ein bisschen geflunkert, und keiner wird nachfragen. Du bist nicht der einzige Warrior mit ganz speziellen Genen, Fähigkeiten oder ... Geheimnissen.«

Ob Mark von Nitro sprach? Es erleichterte Flame ungemein, dass er sich nicht erklären musste.

Mark klappte seine Arzttasche zu und ging in Richtung Tür. »Den Ingenieuren, die mit dem Präsidenten von der Straße aus zugesehen haben, erzählen wir, dass das neue Gerät einen technischen Defekt hatte und der Unfall aus der Entfernung schlimmer aussah, als er war.«

»Und was ist mit den Sanitätern, die Flame am Dach in Empfang genommen haben?«, wollte June wissen.

Sein Mädchen dachte an alles. Die Zeit zwischen seiner Beinahe-Explosion und dem Erwachen im Krankenhaus fehlte in seiner Erinnerung komplett. Gnädigerweise hatte ihm sein Gehirn nicht Panik und Schmerzen gezeigt, sondern wunderschöne Traumbilder von June: wie sie lachend über eine Wiese lief, seine Hand hielt und mit ihm zusammen in Oasis lebte.

»Falls sie nachfragen sollten«, erklärte Mark und drehte sich an der Tür zu ihnen um, »werde ich sie leider anlügen müssen und behaupten, mein Patient sei gestorben. Die meisten Bürger wissen nicht, dass der Staudamm marode war und wir ihn repariert haben. Wir wollten sie nicht beunruhigen. Bei deiner Einlieferung habe ich keinen Patientenbogen ausgefüllt und niemand wird deswegen Fragen stellen. Ich habe jahrelang in diesem Krankenhaus gearbeitet.« Mark zwinkerte. »Ich weiß, wie ich etwas vertuschen kann.«

»Danke«, sagte Flame. »Danke für alles.«

Mark nickte lächelnd. »Ich mache nur meinen Job.«

Als er das Zimmer verließ, um den anderen Bescheid zu geben, streckte Flame den Arm nach June aus. Er musste ihr sagen, was er für sie empfand, und zwar am besten jetzt, solange sie ungestört waren. Sie musste verstehen, dass er Himmel und Hölle in Bewegung setzen würde, damit sie als richtiges Paar zusammenleben konnten, mit allem, was dazugehörte.

June verschränkte ihre Finger mit seinen und lächelte ihn an. Ihre Augen strahlten. »Ich bin so glücklich, dass du wieder bei mir bist.«

»Ich würde mich am liebsten niemals von dir trennen und ich werde dich ganz sicher nie im Stich lassen.«

»Deine Worte bedeuten mir alles, Flame. Ich … liebe dich.« Hastig wandte sie den Blick ab. »Ich will dich aber nicht unter Druck setzen.«

So schnell er konnte, hievte er seinen Oberkörper aus der Horizontalen, schwang die Beine seitlich aus dem Bett und fasste an Junes Kinn. »Das tust du nicht. Und außerdem liebe ich dich auch.«

Sie riss die Augen auf und starrte zu ihm hoch. Dann sprang sie auf, um ihn grinsend zu umarmen. »Ich wusste es!« Sie strahlte über das ganze Gesicht. Nur wegen seiner Worte! Flame konnte es kaum fassen.

»Ich habe dir das schon mal gesagt, doch da hast du geschlafen«, murmelte er und freute sich, weil June so glücklich aussah. Er hätte sie auch gerne länger umarmt, aber er fand es ein bisschen befremdlich, dass er immer noch nackt war. Nicht wegen June – sie durfte alles an ihm zu Gesicht bekommen –, sondern wegen möglicher Besucher. Deshalb zog er sich die Decke über seinen Schoß. Er hätte solch ein lächerliches Hemd vom Krankenhaus überstreifen können, doch das war ihm ohnehin zu klein.

Flame lauschte kurz, hörte aber direkt hinter der Tür kaum etwas. In dem Flur war es relativ ruhig, aber schon einen Korridor weiter herrschte reges Treiben. Das ganze Krankenhaus war voller Menschen. Flame konnte es kaum erwarten, hier rauszukommen und … mit June zurückzufliegen? Ja, das wäre sein größer Wunsch, aber …

»June, es gibt da etwas …«, begann er stockend.

Fuck, er wollte sie nicht unglücklich sehen!

Flame senkte die Stimme, und diesmal mied er Junes Blick. »Ich habe überlegt, in Resur zu bleiben, solange ich meine Fähigkeit nicht unter Kontrolle habe. Das ist für dich einfach sicherer.« Bevor sie protestieren konnte, öffnete sich die Tür und Mark trat ein.

Als er Junes Anspannung bemerkte, fragte er: »Ist alles in Ordnung?«

Fragend sah sie zu Flame, und er nickte. Mit bedrückter Stimme antwortete sie: »Flame möchte in Resur bleiben, bis er seine Fähigkeit wieder beherrscht.«

Flame nickte erneut und sagte, bevor er es sich anders überlegte: »Es wäre mir eine große Hilfe, wenn ich bleiben könnte. Kannst du da etwas für mich arrangieren, Mark?«

»Vielleicht kann ich dir anderweitig helfen.« Mark stellte sich neben ihnen ans Bett und erklärte Flame, was er über den Chip in seinem Nacken herausgefunden hatte. »Vermutlich verursacht er diese Störungen. Ich könnte versuchen, ihn zu resetten und noch einmal herunterzufahren, sodass er keine störenden Impulse mehr abgibt. Die Arbeit der Nanobots würde das nicht beeinflussen.«

Altbekannte Angst kroch wie tausend eiskalte Spinnenbeine an seinem Rückgrat entlang. Sein Herz raste und der Puls in seinen Ohren klopfte so laut, dass er Mark kaum noch verstand.

»… dazu müsste ich ihn aber kurz aktivieren.«

»Aktivieren?«, krächzte Flame. Er wäre dann wieder völlig von anderen abhängig, stünde unter Marks Kontrolle.

Plötzlich bekam er kaum Luft und wollte nur noch weg! Da fühlte er Junes Finger, die seine Hand fest umklammerten.

»Flame, das wäre unsere Chance auf ein gemeinsames Leben!« Sie schaute ihn flehentlich an, und so viel Hoffnung lag in ihren schimmernden Augen, dass sich sein Herz verkrampfte.

Wieso stellte er sich immer noch so an? Und dann ausgerechnet bei Mark? Der Mann hatte ihn gerettet!

Flame war nicht dumm. Auch wenn sein Verstand ihm versicherte, Mark wäre keine Gefahr, so schrien seine Instinkte doch etwas anderes: Schon als halbes Kind hatte man an ihm unzählige Tests durchgeführt, um seine besonderen Fähigkeiten auszuloten. Danach folgte ein jahrelanges Training, bei dem ihm die Ärzte mit grausamer Härte beibrachten, seine Flammen auf Befehl einzusetzen, aber in der Öffentlichkeit geheim zu halten. Er schwitzte, als die alten, längst verdrängten Bilder vor seinem geistigen Auge aufstiegen. Diese kranken Geschöpfe hatten ihm gezeigt, was mit ihm geschehen würde, sollte er reden. Seine Nervenenden prickelten unangenehm, ganz so, als würden die Elektroschocks, die seine Gehirnströme durcheinandergebracht hatten, damit er sich selbst verbrannte, wieder durch seinen Körper jagen.

Natürlich wusste er jetzt, dass sie ihn bei Verrat wahrscheinlich gleich getötet hätten, aber diese perversen Mistkerle hatten es genossen, ihre »Tests« an ihm und seinen Brüdern durchzuführen und ihn durch das »Training« zu jagen.

»Folter« wäre das richtige Wort dafür.

»Ich werde nicht von deiner Seite weichen«, versprach June. »Hier wird dir niemand etwas Böses antun. Ich verspreche es!«

Das konnte sie nicht, doch es bedeutete ihm viel, dass sie auf ihn aufpassen wollte.

Du musst lernen, zu vertrauen, Flame!, ermahnte er sich und rieb über die Stelle an seiner Brust, an der noch vor wenigen Stunden »Trust« gestanden hatte. Die Haut dort prickelte und brannte leicht. *Tu es für June!*

Er hatte sich damals schon June anvertraut, bei ihrer allerersten Begegnung in der brennenden Ruine. Für einen kurzen Moment hatte er die Angst vor seinen Schöpfern und die Furcht vor möglichen Konsequenzen vergessen, weil diese Frau ihn verzaubert und mit ihrem Mut angesteckt hatte.

»Seht nur!« June zog seine Hand weg, und alle starrten verblüfft auf die leicht verschnörkelten dunkelbraunen Buchstaben, die sich wie aus dem Nichts auf seinem Oberkörper materialisierten.

T ... r ... u ... s ... t ...

Flame keuchte überrascht auf. Offenbar hatte er seinen Naniten unbewusst den Befehl gegeben, das Tattoo wieder auftauchen zu lassen. Weil es ihm Sicherheit gab. Bloß besaß es nicht mehr die schwarze Farbe wie zuvor; wahrscheinlich, weil die Roboter neue Farbpartikel aus irgendwelchen Stoffen seines Körpers gebildet hatten.

Mark schüttelte sichtlich verwundert den Kopf. »Du bist auf jeden Fall der interessanteste Patient, den ich je hatte.«

Flame erkannte keinerlei Arglist in seinen Augen. Erneut machte er sich bewusst, dass er ohne Marks schnelle Hilfe nicht mehr am Leben wäre.

Trust. Genau! Mark war nicht einfach irgendein Arzt, er hatte sich als Freund erwiesen.

Flame atmete tief durch, drückte Junes Hand und sagte: »Okay, Mark, tu es. Ich vertraue dir.«

Diese Worte schienen Mark zu gefallen, denn ein ehrliches Lächeln huschte über seine Lippen.

Junes breites Grinsen hingegen war unbezahlbar. Erneut fiel sie ihm um den Hals und flüsterte in sein Ohr: »Jetzt wird alles gut.«

Er wollte ihr so gerne glauben!

Nein, er ... glaubte daran. Trust. Egal, wie schwer es sein mochte.

»Also gut ...« Mark stellte seine Arzttasche auf das Fußende des Bettes und holte einen Tablet-Computer heraus. So einen ähnlichen hatten die Ärzte und Wissenschaftler auch gehabt. Am Rand des Displays befand sich eingebaut hinter einer roten Plastikscheibe ein kleiner Scanner.

Als Mark mit dem Gerät zu ihm trat, fragte er: »Darf ich?«

Eine ruhige Bitte, kein harscher Befehl, so wie früher immer. Etwas löste sich in Flame und er nickte wie in Trance.

»Dann leg dich bitte hin und dreh dich auf die Seite.«

Das tat er, und June ging sofort um das Bett herum, damit sie Flame ansehen und erneut seine Hand halten konnte.

Plötzlich kam er sich vor wie ein Baby. Doch als sich June einfach neben ihm ausstreckte und ihre Stirn an seine drückte, verlor er sich in ihren Augen. Er würde nur mit ihr glücklich werden können, wenn er endlich seine Ängste überwand. Und da er sich nichts sehnlicher wünschte, als seiner Geliebten das Leben zu bieten, das sie sich erträumte und dem auch er entgegenfieberte, entspannte er sich leicht.

»Ich werde deinen Chip im Implantat zuerst scannen, um herauszufinden, wo genau der Fehler liegt«, erklärte ihm Mark.

Flame nickte und fühlte in sich hinein. Noch spürte er keinen Unterschied, sein Körper gehorchte nach wie vor ihm allein.

»Der Scanner zeigt eine Störung im Kern an. Das Bus-Interface arbeitet nicht korrekt; anscheinend ist der Prozessor durch das Not-Aus nicht richtig heruntergefahren worden.«

Flame hatte keine Ahnung, wovon der Mann sprach, aber es hörte sich an, als würde er sich auskennen.

»Äußerst interessante Technik.« Mark atmete tief durch. »Ich werde den Chip nun aktivieren.«

Klingt, als wäre ich ein verdammter Cyborg, wollte Flame sagen, doch er konnte es nicht. Er fühlte sich wie damals, als die Wissenschaftler ihn gesteuert hatten. Gefangen in einem Körper, den er nicht länger unter Kontrolle hatte.

Er versuchte, seine Finger zu bewegen, aber selbst das gelang ihm nicht. Er war gelähmt!

Die alte, nackte Angst breitete sich in Lichtgeschwindigkeit in ihm aus, doch er kämpfte mit aller Kraft gegen eine Panik an. June drückte seine Hand und streichelte mit dem Daumen darüber. Er war in Sicherheit. Mark war einer von den Guten! Dennoch hasste er dieses Gefühl absoluter Machtlosigkeit.

Mark murmelte beruhigende Worte und erklärte ihm jeden Schritt. »Ich werde den Chip so programmieren, dass niemand mehr Zugriff darauf nehmen kann.«

Die Sekunden, in denen er sich wie paralysiert fühlte, zogen sich ins Unendliche, obwohl Mark keine Befehle gab. Flame lag einfach nur wie erstarrt da, atmete und blickte ins Leere. Er konnte seine Augen nicht mehr scharfstellen, June nicht klar sehen, doch er fühlte und wusste, dass sie bei ihm war.

»Nun müsste alles passen«, beschloss Mark. »Ich fahre den Prozessor jetzt herunter.«

Von einer Sekunde zur anderen war Flame wieder Herr über seinen Körper. Er schnappte nach Luft, setzte sich auf und hätte dabei fast June vom Bett gestoßen.

Mit großen Augen schaute sie ihn an. »Hat es funktioniert?«

Mark legte das Tablet weg. »Probier mal, ob du noch Zugriff auf die Naniten hast.«

Flame überlegte. Was für einen Befehl könnte er den Robotern geben?

Da fiel ihm etwas ein! Er starrte auf sein Tattoo und dachte konzentriert: *Naniten, lasst die Buchstaben verschwinden!* – und innerhalb weniger Sekunden löste sich die Schrift auf, als hätte sie jemand ausradiert.

Sein Herz klopfte wild und er rief grinsend: »Sie funktionieren noch!«

»Prima!« Marks Augen strahlten, und June fuhr lächelnd mit den Fingerspitzen über die Stelle an seiner Haut.

Für Flame fühlten sich ihre zarten Berührungen wie Blitzeinschläge an, die ihn unter Strom setzten.

»Man sieht wirklich gar nichts mehr!« Strahlend schaute sie zu ihm hoch. Dann rückte sie leicht von ihm ab, fasste aber wieder nach seiner Hand. Ihr intimes kleines Lächeln verriet June. Sie wusste ganz genau, was ihre Berührungen bei ihm anrichteten. Wäre Mark nicht hier und er selbst nicht so schrecklich nervös, hätte sich jetzt bestimmt ein kleines Bettdeckenzelt gebildet.

»Und nun teste mal«, sagte Mark, »ob du auch deine Fähigkeit wieder gänzlich beherrschst.«

»Hier?« Flame schaute sich um. Er wollte auf keinen Fall in einem Krankenhaus ein Feuerdrama verursachen.

Mark nickte. »Versuch es mit etwas Kleinem.«

»Okay.« Dank der gelungenen Naniten-Beschwörung besaß er mehr Vertrauen in sich selbst. Er musste sich nicht einmal stark konzentrieren, sondern erschuf ohne große Mühe, genau wie früher, eine kleine Flammenkugel auf seiner Handfläche. Er wollte sicherheitshalber auch kein Feuer materialisieren, das größer war als ein Hühnerei, deshalb teilte er die Kugel durch drei und ließ diese murmelartigen Gebilde auf seiner Handfläche tanzen. Sie drehten sich nach seiner Vorstellung im Kreis, dann wechselten sie die Richtung. Flame probierte, sie auf verschiedenen Bahnen herumwirbeln zu lassen, und ließ sie immer schneller über die Handfläche flitzen, sodass der Eindruck entstand, als würden sich glühende Linien bilden. Es klappte alles wunderbar und fast wie von selbst.

»Ich wusste nicht, dass du so etwas kannst!«, rief June erstaunt. »Das sieht richtig kunstvoll aus!«

»Ich konnte … kann noch viel mehr.« Breit grinsend zauberte er eine vierte Flammenmurmel hinzu und ließ sie in der Mitte schweben. Zu den drei anderen Kugeln gab er noch zwei dazu und färbte die Flammen leicht rosa, sodass das neue Gebilde wie eine Blüte aussah.

Leise pfiff Mark durch die Zähne. »Wirklich beeindruckend!«

Als es plötzlich an der Tür klopfte, lösten sich die Flammen auf Flames mentalen Befehl hin sofort auf. Er war überglücklich, dass er seine Fähigkeit wieder voll unter Kontrolle hatte!

»Okay, wir verschieben das EKG. Ich glaube, du bist ohnehin wirklich wieder der Alte«, erklärte Mark. »Das Team wird sich freuen, dich gesund und munter zu sehen. Bist du bereit?«

Flame schluckte, brachte zuerst kein Wort heraus und nickte schließlich. Es fühlte sich merkwürdig, aber nicht schlecht an, wieder Teil einer Gruppe zu sein.

Eines musste er jedoch noch schnell loswerden, auch wenn er es zuvor schon gesagt hatte: »Danke, Mark. Danke für alles.« Dann zog er June in die Arme und schenkte ihr einen verheißungsvollen Blick, der ihr zeigen sollte, dass er sich bei ihr später bedanken würde, sobald sie allein waren.

***

Alle Teammitglieder – bis auf Jax, der gerade bei seiner Frau und seinem Kind war – und sogar der Präsident standen um Flames Bett herum. In den ersten Sekunden starrten ihn alle völlig perplex an, und Mark erzählte ihnen die Geschichte mit den außergewöhnlichen Selbstheilungskräften.

Flame merkte ihnen deutlich ihren Unglauben an. Sie wussten sehr wohl, dass mehr hinter der Sache steckte, doch niemand stellte Fragen. Bloß Nitro schenkte ihm ein mysteriöses Lächeln.

Ice brach als Erster das Schweigen und sagte: »Du hast uns einen ganz schönen Schrecken eingejagt.« Kopfschüttelnd fuhr er sich über den Nacken. »Scheiße, sah das heftig aus, als du gebrannt hast!«

Storm musterte ihn intensiv, und Flame registrierte, wie es in dessen Kopf ratterte. Der Krieger hatte ihn schließlich, neben Jax, Mark und June, aus direkter Nähe gesehen. Bestimmt konnte er von allen am wenigsten begreifen, wie er sich überhaupt hatte erholen können, noch dazu in der kurzen Zeit.

»Deine Flammenkräfte waren auf jeden Fall grandios!« Crome nickte begeistert. »Ohne deine Hilfe hätten wir es nie geschafft!«

»Das stimmt«, erklärte Präsident Pearson. »Du hast wirklich viel für unsere beiden Städte getan. Auch wenn die Bürger nichts davon mitbekommen haben, werden wir das nie vergessen. Das kann man mit Geld nicht bezahlen. Trotzdem haben wir ein Konto auf deinen Namen eingerichtet. Über die Credits kannst du sowohl in Resur, als auch in White City jederzeit verfügen. Wir würden uns auf jeden Fall freuen, wenn du uns einmal unter weniger dramatischen Umständen besuchst, Flame. Du und June seid hier immer willkommen.«

»Danke, Mr. President.« Flame freute sich über das Konto. Er könnte mit June in Resur Urlaub machen und ihr auf dem Basar jeden Wunsch erfüllen.

Nitro trat zu ihm ans Kopfende und stellte die Tasche, die Flame von Kathryn bekommen hatte, auf den Nachttisch. »Ich hab deine Klamotten aus dem Haus geholt. Ich vermute mal, du kannst sie gebrauchen.«

»Danke, Leute.« Flame war wirklich gerührt. Diese Männer waren seinetwegen hier. Sie hatten sich um ihn gesorgt und behandelten ihn, als wäre er ein Held.

June, die neben ihm auf dem Bett saß, grinste ihn unentwegt an, und er grinste einfach zurück. Schlagartig war das Leben einfach perfekt.

Als plötzlich Jax' Stimme aus den Handycoms der Krieger drang, horchten alle auf. »Team Feuersturm sofort in Zimmer 203 kommen!«

Dieser Teamname fiel zum ersten Mal, aber jeder wusste sofort, dass bloß sie gemeint sein konnten.

»Endlich dürfen wir den kleinen Scheißer sehen!«, rief Crome erfreut und deutete auf Flames Reisetasche. »Falls du nicht im Adamskostüm mitkommen w…«

Flame hatte sich längst das Laken um die Hüften geschlungen, schnappte sich die Tasche und verschwand im angrenzenden Badezimmer. Er zog sich ein weißes T-Shirt an, entdeckte eine legere graue Freizeithose, und die Schlappen, die ihm June geschenkt hatte, fand er auch.

Wenige Sekunden später marschierte er mit June inmitten des Pulkes durch die Gänge des Krankenhauses. Mark klopfte an Zimmertür 203, und es ertönte sofort ein männliches »Herein!«.

Jax stand vor dem Bett, in dem seine Frau Samantha lag, und drehte sich grinsend zu ihnen um. In Brusthöhe hielt er ein weißes Bündel, aus dem nur ein schwarzer Haarschopf und eine Stupsnase hervorschauten. Jax hielt das Kind so vorsichtig, als bestünde es aus dem zerbrechlichsten Material der Welt. Der große, breitschultrige Krieger wirkte etwas unbeholfen im Umgang mit dem Kleinen, was ihm Flame nicht verdenken konnte. Er würde sich gar nicht erst trauen, dieses winzige Wesen anzufassen.

»Männer!«, befahl Jax mit stolz geschwellter Brust, bevor er einen Blick auf June warf und hinzufügte: »… und Frauen. Begrüßt meinen Sohn Cedric Jace Carter!«

»Willkommen im Team, Cedric Jace Carter«, antworteten alle unisono und grinsten zurück.

Mit einem Seitenblick auf Mark und seine Frau murmelte Jax: »Der kleine Kerl ist in Blitzgeschwindigkeit auf die Welt gekommen. Von wegen, das dauert beim ersten Kind Stunden.«

Falls Mark darauf etwas erwiderte, ging es im Gelächter und den Glückwünschen unter, die nun durch den Raum gerufen wurden.

June ging zum Bett und beugte sich zu Samantha. »Ich gratuliere euch von Herzen.« Obwohl June die Frau überhaupt nicht kannte, drückte sie diese kurz. Sein Mädchen war so ein herzlicher Mensch. Sie wäre sicher auch eine sehr gute Mutter.

Flames Magen ballte sich zusammen. Bestimmt würde das Thema früher oder später zur Sprache kommen.

»Jax, darf ich unseren Sohn jetzt wieder zurückhaben?«, fragte Samantha. Sie wirkte müde, aber glücklich. »Ich habe den kleinen Mann noch gar nicht richtig angesehen.«

Jax drückte Cedric Jace behutsam an seine Brust. »Du hast ihn mindestens eine halbe Stunde lang angestarrt. Ununterbrochen.«

War da jemand ein bisschen eifersüchtig, weil er nicht mehr die erste Geige spielte?

»Na, dann muss ich eben für den Rest des Tages an ihm riechen«, erklärte Sam. »Er duftet nämlich viel besser als du.«

Gerade als Jax zu einem weiteren Gegenschlag ausholen wollte, riss der kleine Mann den Mund auf und krähte in voller Lautstärke los. Abrupt verlor Jax' Gesicht sämtliche Farbe, und er eilte mit seinem Sohn zurück zum Bett der Mutter, die ihr Baby schmunzelnd entgegennahm.

»Ich glaube, unser Sohn hat deinen Appetit geerbt.« Sie drückte das kleine Bündel an ihre Brust, woraufhin schlagartig Ruhe einkehrte, und als sie ihr Nachthemd öffnen wollte, scheuchte Jax alle aus dem Raum.

Im Flur wurden sofort zotige Witze gerissen, von welchem »Appetit« Samantha wohl gesprochen hatte und dass Jax jetzt einen ernsthaften Konkurrenten im Kampf um ihre Brust bekommen würde.

»Nun hat er nichts mehr zu Hause zu melden«, frotzelte Crome und forderte seine Wettschulden ein, weil er als Einziger immerhin einen Namen des Kindes erraten hatte: Cedric. So hatte Jax' verstobener Bruder geheißen, wie er Flame und June mitteilte.

»Auf Carter Junior sollten wir doch eigentlich anstoßen?«, fragte Ice in die Runde. »Gibt es in der Nähe eine Bar?«

»Ich kenne eine«, antwortete Nitro. »Die Dschinn Bar. War früher mal ein Puff, aber jetzt gibt es da die besten Getränke weit und breit.«

»Ich erinnere mich.« Storm grinste frech. »Dort hast du Sonja kennengelernt. Du warst so furchtbar schüchtern, dass du dich nicht getraut hast, sie anzusprechen.«

»Das haben ja dann du und Mick für mich erledigt.« Nitro schnaubte amüsiert. »Ich hätte euch am liebsten getötet.«

Storm lachte. »Nur gut, dass du es nicht getan hast.«

Kameradschaftlich klopfte ihm Nitro auf die Schulter. »Ich geb dir einen aus. Den Drink schulde ich dir schon ewig. Was ist eigentlich aus Mick geworden? Arbeitet der noch für die White City Police?«

»Ich glaube schon.«

»Geht schon mal vor«, sagte Mark, »wir kommen gleich nach.« Dann nahm er Flame und June zur Seite. »Clint und Kathryn wollten sofort herfliegen, nachdem sie von dem Unfall gehört hatten, aber sie wissen jetzt, dass es dir gutgeht und erwarten euch heute Abend in Oasis. Storm fliegt euch in zwei Stunden zurück.« Nach einer kurzen Pause setzte er hinzu: »Clint und Kathryn schienen von deiner wundersamen Genesung nicht sehr überrascht zu sein.«

»Die beiden wissen über alles Bescheid«, erklärte ihm Flame.

Mark nickte. »Kommt ihr noch mit uns in die Bar? Heute gibt es schließlich nicht nur eine Geburt zu feiern, sondern so viel mehr.«

Flame warf einen kurzen Blick zu June, und als sie nickte, antwortete er: »Wir kommen gerne mit.«

Normalerweise hätte er sich davor gescheut, mit so vielen Leuten zusammenzusitzen, zu lachen und zu trinken – noch dazu in einer öffentlichen Einrichtung, in der es vor Menschen sicher nur so wimmelte! Aber er wollte ja lernen, über seinen Schatten zu springen. Außerdem hatte er die Männer in sein Herz geschlossen.

Sie waren nicht seine Brüder, aber vielleicht konnten sie das eines Tages werden. Wenn das Team *Feuersturm* ihn noch einmal brauchen sollte, würde er sofort wieder helfen, nur ohne ein Drama zu veranstalten.

Ganz verinnerlicht hatte Flame noch nicht, wie anders sein Leben von jetzt an sein würde. Eines aber wusste er genau: Er konnte es kaum erwarten, mit June allein zu sein, um ihr endlich ohne Angst zu zeigen, wie sehr er sie liebte.

Kapitel 16 – Flame – Heiße Tage, heiße Nächte

Zurück in Oasis wurden Flame und June von Clint, Kathryn, Skye, Pyro, Acid und vielen anderen Siedlern überschwänglich begrüßt. Zuerst fiel es Flame schwer, sich auf die lockeren Gespräche einzulassen, nur June an seiner Seite bewahrte ihn davor, die Flucht zu ergreifen.

Die Siedler hatten mitbekommen, dass er den Menschen in einer anderen freien Stadt geholfen hatte, und feierten ihn wie einen Helden. Vermutlich hatte Pyro seinen Mund mal wieder nicht halten können, denn der grinste ihn schon die ganze Zeit schief an. Zum Glück dachten die Leute, Flame hätte den Staudamm mit einem Flammenwerfer repariert. Von seiner Fähigkeit ahnte niemand etwas.

Allmählich entspannte er sich und konnte sogar über ein paar harmlose Scherze lachen, die Acid machte. Trotzdem war er froh, als June schließlich an seiner Hand zog und ihm ins Ohr flüsterte: »Ich bin sooo müde.«

Ihre leuchtenden Augen und das kleine Grinsen entlarvten die Worte zwar als Lüge, aber Flame nutzte den Vorwand, um sich von den anderen zu verabschieden. Sie wollten ein Bad nehmen und allein sein, um dann … Ja, dann sollte es endlich passieren! June und er hatten das Thema beim Rückflug zwar nicht angesprochen, aber das mussten sie nicht. Flame fühlte mit jeder Faser, dass sie es genauso wollte wie er, weshalb er furchtbar aufgeregt war.

Wie würde sein erstes Mal mit June werden? Und würde er sich auch bestimmt nicht entzünden? Er musste vorher mindestens einen Testlauf machen. Zwar spürte er instinktiv, dass er seine Fähigkeit wieder voll unter Kontrolle hatte, aber sicher war sicher. Bei June wollte er kein Risiko eingehen.

Als sie an ihrer geheimen Lichtung ankamen, blickte nur der Mond zu ihnen herab. Der See lag wie ein milchiger Spiegel vor ihnen und Glühwürmchen tanzten am Ufer entlang. Flame hatte noch nie so etwas Friedliches und Wundervolles gesehen – außer

June, natürlich. Sie strahlte ihn unentwegt an, wobei sie die Verschnürung an ihrem Kleid löste, bis es zu ihren Knöcheln rutschte.

»Wer zuerst im Wasser ist!«, rief sie frech, lief auf das betonierte Ufer zu und hechtete elegant in den See. Nachdem sie aufgetaucht war, kraulte sie übermütig ein Stück hinaus, als ob sie vor ihm fliehen wollte.

Tief in seinem Inneren erwachte ein archaischer Jagdtrieb zum Leben, und er grollte leise. Er musste sie einfangen, festhalten, besitzen!

Weil er nur damit beschäftigt gewesen war, sie anzustarren, hatte er noch nicht mal seine Schuhe ausgezogen. Aber im Nu befreite auch er sich von seinen Kleidungsstücken und hechtete ihr hinterher. Er verspürte große Lust, seine Finger in ihre festen Pobacken zu krallen, die gerade so herausfordernd gewackelt hatten, oder am besten gleich von hinten in sie einzutauchen. Am liebsten wollte er June auf allen vieren vor sich haben.

Seine Gedanken erschreckten ihn ein bisschen. Er wusste nicht, ob sie normal waren – er wusste nur, dass er mit June alles ausprobieren wollte, wozu auch sie Lust hatte.

Als er sie erreichte, wollte er sich einen Kuss von ihr stehlen, doch sie lachte nur und rief: »Dazu musst du mich erst kriegen!« Prompt kraulte sie wieder davon, diesmal in Richtung Ufer.

Ihm gefiel ihr Übermut und er spürte, dass sie mit ihm spielte, um ihn heiß zu machen.

Er wollte ihr einen kleinen Vorsprung geben, bemerkte dann aber erstaunt, dass sie eine verdammt gute und vor allem flinke Schwimmerin war. Sofort kraulte er ihr hinterher und schaffte es nicht mehr, sie auf dem kurzen Stück einzuholen.

Fast zur selben Zeit erreichten sie das Ufer. June zog sich vor seiner Nase am betonierten Rand nach oben und kniete sich darauf. Flame blieb im Wasser, hielt sich mit einer Hand am Ufer fest und packte mit der anderen ihren Fuß, sodass sie in dieser Vierfüßlerposition verharren musste. Nun streckte sich ihr praller Hintern seinem Gesicht entgegen. Er konnte sogar ihre Schamlippen sehen!

Bei diesem herrlichen Anblick schoss sämtliches Blut zwischen seine Beine und Hitze sammelte sich in seinem Unterleib. Schnell ließ er sie los, weil er Angst hatte, sich zu entzünden, aber nichts geschah. Alles war gut.

Grinsend drehte sich June zu ihm, setzte sich auf den Rand, sodass ihre Beine ins Wasser ragten, und reckte die Arme in die Höhe. »Ja!«

»So frech kenne ich dich gar nicht.« Kurzerhand zog er sie zurück ins Wasser. Dann suchte er mit einem Fuß den Absatz im Betonrand, damit er besseren Halt fand.

June schlang währenddessen die Arme um seinen Hals und schaute ihm tief in die Augen. »Ich muss mein überschüssiges Glück irgendwie rauslassen, oder ich platze.«

»Ich kenne da andere Methoden«, raunte er und küsste sie.

Genauso gierig wie er küsste sie ihn zurück. Gleichzeitig legte sie die Beine um ihn und rieb sich an seinem Schwanz, der mittlerweile steinhart war.

Oh Gott, June fühlte sich perfekt an! Ihre harten Nippel streiften seine Brust, ihre Finger krallten sich in seine Schultern, und er packte sie an ihrem süßen Arsch. Mit einer Hand fuhr er zwischen die herrlichen Backen und schob von hinten einen Finger in ihren heißen Schoß.

»Ich will dich so sehr«, raunte er atemlos zwischen ihren Küssen.

»Ich kann es auch kaum erwarten.« Als sie sich erneut an seiner Erektion scheuerte, steckte anstatt seines Fingers plötzlich seine Eichel in ihr.

Junes seidige Wärme umschloss sie so fest, dass er allein davon fast gekommen wäre. Ein lustvolles Knurren vibrierte in seiner Kehle und Flame verharrte augenblicklich.

Schwer atmend starrten sie sich an, während er langsam tiefer in sie glitt. Zugleich schwoll sein Schwanz weiter an. Immer praller und dicker schien er zu werden, sodass die Haut um seinen Schaft spannte. Was für ein irres, intensives Gefühl!

»June …« Vor Lust konnte er kaum noch sprechen. In ihr zu

sein, mit ihr verbunden zu sein, war die beste Empfindung der Welt. Dennoch wiederholte seine innere Stimme unentwegt: *zu gefährlich, zu gefährlich!*

Zentimeter um Zentimeter stieß er weiter in ihre feuchte Enge, die ihn willig aufnahm und ihn gleichzeitig wie eine seidenglatte Faust umklammerte. Mit leicht in den Nacken gelegten Kopf und geschlossenen Augen stöhnte June losgelöst. Flame hatte nie etwas Schöneres gesehen. Allein von ihrem Anblick schwoll seine Erektion noch ein kleines bisschen weiter an und füllte jeden Millimeter ihres Schoßes aus.

Fuck, war das geil!

Seine Eichel pulsierte hart im ratternden Takt seines Herzens, und er würde jede Sekunde abspritzen. Dabei bewegte er sich nicht einmal viel in ihr! Er traute sich auch deshalb nicht, weil er Angst hatte, June zu verletzen. Sie fühlte sich unglaublich eng an!

June wurde ungeduldiger. Sie zappelte mit den Beinen und ließ ihre Hüften kreisen. Ihre Atmung und ihr Puls hatten sich so weit beschleunigt, dass sie kurz vor dem Höhepunkt stehen musste. Flame fühlte die leichten Kontraktionen ihres Unterleibs direkt an seinem Schwanz.

Fuck!

Er wollte zustoßen, sich einmal ganz tief in sie rammen, um sich seiner Lust zu ergeben, aber die Liebe zu June und sein Beschützerinstinkt schoben ihm einen dicken Riegel vor.

»Zu gefährlich«, raunte er und zog sich langsam zurück. Sofort kühlte das Wasser des Sees seine wild pochende Erektion. »Wir müssen erst testen, ob es wirklich klappt.«

»Ja«, hauchte sie schwach, packte seine Hand und führte sie zwischen ihre Beine. »Aber berühr mich!«

Schnell schob er zwei Finger in sie und rieb mit dem Daumen über ihren Kitzler. June krallte sich erneut in seine Schultern und warf stöhnend den Kopf zurück, während ihr Höhepunkt unaufhaltsam durch sie rollte. Wenn sie den Gipfel der Lust schon nicht zusammen erleben konnten, wollte er ihr einen besonders intensiven Orgasmus bescheren.

Noch lieber wollte er jetzt in ihr sein, aber er würde hoffentlich bald viele Gelegenheiten dazu bekommen – falls er seine Fähigkeit wirklich wieder unter Kontrolle hatte. Bisher fühlte er zum Glück nicht das geringste Prickeln in seinen Zellen.

Nachdem June Erlösung gefunden hatte, traf ihn ihr immer noch lustverhangener Blick, der ihm sagte, dass sie sich jetzt schon auf die nächste Runde freute. Sie drückte ihm einen verzehrenden Kuss auf die Lippen, und schlagartig schoss neue, heiße Lust durch ihn hindurch.

Als sie unter Wasser nach seinem Schwanz griff, brauchte es nur wenige gekonnte Bewegungen, bis er wieder steinhart war. Schon nach Sekunden ergoss er sich halb knurrend, halb stöhnend, während June nie den Blick von ihm nahm.

Danach schmiegte sie sich an ihn und grinste selig. »Ich habe nicht den kleinsten Funken gesehen.«

»Es hat geklappt«, stieß er atemlos hervor und hielt sie so fest er konnte, ohne ihr wehzutun. Im Moment war er der glücklichste Mann auf Erden. »Ich habe endlich wieder volle Kontrolle über meine Fähigkeiten!«

Lächelnd biss sie sich auf die Unterlippe. »Generalprobe bestanden. Dann können wir ja gleich zur Premiere übergehen.«

»Du bekommst wohl nie genug«, raunte er zufrieden.

»Nicht von dir«, antwortete sie und küsste ihn zärtlich.

***

Hand in Hand schlenderten sie durch den dunklen Park, beobachteten Glühwürmchen und genossen den lauwarmen Sommernachtswind auf ihrer noch feuchten Haut. Bis auf ein paar Wachen war niemand zu sehen. Sie wollten zu Flames Piratennest, um ihr Liebesspiel dort fortzusetzen.

Flame überlegte, ob er schnell bei Franky vorbeischauen sollte, doch der würde garantiert schon schlafen. Also würde Flame ihn gleich morgen Früh besuchen. Er wollte unbedingt versuchen, ihm seine Stimme wiederzugeben. Vielleicht konnte er die Naniten jetzt auch zum Heilen anderer einsetzen, genau wie Pyro. Er sollte es auf jeden Fall probieren, und natürlich würde er weiterhin für Franky sorgen. Schließlich hatte er jetzt wieder eine Menge Platz für neue Tattoos und musste den alten Mann dafür bezahlen.

Flame hatte versucht, seine gewohnten Bilder wieder auftauchen zu lassen. Doch sie sahen einfach nicht mehr so aus wie früher, sondern besaßen eine rotbraune Färbung, genau wie das Wort *Trust*. Wahrscheinlich, weil seine Naniten die »Farbe« aus seinem Blut herstellten. Tusche stand ihnen schließlich nicht zur Verfügung. Also gab er seinen Versuch auf und befahl den Naniten, die bräunlichen Tattoos wieder verschwinden zu lassen. Nur *Trust* durfte stehen bleiben.

Allerdings hatte sich Flame so an die Tätowierungen auf seiner Haut gewöhnt und Gefallen an ihnen gefunden, dass er dringend neue wollte. Ob Franky einen großen Engel mit Junes Gesicht auf seinen Oberarm machen könnte? Oder wäre das zu kitschig?

»Was geht dir im Kopf herum?«, fragte June in die Stille und drückte seine Hand. Sie hatten fast den Rand des Parks erreicht, und bis zu seiner Unterkunft war es nicht mehr weit.

Flame sah sich um, ob die Luft rein war, denn er rechnete jederzeit mit einem Angriff der Slasher. Auch wenn er die beiden Männer, die den Gefangenen befreien wollten, in die Flucht geschlagen hatte und sie dachten, eine ganze Armee von Kriegern würde nun Oasis beschützen, traute er dem Frieden nicht.

»Mir geht so einiges im Kopf herum«, erklärte er June, bevor sie aus dem Schutz der Bäume auf die vom Mondschein erhellte Straße traten.

»Klärst du mich auf?«

»Da wir ja ein Paar sind …«, begann er vorsichtig, weil er June das schon die ganze Zeit fragen wollte, sich aber bisher nicht getraut hatte. »Wo werden wir wohnen?«

»Solange ich das Oberhaupt der Siedlung bin, lebe ich in der Burg. Ich würde mich freuen, wenn du bei mir einziehst.«

Er grinste in die Dunkelheit. »Dann brauchen wir aber ein größeres Bett.«

»Ich kann eines beim Zimmermann in Auftrag geben.«

»Nein, das …« Seine Wangen erhitzten sich. Er wollte nicht, dass sich fremde Männer vorstellten, wie er sich mit June in diesem Bett wälzte. »Ich werde das besorgen.«

»Von mir aus gerne.«

»Werden mich die Siedler akzeptieren?«, wollte er als Nächstes wissen.

»Du hast gesehen, wie sie dich heute empfangen haben. Ich denke, die meisten haben dich bereits als neuen Einwohner angenommen.«

»Und was, wenn sie erfahren, dass ich Timmy und die anderen entführt habe?« Dieses Thema lastete immer noch auf seiner Seele.

Mitfühlend drückte sie erneut seine Hand. »Das werden sie nicht. Dies bleibt für immer unser Geheimnis.«

Auch Geheimnisse konnten gelüftet werden. »Und wenn sie herausfinden, dass ich der Flammendämon bin?«

»Timmy hat dich immer nur vermummt gesehen, oder?«, fragte sie.

»Zumindest, als ich ihn entführt habe.«

»Dann wird es keiner erfahren. In der Forschungsanlage hat Timmy vielleicht mitbekommen, dass du uns geholfen hast. Der Flammendämon war einfach jemand anderes.«

»… und starb bei der Explosion«, führte er murmelnd zu Ende.

June hatte recht. Vielleicht sollte er sich einfach weniger Sorgen machen und lernen, das Leben zu genießen. Das war nur immer noch alles so neu für ihn. Er konnte frei entscheiden, sich frei bewegen und … endlich mit June zusammen sein.

»Außerdem warst du nicht du selbst«, erklärte sie zum wiederholten Male. »Du musst diese Schuld endlich loslassen, Flame.«

»Das habe ich weitgehend. Dank dir. Die Schuld fühlt sich nur noch an wie ein Seufzer, der nicht entweichen will, aber die Erinnerungen an meine Taten werden nie vergehen.«

»Es wird besser werden«, versprach sie, und er wusste, dass sie von ihren eigenen grausamen Erinnerungen redete.

Sie betraten das Gebäude, in dem Flames Unterschlupf lag, und er führte June das stockdunkle Treppenhaus hinauf.

Zögerlich fragte sie: »Hattest du … eigentlich auch Schwestern? Ich meine … Gab es Frauen mit PSI-Fähigkeiten?«

»Nicht bei uns, und gehört habe ich auch nie etwas davon. Ich glaube, mal aufgeschnappt zu haben, dass sich die PSI-Fähigkeiten nur entwickeln können, wenn man kein zweites X-Chromosom hat, das diese *Anomalie* unterdrückt. Aber sicher bin ich nicht.« Spielte sie auf Kinder an? Auf … gesunde Kinder? Oder fragte sie nur aus allgemeinem Interesse?

Falls sie ein Mädchen bekämen, würden die Chancen gut stehen, dass es normal wäre. Falls er sich nicht irrte. Vielleicht konnte Mark diesbezüglich etwas herausfinden? Er war der einzige Arzt, zu dem Flame gehen würde.

Schnell verdrängte Flame das Thema, denn er wollte den Augenblick mit June nur noch genießen. Sie befanden sich bereits in der großen Halle mit den von der Decke hängenden Vögeln, und bis zum Schiff war es nicht mehr weit.

»Flame …«, wisperte June und blieb plötzlich stehen.

»Was ist?« Alarmiert blickte er sich um, aber er konnte keine Gefahr erkennen.

June tastete im Dunkeln nach seinem Gesicht. »Ich erinnere mich gerade, wie du dich vor zwölf Jahren mit mir aus dem Fenster abgeseilt hast. Wir standen hinter der brennenden Ruine. Dort war es auch so dunkel.«

Flame hatte sich diesen Moment all die lange Zeit, in denen er von June getrennt gewesen war, immer wieder ins Gedächtnis gerufen. »Du hast mir vertraut.«

»Das habe ich.« Zärtlich strich sie über seine Wangen. »Obwohl ich zuerst schreckliche Angst vor dir hatte.«

»Wir haben nie wirklich über diesen Tag geredet.«

»Nein, und das will ich jetzt auch nicht. Das alles liegt auch schon so weit zurück.« Sie machte eine kurze Pause und schmiegte sich an ihn. »Du sollst nur wissen … Ich bin heilfroh, dass du dich so gut im Griff hast. Früher schon und jetzt auch. Damals in den Ruinen hatte ich befürchtet, dass du dich mir mit Gewalt aufdrängen wolltest, um mich … von innen zu verbrennen.«

»Gott, June!« Seine Stimme hallte unnatürlich laut durch die Halle, sodass er sie sofort senkte. »Ich hätte dir niemals weh getan, schon früher nicht!«

Fest schlossen sich ihre Arme um ihn. »Das habe ich schnell bemerkt.«

Das erleichterte ihn ungemein. »Ich muss gestehen … das war nicht nur deine größte Angst. Damals habe ich zwar nicht einmal daran zu denken gewagt, mit dir zu schlafen, aber als wir uns wiedergesehen haben … Ich wollte mich dir nicht zeigen, weil ich nicht wusste, ob ich noch einmal so stark bleiben könnte.«

»Aber das bist du«, wisperte sie. »Dafür liebe ich dich und noch für so viel mehr.«

»June …« Er umfasste ihre Wangen und küsste sie stürmisch. »Ich liebe dich auch. So sehr.«

Halb küssend, halb streichelnd, schafften sie es irgendwie in den Bauch des Schiffes und nach oben in seine Piratenkajüte. Rasch entzündete Flame die Kerzen in den bunten Gläsern und wandte sich danach wieder June zu. Diesmal ließ er sich viel Zeit dabei, ihr das Kleid auszuziehen, betrachtete ausgiebig ihren wunderschönen Körper und küsste jeden Zentimeter ihrer weichen Haut.

June dagegen konnte es nicht erwarten, ihn nackt zu sehen. Sie zerrte an seinem Shirt und seiner Hose, bis er keinen Fetzen mehr am Leib trug. Überraschend zärtlich hauchte sie anschließend einen Kuss auf seine pralle Eichel, die sich ihr schon stolz entgegen reckte. Ihm wurde beinahe schwindelig vor Lust und er musste sich zwingen, das gemäßigte Tempo beizubehalten, denn er wollte genießen.

Minuten später lagen sie nebeneinander in seiner gemütlichen Koje und streichelten sich. Mit der Fingerspitze fuhr Flame über ihren sanft gewölbten Bauch bis zu der kleinen Narbe neben dem Nabel. »Woher hast du die? Soll ich versuchen, sie wegzumachen?«

»Nein.« Mit einem leisen Seufzen, als würde sie an etwas Schönes denken, strich June mit dem Daumen darüber. »Sie erinnert mich an einen wundervollen Moment mit meinem Vater, als er mir das Angeln beigebracht hat. Der Fisch riss sich los, die Angelschnur schnalzte zurück und der Haken blieb in meiner Haut stecken.«

»Autsch.« Flame beugte sich über sie, um die Stelle zu küssen. »Wie alt warst du da?«

»Vier oder Fünf.«

Überrascht schaute er zu ihr auf. Er besaß kaum eine Erinnerung an seine Jugend. »Und das weißt du alles noch?«

Sanft lächelte sie ihn an und fuhr über sein kurzes Haar. »Wahrscheinlich wegen der schmerzhaften Begegnung mit dem Angelhaken. Ich bin trotzdem froh darüber.«

Flame hatte keinen Vater, zumindest keinen, der für ihn da gewesen war. Auch seine Brüder gab es nicht mehr. Flame war vielleicht der Einzige seiner Art auf der ganzen Welt. Dennoch fühlte er sich nicht allein, denn er hatte jetzt June und eine neue Heimat, ja, sogar Freunde.

»Willst du eigene Kinder haben?«, platzte es aus ihm heraus, denn er musste es einfach wissen!

»Ich habe vermutet, dass dich das Thema beschäftigt.« June blickte ihn mitfühlend an. »Letztens, als wir den Eintopf von Joseph gegessen haben und du die Jungs beobachtet hast, die um das Lagerfeuer gesprungen sind, habe ich deinen nachdenklich-traurigen Gesichtsausdruck bemerkt.«

»Und?«, fragte er vorsichtig.

Sie lächelte sanft. »Wir haben uns, Flame. Das ist für mich erst einmal alles, was zählt. Mir sind bisher keine Kinder vergönnt gewesen, und ich habe mich damit abgefunden.«

»Ich habe Angst, dass sie so werden könnten wie ich«, gestand er ihr.

»Es müsste viel mehr Menschen geben wie dich.« Plötzlich erlosch ihr Lächeln und sie nahm sein Gesicht in die Hände, um ihn so zu zwingen, ihr in die Augen zu schauen. Flame erkannte, wie ernst es ihr war.

Tief in seinem Herzen löste sich etwas. »Ich meinte damit …«

»Scht.« Sie verschloss seinen Mund mit einem Kuss und rollte sich auf ihn. »Ich weiß, was du wirklich meinst und mache dir einen Vorschlag.«

Gebannt starrte er in ihre schönen großen Augen.

»Konzentrieren wir uns doch erst mal auf uns.«

»Dagegen habe ich nichts einzuwenden«, raunte er und drückte seine Hände auf ihre drallen Pobacken. June auf sich zu spüren, brachte seinen Schwanz dazu, sich wieder komplett aufzurichten. Drängelnd drückte er sich an ihre Mitte, weil er noch einmal von dieser seidigen Enge massierte werden wollte.

Allein der Gedanke an ihren feuchten Schoß ließ ihn noch härter werden. Doch was, wenn sie von ihm schwanger wurde?

Als würden ihre Überlegungen in die gleiche Richtung gehen, erklärte sie wehmütig: »Vielleicht kann ich auch keine Kinder bekommen.«

Das erleichterte ihn einerseits, andererseits würde er sofort versuchen, June zu heilen, falls bei ihr ein körperlicher Defekt vorlag und ein Baby ihr größter Wunsch war.

»Aber falls ich doch ganz … gesund bin …«, sagte sie zögerlich. »Könnten deine Naniten für Verhütung sorgen?«

»Fändest du das nicht gruselig?«

Lächelnd schüttelte sie den Kopf. »Diese kleinen Roboter gehören zu dir, Flame. Ich bin wirklich froh, dass du sie hast. Sonst würden wir jetzt nicht hier liegen.«

Sie hatte recht. »Ich kann es ja versuchen«, beschloss er deshalb und dachte: *Naniten, macht meine Samenzellen schwimmuntauglich oder unfruchtbar.*

Ihm war egal, wozu sich die Nanobots entschieden. Hauptsache, June wurde nicht schwanger. Noch nicht. Zuerst sollten sie mit Mark alles besprechen.

Laszív rieb sie sich an ihm. Das bedeutete wohl: *Genug geredet, lass Taten folgen!*

Sein Schwanz hatte bei all den Überlegungen etwas von seiner Härte verloren, doch als June an Flame herunterrutschte, um ihn in den Mund zu saugen, bäumte er sich sofort wieder auf.

Fuck, was machte sie da nur mit ihrer Zunge? June ließ sie um den Rand seiner Eichel kreisen, neckte sein Bändchen oder stieß sie in die kleine Öffnung an der Spitze. Daraufhin pulsierte ein köstliches Kribbeln durch seinen Körper und seine Erektion zuckte in ihrem Mund. Als sie sanft daran saugte, drückte Flame sie an den Schultern zurück, um sie unter sich zu bringen.

»Wenn du mich schon wieder so heiß machst, ist es vorbei, noch bevor es richtig angefangen hat«, raunte er und überhäufte ihren wunderschönen Körper mit Küssen. Er neckte ihre harten Nippel, knabberte an der weichen Haut ihres Bauches und vergrub schließlich die Nase in dem duftenden, weichen Kissen zwischen ihren Schenkeln.

Sofort öffnete sie die Beine für ihn, sodass er von ihrer berauschenden Creme kosten konnte.

Fuck, er war süchtig nach ihrem Geschmack!

Wie ein Verdurstender leckte er sie aus, trieb seine Zunge in sie oder ließ sie über ihren Kitzler flattern. Stöhnend wand sie sich unter ihm, wobei sie die Finger in seine Schultern grub.

Flame wollte ihr Liebesspiel wirklich genießen und jede Sekunde auskosten, doch wenn sich June derart präsentierte und die Schenkel noch weiter für ihn spreizte, fiel ihm Zurückhaltung schwer. Und da er zuvor am See schon eine Kostprobe von ihrem engen Schoß bekommen hatte und dieses herrliche Gefühl keine Sekunde länger missen wollte, konnte er nicht mehr warten.

Er schob seinen Körper auf sie, stützte sich mit den Unterarmen seitlich neben ihrem Kopf ab und begann, seinen pochenden Schaft an ihrer feuchten Scham zu reiben, sodass seine Erektion mit ihrer Creme bedeckt wurde. Dann brachte er mit einer Hand seine Eichel in Position und stieß sanft zu.

Laut stöhnend bog June den Rücken durch und drückte sich ihm entgegen. Unaufhaltsam rutschte er tiefer in sie, dehnte ihre seidige Spalte und wurde regelrecht von ihr verschlungen.

Grundgütiger! Sie war so eng und doch so weich!

Seine Eichel pochte schon beinahe schmerzhaft, so erregt war er. Er spürte Junes harte Nippel an seiner Brust und schob eine Hand zwischen ihre Körper, um einen ihrer prallen Hügel sanft zu kneten. Unter ihm wurde June noch unruhiger und stöhnte lauter.

Küssen! Er musste sie küssen, um sich ein wenig abzukühlen!

Als sein Mund auf ihre weichen Lippen traf, machte das nichts besser – im Gegenteil! Sein Schwanz zuckte nur umso heftiger in ihr und verlor bereits erste Tropfen.

Weil June ihr Liebesspiel zu genießen schien, wurde er wagemutiger und rammte sich schneller und tiefer in sie. June nahm ihn ganz auf, zerrte an ihm, massierte ihn.

Fuck, war das geil!

Wenn es für ihn schon so grandios war, wie war es dann für sie? »Wie fühlt sich das für dich an, June?«, fragte er und seine Stimme klang rau vor Lust und beinahe wie ein Knurren.

»Wunderbar«, antwortete sie atemlos, und wie um ihre Aussage noch zu unterstreichen, grub sie die Finger in seine Pobacken.

Verflucht, er ... musste sich beherrschen! Doch er konnte nicht aufhören, seinen Schwanz in ihre enge Spalte zu treiben. Es war zu schön!

»Beschreibe es genauer«, forderte er.

Ein freches Lächeln huschte über ihre Lippen. »Stehst du da drauf?«

»Ich weiß nicht.« Er wollte es nur plötzlich aus ihrem Mund hören.

Lasziv fuhr sie sich mit der Zunge über die Oberlippe und raunte: »Ich mag, wie du mich ausfüllst. Ich liebe das Gefühl, von dir in Besitz genommen zu werden, unter dir zu liegen, mich dir hinzugeben.«

Ihre Worte brachten ihn fast zum Abspritzen und er knurrte: »Und wie ich darauf stehe!«

Gab es etwas Besseres, als die Frau zu lieben, die man begehrte? Träumte er auch nicht? Falls ja, wollte er nie mehr aufwachen, und vor allem wollte er fortan nie wieder etwas anderes machen. Er wollte June ficken, Tag und Nacht, in allen erdenklichen Stellungen. Er wollte sie mit seinem Samen markieren, ihn auf ihr verteilen oder sich tief in ihr verströmen, so wie gleich. Er fühlte bereits einen gewaltigen Orgasmus heran rauschen, hielt ihn jedoch noch zurück. Kurz horchte er in sich hinein, um herauszufinden, was seine Fähigkeit machte, und atmete erleichtert auf: Er musste keinen Ausbruch seiner Flammen befürchten. Und als sein Schwanz von Junes gnadenloser, seidiger Enge durchgeknetet wurde, weil sie laut stöhnend ihren Gipfel erreichte, kam auch Flame zum Höhepunkt.

Er riss den Kopf zurück, stieß ein Knurren aus und fühlte, wie er in June hineinpumpte. Fuck, das war irregeil!

Er füllte sie mit eins, zwei ... acht Ladungen seines Saftes, während er immer noch von ihrem Schoß massiert wurde. Flame blieb so lange in ihr, bis er keine Kontraktionen mehr spürte. Danach rollte er sich von ihr herunter und zog sie seitlich in seine Arme.

»Das war genial«, flüsterte er atemlos.

June lächelte selig und fuhr ihm zärtlich über den Kopf. »War es so, wie du es dir vorgestellt hast?«

»Viel besser als in meinen Träumen«, gestand er ihr und grinste wahrscheinlich wie ein Schaf.

»Das war erst der Anfang, Flame. Wir können noch so viel miteinander tun.«

Plötzlich hatte er wieder den Bildband mit den zahlreichen Stellungen vor Augen. Er würde sie alle mit June ausprobieren, schön der Reihe nach. »Ich mag deine verdorbene Seite«, sagte er deshalb.

»Ich bin nicht verdorben, nur ganz heftig verliebt in dich.«

Flame beugte sich über sie, um ihr einen langen, tiefen Kuss zu geben, während sie die Arme um ihn schlang. Von nun an würde es nicht nur heiße Tage, sondern auch heiße Nächte geben. Da war er sich ganz sicher.

***

Die Sonne blinzelte schon seit Minuten durch das hohe Fenster ins Burgzimmer, doch June schlief immer noch selig in Flames Armen. Endlich konnte er neben ihr liegen, ohne für sie gefährlich zu werden, und dennoch hatte er kaum ein Auge zugemacht. Er wollte dieses Gefühl voll auskosten.

Sie hatten sich zwei weitere Male an seinem geheimen Rückzugsort geliebt, bevor sie kurz vor Morgengrauen in die Burg zurückgekehrt waren. Flame hoffe, dass auf June jetzt keine Verpflichtungen warteten, denn er wollte sie nicht wecken. Ihr beim Schlafen zuzusehen, erfüllte ihn mit tiefem Frieden. Außerdem gab sie hin und wieder so süße Seufzer von sich, die ihm ein Lächeln entlockten.

June war jetzt nicht nur seine Gefährtin, sein Mädchen, sondern auch seine neue Familie. Es würde sicher noch ein halbes Leben dauern, über den Verlust seiner Brüder hinwegzukommen – falls er das jemals konnte –, doch ein neuer Anfang war gemacht. Gleich heute wollte Flame der Wachmannschaft von Oasis beitreten, um June und all die Menschen hier vor Gefahren zu schützen. Von nun an stand er auf der richtigen Seite, und er freute sich auf all die neuen Aufgaben, die vor ihm lagen. Was für ein fantastisches Gefühl!

Als er plötzlich eine Etage tiefer das leise Knarren der Türscharniere des Haupteinganges hörte, spannte er sich an. Schnelle Schritte folgten, aber sie konnten nicht von einem Erwachsenen stammen.

Sofort rüttelte er an Junes Schulter. »Da kommt jemand. Ein Kind.«

»June! June!«, hallte eine Jungenstimme durch das Treppenhaus, dann ertönte ein wildes Klopfen an der Zimmertür.

Zum Glück war abgesperrt! Flame hatte darauf bestanden, dass sich June fortan wenigstens nachts immer einschloss. Die Slasher schreckten gewiss vor nichts zurück, und Flame wollte seine Frau so sicher wie möglich wissen, wenn er in Zukunft auf Patrouille war.

June riss die Augen auf und setzte sich rasch hin. »Das ist Mirko! Er bringt mir jeden Morgen eine Karaffe mit frischem Wasser.«

»Hört sich nicht so an, als ob er nur Wasser bringen will.«

»Einen Moment!« June sprang aus dem Bett und schlüpfte in ihr langes T-Shirt. Dann warf sie Flame, der bereits im Zimmer stand, seine Hose zu. »Ich komme!«

Kaum hatte Flame den obersten Knopf geschlossen, öffnete June die Tür, und ein dunkelhaariger, etwa acht Jahre alter Junge lief herein. Es war derselbe vom See.

»Skye ist verschwunden!«, rief er atemlos. Als er Flame bemerkte, schenkte er ihm einen kurzen, verwirrten Blick, aber dann galt sein Augenmerk sofort wieder June. »Sie ist weg!«

Sanft fasste sie an seine Schultern und beugte sich zu ihm hinunter. »Jetzt hol erst mal Luft, Mirko. Wieso glaubst du, dass sie verschwunden ist?«

»Enzo hat bei seinem morgendlichen Rundgang am Rand der Siedlung ihre Armbrust gefunden und ist sofort zu ihr nach Hause gegangen, aber dort ist Skye auch nicht!«

Alarmiert blickte sie sich zu Flame um.

Ihm fielen Junes Worte ein, dass Skye stets von einer inneren Unruhe befallen war und es nie lange an einem Ort aushielt. »Könnte es nicht sein, dass sie einfach wieder Sachen suchen gegangen ist?«

Vehement schüttelte June den Kopf. »Sie würde niemals ohne ihre Bessy losziehen! Und nicht ohne sich von mir zu verabschieden. Falls sie wirklich vorgehabt hätte, schon wieder auf die Suche zu gehen, hätte sie mir gestern, nachdem wir aus Resur zurückgekehrt sind, etwas gesagt.« June wirkte nun ernsthaft besorgt. Sie spazierte im Zimmer hin und her, wobei sie sich nachdenklich über die Stirn rieb.

»Bessy?«, fragte er.

»So nennt sie ihre Armbrust.«

Mirko, der immer noch völlig aufgelöst wirkte, rief: »Enzo glaubt, die Slasher haben sie entführt!«

Flame erinnerte sich daran, dass die Plünderer einen Mann befreien wollten, der hier im Gefängnis saß. Wollten sie seine Freilassung mit einer Geisel erpressen, so wie sie es geplant hatten?

June wirbelte zu ihm herum. »Flame, die beiden Slasher, die du in die Flucht geschlagen hast, die wollten doch …«

Er unterbrach ihre Überlegungen mit einem resoluten Nicken.

»Dasselbe habe ich auch gerade gedacht.«

June ging zurück zum Bett und ließ sich darauf sinken. »Was, wenn die Slasher tatsächlich Skye entführt haben?«

»Dann werden wir sie finden, June.« Flame setzte sich neben sie, um einen Arm um ihre Schultern zu legen.

»Aber niemand weiß, wo sie leben!«

»Ich werde alles versuchen, um sie aufzuspüren.« Flame konnte es kaum ertragen, June derart aufgelöst zu sehen, doch sein Kampfgeist war geweckt. »Das verspreche ich dir!«

June schaute ihm einen Moment lang tief in die Augen, und auch ihr Kampfgeist, den er schon damals in der brennenden Ruine bewundert hatte, blitzte in ihren Pupillen auf. Dann nickte sie entschlossen und schmiegte sich an seine Brust. June war nun genauso wenig allein wie er, egal, was kam. Fortan gehörten sie zusammen, und gemeinsam konnten sie alles meistern.

Noch ein paar Worte zum Schluss

Was glaubst du … Ist Skye wirklich entführt worden?

Der nächste Teil der Serie wird auf jeden Fall von ihr und Verox handeln, einem brandneuen, gefährlichen Krieger. Ich habe schon total Lust darauf, mehr von den beiden zu erzählen! June und Flame werden auch wieder dabei sein und du vielleicht ebenfalls? Blättere doch nach diesem Text weiter, dann kannst du schon ein bisschen in die neue Story reinlesen. Sie ist allerdings noch nicht lektoriert, deshalb können sich später kleinere Änderungen ergeben.

Außerdem findest du drei Links zur Seite von Happy End Bücher. Dort kannst du ältere Interviews mit Crome, Storm, Mark und Nitro lesen, die im Helden-Salon zu Besuch waren.

Ich freue mich auf jeden Fall sehr, dass du die Warrior Lover durch alle Teile begleitet hast. Vielleicht habe ich dir ein paar schöne Stunden beschert, in denen du den Alltag eine Weile vergessen konntest :) Besonders gefreut habe ich mich über ein Wiedersehen mit ein paar alten Bekannten. Es hat großen Spaß gemacht, mit Jax und dem Rest der alten Bande »zusammenzuarbeiten« ;)

Falls du Lust hast, erzähle mir doch, wie dir dieser Roman gefallen hat? Ich freue mich immer riesig über Feedback, egal wo. Du findest mich auf meiner Homepage, Twitter (inkaloreen) und Facebook (Books by Inka Loreen Minden).

Und falls du das Buch weiterempfehlen möchtest oder Zeit findest, zwei kurze Sätze in einer Rezension / Bewertung zu schreiben, ist das für uns Autoren wie der Applaus für einen Schauspieler. Darüber freuen wir uns am allermeisten.

Halte die Öhrchen steif und
make Love not War :)

Deine Inka

Vorschau ≫VEROX≪

Die Siedlerin Skye hat seit Jahren denselben Traum: Als junge Frau rettet sie dem Warrior »Nummer drei« das Leben, als sie ihn halb verdurstet und schwer verletzt in der Wüste findet. Obwohl sie ihn für einen feindlichen Krieger aus Royal City hält und ihn am liebsten töten möchte, pflegt sie ihn gesund.
Jahre später ist aus »Nummer drei« Verox geworden, der Anführer der Bande von Plünderern, die regelmäßig die Siedlung Oasis überfällt. Verox will unbedingt die begnadete Sammlerin in seinem Team haben. Deshalb entführt er sie und hält sie in seinem Versteck gefangen. Nun weiß Skye, dass ihr Traum real war und sie damals nicht anders konnte, als Verox zu retten. Denn der gefährliche Mann besitzt eine besondere Gabe, mit der er sich jeden untertan machen kann.
Wird er Skye erneut seinen Willen aufzwingen können?

Skyes Traum – Acht Jahre zuvor

Skye zog ihren vollbeladenen Handkarren durch die verstaubten Straßen und wollte nur noch in ihren kühlen, schattigen Unterschlupf. Der beißend-heiße Wüstenwind, der um die Ruinen und ihr kurzes Haar wirbelte, brachte Sand und noch mehr Hitze mit sich. Damit der Staub nicht in ihre Lungen drang, wickelte Skye ihr dünnes Tuch fester um Mund und Nase. Unter der getönten Skibrille und der langen Kleidung schwitzte sie wie verrückt, aber der Stoff schützte sie vor den gnadenlosen Sonnenstrahlen, die innerhalb kurzer Zeit ihre Haut verbrennen würden. Die Vorfahren der überlebenden Menschen hatten schon vor dem Großen Krieg die Himmelshülle beschädigt, weshalb die Strahlung ungefiltert auf die Erde traf. Da nützten auch Skyes indianisches Blut und ihre etwas dunklere Haut nichts. Die Sonne war unerbittlich.

Vielleicht war es nur gerecht gewesen, dass sich die Bevölkerung vor fast einem Jahrhundert selbst nahezu ausgelöscht hatte.

Wer diesen einzigartigen Planeten beschädigte, hatte es nicht verdient, darauf zu leben. Die Erde war einst ein Paradies gewesen, fruchtbar und voller Leben. Skye besaß dicke Fotobände, die ihr die frühere Schönheit dieser Welt zeigten: eine unglaubliche Vielfalt an Tieren, Pflanzen und Landschaftsformen. Bizarre Schluchten, weiße Strände, Urwälder, Vierbeiner mit meterlangen Hälsen … Und jetzt gab es nur noch totes Grau und staubiges Braun, zumindest auf dieser Seite des Flusses, und die Ruinen, die wie kariöse Zähne in den wolkenlosen Himmel ragten.

Auf die Westseite des Hudson River traute sich wegen der Reststrahlung so gut wie niemand. Die Bombe hatte New York um einige Meilen verfehlt und war hier draußen eingeschlagen. In der »verbotenen Randzone« nach Sachen zu suchen, war für Skye nichts Ungewöhnliches. Sie vertrat die Meinung, dass ein Meile näher am Unglücksort auch keinen Unterschied machte. Dort konnte sie sich wenigstens immer ungestört umschauen und fand die tollsten Gegenstände. Gestern hatte sie sogar ein ehemaliges Militärlager aufgespürt! Sie würde niemandem davon erzählen, denn da gab es jede Menge Medizin, Waffen und Konserven, die sie entweder selbst behielt oder in einer der freundlicheren Siedlungen gegen andere Dinge, wie zum Beispiel frische Lebensmittel, eintauschen konnte. Die Orte, an denen gesetzlose Plünderer hausten, mied sie. Dort würde man sowieso nichts für ihre Funde zahlen, sondern die Dinge einfach stehlen und sie vielleicht sogar verfolgen, um ihre Quellen zu enthüllen. Wenn sie vorsichtig war, konnte sie noch viele Male hierher zurückkommen, ohne dass jemand den Ort und seinen verborgenen Reichtum entdeckte.

Wenigstens verwischte dieser verdammte Glutwind sofort ihre Spuren, denn Skye war auf dem Weg zu einem ihrer geheimen Lager. Dort würde sie den Wagen sowie alle Schätze des Tages verstecken und sich anschließend zu ihrem Unterschlupf begeben. Sie wollte nur noch schlafen. Gerade fühlte sie sich nicht wie siebzehn, sondern wie siebzig. Aber in zwei Stunden ging die Sonne unter, dann wurde es endlich kühler. Manche Nächte waren hier draußen sogar so kalt, dass man sich den Arsch abfror.

Kurz bevor sie in eine engere, beinahe völlig verfallene Seitengasse abbiegen wollte, glaubte sie, einige Meter weiter im Schatten einer Ruine eine Bewegung wahrzunehmen. Sofort ließ sie den Griff des Leiterwagens los und holte ihren Hammer von der Ladefläche. Doch der würde ihr nichts nützen, falls jemand auf sie feuerte. Zwar hatte sie zu ihrer großen Freude in dem Militärlager eine gut erhaltene Armbrust mit jeder Menge Bolzen gefunden, leider fehlten ihr noch die Kenntnisse, wie sie diese Waffe bedienen sollte. Syke wollte sich später in ihrem Unterschlupf damit beschäftigen. So lange musste es der Hammer tun.

Die poröse Straße flimmerte, Staub wirbelte auf und erneut nahm Skye eine Bewegung im Schatten vor einer eingefallenen Mauer wahr. Vielleicht handelte es sich um ein Tier? Ein frisches Abendessen würde ihr gerade recht kommen. Doch sie musste vorsichtig sein, es gab gefährlich große Raubkatzen hier draußen. Diese waren nach dem Großen Krieg aus den Zoos entkommen oder freigelassen worden – wer wusste das schon. Auf jeden Fall stellten wilde Tiere – neben Menschen – die größte Gefahr für Skye dar.

Langsam schlich sie mit dem Hammer in der Hand näher und traute ihren Augen kaum, als sie dort im Schatten der Mauer einen nackten Mann entdeckte, der auf dem Rücken lag. Skye konnte wegen des ganzen Staubs auf seinem Körper kaum einschätzen, wie alt er sein mochte. Achtzehn? Zwanzig?

Sofort schob sie sich die getönte Schutzbrille ins Haar, um ihn genauer betrachten zu können. Seine Haut an den Schultern und im Gesicht war so schlimm von der Sonne verbrannt, dass sich Blasen darauf gebildet hatten. Sogar sein Penis war knallrot!

Skyes Blick ruhte ein wenig länger auf diesem Körperteil, weil sie außer dem Penis ihres verstorbenen Bruders – mochten die Engel auf den kleinen Schatz aufpassen – noch nie einen aus der Nähe gesehen hatte. Vor allem noch nie einen so … erwachsenen! Waren die immer so groß und behaart?

Unter halb geöffneten Lidern starrte der Mann sie an, wobei er sich keinen Millimeter bewegte. Selbst seine breite Brust hob sich nur noch leicht. Wahrscheinlich hatte er kaum mehr Kraft, zu atmen.

»Was ist passiert?«, fragte Skye, blieb jedoch auf Abstand. Der Mann sah nicht gerade gefährlich aus, und Waffen entdeckte sie auch keine. Doch das Leben hatte sie gelehrt, lieber vorsichtiger zu sein, als es die Situation auf den ersten Blick erforderte.

Seine aufgesprungenen Lippen teilten sich, als wollte er ihr etwas sagen, doch nur ein leises Krächzen verließ seinen Mund.

Skye wollte sofort zum Wagen eilen, um Wasser zu holen, aber etwas hielt sie zurück. Der Mann sah trotz seines Zustandes viel zu kräftig und gesund aus, als dass er von hier draußen stammen konnte. Viel zu … perfekt! Ja, das beschrieb ihn noch am ehesten.

Shit! Was, wenn das nicht einfach bloß ein Mensch war? Die große Statur, die breiten Schultern und zahlreichen Muskeln … Das musste ein Warrior sein! Ein halb toter Warrior zwar, aber unverkennbar einer dieser Superkrieger, die alle abschlachteten, die versuchten, in die Kuppelstadt zu gelangen.

Ihre Finger zogen sich fester um den Stiel des Hammers. Ein gezielter, kraftvoller Schlag auf den Kopf, und er wäre erledigt. Oder? Diese Mistkerle sollten fast unbesiegbar sein, doch der hier war bereits geschwächt. Wehrlos.

In den Siedlungen würde Skye wahrscheinlich als Heldin gefeiert werden, wenn sie dort einen toten Warrior ablud. Vielleicht sollte sie seinen hübschen Kopf verschonen und ihm stattdessen lieber die Kehle aufschneiden. Genügend Messer lagen auf dem Wagen. Oder sie könnte an ihm auch die Armbrust ausprobieren.

Der Verletzte bewegte sich leicht, und Skye musste ein Entscheidung treffen. Entweder, sie ließ dem Schicksal seinen Lauf, oder sie nahm es in ihre eigenen Hände. Ein Bolzen mitten ins Herz wäre wohl die gnädigste und sauberste Lösung.

Gerade, als sie sich von ihm abwenden wollte, teilten sich seine Lippen erneut und er krächzte: »Hilf mir.«

Urplötzlich ergriff sie unbändige Wut. Sie trat dicht zu ihm, fasste in sein staubiges, rotblondes Haar und hob seinen Kopf ein Stück daran auf. »Warum sollte ich einem Mörder helfen?«, grollte sie. »Ihr lasst uns nicht in die Kuppel, sondern tötet uns vorher!«

»Bin keiner von … denen«, wisperte er kaum hörbar. »Bitte …«

Ob das stimmte? Zumindest trug er keine der perfekten Uniformen und war auch nicht bis an die Zähne bewaffnet, wie die anderen Warrior, die sie bisher gesehen hatte.

Seine Fußsohlen waren blutig und voller Dreck, er musste weit gelaufen sein. Ob er vielleicht gar nicht aus Richtung der Kuppeln kam, sondern sogar aus dem verstrahlten Gebiet? Aber was hatte er dort gesucht? Und warum trug er keine Kleidung?

Syke hielt sich fürs Erste an die Frage, die sie am meisten interessierte: »Warum hast du nichts an?«

Seine Lippen zuckten lediglich.

Langsam ließ sie seinen Kopf zurück in den Staub sinken. Hatte eine Rebellengruppe ihn überfallen?

Was aber, wenn er die Wahrheit sagte und er wirklich keiner der Kuppelkrieger war? Was, wenn sie einen Unschuldigen tötete? Außerdem hatte sie nie zuvor einen Menschen umgebracht! Konnte sie wirklich ein Leben auslöschen, wenn ihres nicht unmittelbar bedroht war?

Als er noch einmal »Bitte« wisperte und ihr einen solch eindringlichen Blick schenkte, dass sie einen Stich in ihrem Herzen verspürte, lief sie zurück zu ihrem Karren. Dort fegte sie den Großteil ihrer heutigen Ausbeute – gut erhaltene Konservendosen, Messer und Munitionskisten – von der Ladefläche auf die Straße, doch die Armbrust, die Decken und die Tabletten in den Pappschachteln behielt sie im Wagen. Es gab nichts Wertvolleres als Wasser und Medizin, und beides würde sie sicher nicht dem Wüstenwind und der Sonne überlassen. Zum Glück kam hier – normalerweise – nie jemand vorbei, deshalb würden die Sachen später auch noch hier liegen.

Skye hängte sich die Armbrust um und steckte den Hammer in ihren Gürtel. Anschließend schob sie die Medikamente zur Seite, stapelte die Decken in einer Ecke auf, deponierte ihre Wasserflaschen aus Stahl in der anderen, und zog den Wagen bis zu dem Mann. Dann zerrte sie ihn auf die Beine. Seine Haut glühte regelrecht!

Er schaffte es mit Müh und Not, auf die Ladefläche des Leiterwagens zu klettern, und krümmte sich dort wie ein Embryo zusammen. So passte er wenigstens ganz drauf. Danach schraubte sie eine ihrer Trinkflaschen auf und hielt ihm die Öffnung an die trockenen Lippen. Er machte ein paar gierige Schlucke, hustete und blieb reglos liegen.

Okay, wenn er starb, war das nicht ihr Problem. Doch sie wollte, dass er lebte. Verrückt! Hatte der Kerl sie verzaubert? Ihr eine Gehirnwäsche verpasst? Sie sollte doch alle Warrior hassen!

Womöglich hing ihre seltsame Einstellung mit dem Verlust ihrer Familie zusammen, die ein Virus vor neun Jahren dahingerafft hatte. Skye war selbst noch ein kleines Mädchen von acht Jahren gewesen und hatte die unbekannte Krankheit gerade so überlebt. Seitdem sah sie vieles mit anderen Augen.

Schnell breitete sie eine Decke über dem Mann aus, damit er einerseits vor den Sonnenstrahlen geschützt war und sie andererseits niemand zusammen mit ihm sah – sollte sie beobachtet werden. Dann zog sie den Karren in die Seitengasse, in der sich ein kleines Einfamilienhaus an das andere reihte, bis es nach etwa einem Kilometer nicht mehr weiterging. Schutt eines eingestürzten Gebäudes versperrte den Weg.

»So, wir sind da, Sonnenschein«, murmelte sie, als sie die Decke zurückschlug.

Der Warrior blickte sie aus glasigen Augen an. Gut, wenn er wach war, konnte er die letzten Meter auch noch laufen. Skye würde ihn auf keinen Fall tragen können, dazu war der Kerl zu groß und schwer und sie zu klein. Wahrscheinlich wog sie gerade einmal halb so viel wie er!

Sie zog an seiner rauen Hand, und der Krieger setzte sich auf. Danach rutschte er vom Wagen, Skye legte einen Arm um seine Taille und dirigierte ihn durch den türlosen Hauseingang zu ihrer Linken.

Er humpelte auf seinen blutigen Füßen hinein und gab keinen Laut von sich. Hart im Nehmen war der Kerl, das musste sie ihm lassen.

Mit dem Fuß stieß sie die Tür zu einer Treppe auf, die in das stockdunkle Untergeschoss führte. Dort unten hatte sich Skye häuslich eingerichtet, denn es gab nicht viele Keller, in denen es angenehm kühl war und die eine weitere Fluchtmöglichkeit nach draußen besaßen. Durch eine Luke an der Decke konnte man zu einem Schuppen im Hinterhof des Hauses gelangen. Außerdem ließ sich die Treppentür verriegeln. Perfekte Bedingungen für sie.

Nachdem sie den Warrior die Stufen hinab in die Finsternis geführt hatte, lehnte sie ihn gegen die gemauerte Wand und befahl ihm, dort stehen zu bleiben. Er machte keinen Mucks, während sie im Regal vor sich herumtastete, um die Streichhölzer zu finden. Sie zündete eins an und setzte damit den Docht einer Kerze in Brand. Diese stellte sie schnell auf einen klapprigen Hocker und eilte zu dem Krieger zurück.

Konservendosen stapelten sich neben zwei brusthohen, quadratischen Geräten aus einer dünnen Metallhülle, die an der Oberseite eine Klappe besaßen. In ihrem Inneren befand sich eine Trommel; darin bewahrte Skye Dinge auf, die keine Mäuse anknabbern sollten, wie zum Beispiel Kleidung oder ihre heißgeliebten Bücher. Immer, wenn sie auf ihren Streifzügen eine interessante Lektüre fand, nahm sie diese mit und deponierte sie in einem ihrer zahlreichen Unterschlupfe. Lesen gehörte neben dem Sammeln von Sachen zu ihrer Hauptbeschäftigung. Überall verteilten sich Kerzenstummel zwischen leeren Gaskartuschen, die sie ebenfalls aus der Militärbasis hatte. Und mitten auf dem Boden lag eine gut erhaltene, breite Matratze, auf der sie mehrere Decken ausgebreitet hatte. Alles in allem wirkte ihr vorübergehendes Zuhause nicht sehr heimelig, aber zweckdienlich.

Okay, sie hätte vielleicht einmal aufräumen sollen, doch mit einem Gast hatte sie nicht gerechnet und länger als ein paar Tage hielt sie sich ohnehin nie in ihren Verstecken auf.

Der erschöpfte Krieger hatte nur Augen für ihr Schlaflager. Er taumelte darauf zu, ließ sich mit ihrer Hilfe darauf sinken und blieb bäuchlings darauf liegen. Weil nur die eine Kerze brannte, nahm sie lediglich die Umrisse des Mannes wahr. Außerdem mussten sich ihre Augen erst an die schlechten Lichtverhältnisse gewöhnen. Vor lauter Aufregung hatte sie vergessen, draußen ihre getönte Brille wieder aufzusetzen.

»Okay«, sagte sie, wobei ihre Stimme in ihren Ohren seltsam laut klang. Sie war es nicht gewohnt zu reden, solange sie allein unterwegs war. »Ich hole noch meine Sachen.«

Warum sprach sie überhaupt mit dem Kerl? Wahrscheinlich war er schon wieder bewusstlos und hörte sie ohnehin nicht.

… weiter geht es bald im Roman »Verox – Warrior Lover 12«

Happy End Heldensalon

Ihr Lieben, ein paar meiner Warrior waren vor ein paar Jahren im Heldensalon von »Happy End Bücher« zu Besuch. Ihre Interviews könnt ihr dort nachlesen. Viel Spaß!

https://happy-end-buecher.de/heldensalon-storm-mark/

https://happy-end-buecher.de/heldensalon-crome/

https://happy-end-buecher.de/heldensalon-nitro/

Über die Autorin:

Inka Loreen Minden, die auch unter den Pseudonymen Ariana Adaire, Lucy Palmer, Mona Hanke, Loreen Ravenscroft und Monica Davis (Jugendbuch) schreibt, ist eine bekannte deutsche Autorin. Von ihr sind bereits über 50 Bücher, 9 Hörbücher und zahlreiche E-Books erschienen, die regelmäßig unter den Online-Jahresbestsellern zu finden sind. Sie schreibt u.a. für Bastei Lübbe, Blanvalet und Rowohlt.

Ihre Titel wurden in mehrere Sprachen übersetzt. Auf Englisch sind erhältlich: Hearts of Stone, Daniel Taylor – Demon Heart und Caprice.

Neben einer spannenden Rahmenhandlung legt sie Wert auf eine niveauvolle Sprache und lebendige Figuren. Romantische Erotik, gepaart mit Liebe und Leidenschaft, ist in all ihren Storys zu finden, die an den unterschiedlichsten Schauplätzen spielen.

Mehr über die Autorin auf ihrer Homepage:
www.inka-loreen-minden.de

Eine Auswahl ihrer Titel:

Amy & Jason
Penny & Logan
Malte & Fynn
Shadows of Love – Dunkle Leidenschaft (Inka Loreen Minden)
LoveTrip – Eine heiße Reise (Inka Loreen Minden)
Outcasts (Monica Davis)
alle Titel von Lucy Palmer
HOT HEROES

und falls es mit Fantasy sein darf:

Engelslust
Verteufelte Lust
Beast Lovers 1 & 2
Nick aus der Flasche (Monica Davis)

Ihr findet die Autorin auch auf Twitter (InkaLoreen) oder Facebook (Books by Inka Loreen Minden)

9429276R00132

Printed in Germany
by Amazon Distribution
GmbH, Leipzig

Wie neugeboren durch Heilkräuter-Essenzen und Farben

Die heilende Kraft duftender Pflanzen-Öle täglich für sich nutzen.
Einführung in die Heilkräuter-Essenz-Therapie.
Wegweiser zum passenden Öl mit Farbe.
Anleitung für Einreibungen, Bäder und Inhalationen.

Von Dr. rer. nat. Dietrich Gümbel

HAUG

Karl F. Haug Verlag · Heidelberg

Die Deutsche Bibliothek – CIP-Einheitsaufnahme

Gümbel, Dietrich:
Wie neugeboren durch Heilkräuter-Essenzen und Farben : die heilende Kraft duftender Pflanzen-Öle täglich für sich nutzen; Einführung in die Heilkräuter-Essenz-Therapie. Wegweiser zum passenden Öl; Anleitung für Einreibungen, Bäder und Inhalationen / von Dietrich Gümbel. – Heidelberg : Haug, 1995.
(Homöopathie und Biologische Medizin)
ISBN 3-7760-1504-7

Wichtiger Hinweis

Dieses Buch vermittelt Ihnen die Grundkenntnisse der Heilkräuter-Essenz-Therapie. Obwohl die heilende Wirkung von Heilkräuter-Essenzen seit Jahrhunderten bekannt ist und deren Anwendung sich über Generationen bewährt hat, ist jeder Leser aufgefordert, in eigener Verantwortung zu entscheiden, ob und inwieweit die Heilkräuter-Essenz-Therapie einen Beitrag zu seinem Leben zu leisten vermag, zu seinem physischen und psychischen Wohlbefinden. Beachten Sie bitte sorgfältig die Anleitungen für Anwendung und Gebrauch der Essenzen, vor allem die Hinweise auf den Seiten 26 und 35!

Vormals erschienen bei Gräfe und Unzer GmbH, München

Titel-Nr. 2504 · ISBN 3-7760-1504-7

Druck und Verarbeitung: Kösel GmbH & Co.,
87435 Kempten